KB067300

보수에게 묻는다

보수에게 묻는다
강병호 지음

초판 인쇄 2018년 04월 01일
초판 발행 2018년 04월 05일

지은이 강병호
펴낸이 신현운
펴낸곳 연인M&B
기 획 여인화
디자인 이희정
마케팅 박한동
홍 보 정연순
등 록 2000년 3월 7일 제2-3037호
주 소 05052 서울특별시 광진구 자양로 56(자양동 680-25) 2층
전 화 (02)455-3987 팩스(02)3437-5975
홈주소 www.yeoninmb.co.kr
이메일 yeonin7@hanmail.net

값 15,000원

보수정치, 2018년 한국 사회에서 무엇인가?

보수에게 묻는다

강병호 지음

2017년 3월 10일 헌법재판소 박근혜 대통령 파면…
1년이 지난 지금, 보수주의는 우리에게 무엇인가?

박근혜 전 대통령은 대한민국 보수 진영을 완전히 망가뜨리고 자리를 떠났다. 지금까지 소위 보수정치의 행동과 모습은 이념적으로 자유주의도 아니었고 행실은 더더욱 민주주의로부터 거리가 멀었다. 곧 닥칠 4차 산업혁명으로 개인 창의력과 상상력의 중요성이 커질 것이다. 초(超)지능, 초연결 사회의 문턱에서 아직도 사회주의, 집단주의, 이념중심 사회를 그리워하면 망하는 길로 가는 것이다. 자유와 보수의 정의와 가치도 4차 산업혁명의 사회 구조와 맞는 21세기형으로 재정립해야 한다.

연인M&B

얼마 전 자칭 타칭(自稱 他稱) 보수 성향의 정치인, 지식인들과 속 깊은 대화를 나눌 시간이 있었다. 2016년 9월부터 근 1년 '최순실 게이트'로 그들은 기(氣)가 많이 죽고 무기력해 있었다.

민주공화당, 민주정의당, 민주자유당, 신한국당, 한나라당, 새누리당, 자유한국당을 거치면서 소위 한국 보수정당이 지금같이 무너져 내린 때가 없었다. 지금의 패배는 단순한 선거 패배가 아니고 가치의 패배이기 때문이다. '박근혜'라는 박정희 신화 계승자가 탄핵당하고 구속됐기 때문이다.

이념보다 특정한 사람에 의지한 보수 진영은 맥없이 무너졌다. 다른 것도 아니고 가치와 철학이 무너지면 행동은 무기력하게 되고 복구되는 데째 많은 시간이 걸린다. 무력감과 극심한 아노미(Anomie, 과거 규범들이 해체되고 새로운 규범들이 생겨나기 시작할 때 혼란) 현상을 보수 인사들로부터 읽을 수 있었다.

하지만 지울 수 없는 옛 습관은 여전하다고 생각한다.

무엇보다 '보수'는 게으르다.

2010년 서울대 조국 교수, 지금 청와대 민정수석은 2012년 대통령 선거를 앞두고 '진보집권플랜(2010, 오마이북)' 이란 책을 발간한 바 있다. 그들은 미래 집권에 대한 갈망이라도 있었다. 불행히도 소위 보수 진영에서 대통령 탄핵, 수감, 정권교체라는 미증유(未曾有) 사건 발생한 지 반 년 이상 흘러가지만 그동안 벌어진 사건을 정리하고 새로운 가치를 만들어 내는 결기를 가진 인사도 시도도 없다. 대부분 과거 보수 진영 정치인들의 면면을 보면 이념과 가치에 대해 무지하거나 관심이 없다.

헌법재판소 만장일치로 박근혜 대통령 파면(2017. 3. 10) ⓒ조선일보

보수정당에는 법조계(검사, 법관), 대학교수, 공무원 출신들이 많은데 정치를 경력관리, 영달의 수단으로 생각하는 경향도 높다. 이런 분들은 내일 정치를 그만두더라도 돌아갈 자리도 많고 모아 둔 재산이 충분해 절박함도 없다.

지금도 최순실 게이트라는 초유의 사건을 정리하고 나름대로 이념을 추스르고 전략과 방향을 찾기보다 지역구 표 관리가 더 효과적이라고 생각할지 모른다.

마지막으로 친박(親朴), 진박, 진진박이라 불리던 분들 다 어디 있는지도 궁금하다. 박근혜 전 대통령 주변에서 언제까지나 권세를 누릴 것 같던 그 거만한 모습들도 눈에 선하다.

우울한 국내 정치와 무관하게 한반도 안보상황은 눈이 돌아가게 심각하게 변화한다. 도널드 트럼프 미국 대통령의 2017년 8월 8일 북한이 '화염과 분노(Fire and Fury)'에 직면할 거라고 강력히 경고했고 직답으로 북한은 미국령 괌도(島)를 네 발의 미사일로 공격하겠다고 했다. 김락겸 북한 전략군사령관이 직접 나서서 '괌 포위사격'에 동원할 '화성 12형'의 발사 개수(4기), 비행경로(일본 시마네현, 히로시마현, 고치현 상공을 통과), 비행시간(1,065초), 탄착 지점(괌 주변 30~40km 해상)을 구체적으로 밝혔다. 안보 불안이 날카롭게 증폭되고 있다. 하지만 이런 '말의 전쟁'에조차 대한민국은 끼지 못한다.

문재인 대통령 베를린 선언과 김정은의 ICBM 발사

©시사위크

북한은 대한민국을 대화의 상대로 인정하지 않는다. 소위 통미봉남(通美封南) 전략을 구사하는 북한은 대한민국을 대화 상대로조차 인정하지 않는다. 문재인 대통령의 북한의 비핵화와 경제공동체 구축 등 한반도 평화를 위한 5대 구상을 발표한 신(新) 베를린 선언에 북측의 대답은 대륙간탄도미사일(ICMB) 발사 실험이었다. 말하자면 뜬금없는 '남조선의 대화타령'은 낄 곳이 아니라는 것이다.

물경 42배 많은 국방비를 쓰면서 이런 대접을 받는 것은 문재인 정부 핵심을 북한이 꿰뚫고 있는 것은 아닐까?

청와대만 해도 임종석 비서실장(전국대학생대표자협의회(전대협) 3기 의장), 신동호 연설비서관, 백원우 민정비서관(전대협 2기 연대사업국장), 한병도 정무비서관, 유행렬 자치분권비서관실 행정관 등 전대협 출신들이 포진해 있다. 문재인 정부 실세 윤건영 국정상황실장, 송인배 제1부속실장, 유

전대협 '모의평양축전' 행사장에서 참가한 학생들이 화염병을 던지며 진압 경찰에 맞서고 있다.(1989. 6. 30) ©월간조선

전희경 "주사파가 靑 장악" 주장에 임종석 "그게 질의냐"
(2017. 11. 6 청와대 국정감사) ©월간조선

송화 제2부속실장 모두 대학 총학생회장 출신이다.

1988년 올림픽을 앞두고 전두환 정권의 폭압정치의 먹구름이 살짝 틈을 보이던 1980년대 중반에서 90년대 초 학생운동 주역들이 대거 권력 핵심에 중용됐다.

어떤 단체의 성격은 그 강령을 보면 알 수 있다.[1] 전대협의 강령 일부는 다음과 같다.

1) 황재일, 1980년대 이후 민족해방계열 학생운동 변화 연구, 서강대 박사학위논문, 2011

1. 미국을 반대하고 모든 외세의 부당한 정치·군사·문화적 간섭과 침략을 막아 내고 목숨보다 소중한 민족의 자주권을 회복하여 조국의 자주화를 이룩한다.
1. 친미 군사정권의 식민지 파쇼통치를 철폐하고 민중의 창조적·자주적 생활을 보장하기 위한 완전한 사회민주화를 실현한다.
1. 조국의 영구 분단을 막아 내고 자주·평화·민족 대단결의 원칙 아래 조국의 통일을 이룩한다.

      ……

1. 제국주의를 반대하고 평화를 사랑하는 전 세계 청년학생과의 친선과 단결을 도모하고 인류의 평화와 자유를 위해 공동 노력한다.

반미·반제·반핵 투쟁에 앞장섰던 청와대의 핵심 주역들… 청년기에 형성된 가치관은 발가락 사이 무좀같이 인생 전반에 영향을 미친다. 김정은이 남북대화를 무시하고 소위 코리아 패싱(Skipping Korea)을 하는 가장 큰 이유는 대한민국과 그 모든 재산, 주권은 이미 자기 호주머니 반쯤 들어온 물건으로 여기는 것은 아닐까?

김정은은 문재인 대통령이 대화를 외쳐도 한국 정부의 내부 의사결정 구조로 볼 때 결국 마지막엔 자기를 따를 것으로 예상할지도 모른다. 막상 전쟁이 나고 북한이 화성 12호 핵미사일 ICBM으로 위협하면 미국은 '한미동맹'보다 자국 안전을 더 지키려 할 것도 김정은과 조선노동당은 잘 안다. 대한민국이 이런 안보 위기를 국론통일 계기로 단합하기보다 치졸한 분열과 이념논쟁으로 지리멸렬하게 분열할 것이라는 것도 북측은 예측할지 모른다.

'대한민국은 친일파, 매판자본, 군사독재의 나라로서 태어나지 말았어야 했던 사생아'라고 생각하는 사람이 국가 지도층에도 있을 수 있다. 북한의 대륙간탄도미사일(ICBM) 위협 벼랑 끝에서 미·북(조미) 평화협정이 체결되고 여러 단계를 거쳐 북이 간절히 소원하던 주한미군 철수가 이루어지면 국내에는 내심 '조선민주주의인민공화국'에 정치적 정통성을 부여하고 베트남 전쟁 후 월맹같이 '조선'이 군사, 정치, 외교 측면에서 남한을 리드해야 한다고 믿는 사람은 없을까? 그 사람들이 제발 청와대에 자리를 차지하고 있는 과거 학생운동권 주역이 아니길 간절히 빈다.

북한은 한반도에서 전쟁이 일어나지 않는 것은 대한민국이 미군 주둔이나 미국의 핵우산 아래 있기 때문이 아니라 북한의 '선군정치' 때문이라 주장하면서 한국은 대가를 지불해야 한다는 논리를 편 적이 있다. 2006년 7월 12일 미사일 발사 직후 부산에서 열린 남북장관급회담 자리에서 북측 대표단장은 소위 '선군정치'가 남한 안전을 지켜 주고 있다고 주장했다. 북한은 2016년 7월 21일 조국평화통일위원회(조평통)가 운영하는 웹사이트 '우리민족끼리'를 통해 한국도 김정일 장군의 소위 '선군복(先軍福)'을 타고났다고 주장하고 한국이 21조 200억 달러(전쟁이 일어났을 때 총 피해액)의 이익을 보고 있다며 꼼꼼하게 숫자까지 제시했다.[2]

지금 남한에서도 적당히 재산을 보호해

6.15 남북정상 공동선언(2000. 6. 15)—지난 70년간 북한이 대한민국을 점령하겠다는 이른바 '통일전선전술'은 변한 적이 없다. ©사진공동취재단

2) 서옥식, 김정일 통일대통령 만들기 북한의 선군정치론, 2006

9

주고 지금의 삶을 유지하게 한다면 북을 중심으로 통일해도 된다는 사람들도 있을 것이다. 물론 그들이 겉으로 표현만 하고 있지 않을 뿐이다. 세계 11위 경제대국을 털도 뽑지 않고 삼키려 해도 거기 사는 누구도 별로 걱정을 하지 않는다. 전쟁이 나면 지금의 정치권, 특히 여당은 어떤 행동을 할지도 몹시 궁금하다.

　2016년 9월 최순실 게이트 이전에 한국은 지정학적 불안정과 6.25 전쟁, 초등학교 때부터 반공교육의 영향으로 보수 지지층이 항상 40~50%를 넘었다. 박근혜 정부 출범 직전 2013년 1월 여론조사 전문기관 한국리서치가 실시한 이념 성향 조사에서 응답자 40%가 스스로를 보수 성향이라고 답한 바 있다. 진보 성향이라는 응답자는 24%에 불과했다. 2016년 12월 조사에서는 이 숫자가 역전됐다. 보수라는 응답이 24%에 그친 반면, 진보라는 응답은 36%까지 높아진 것이다. 4년 만에 지지 성향이 이처럼 급격한 변화를 겪은 이유는 뭘까.

지금까지 구 보수 세력은 '자유민주주의' 라는 간판을 내세워 왔지만 2016년 총선에서 보여 준 무식 무도한 행태나 막말 시리즈에서 보듯, 그들의 행동과 모습은 이념적으로 자유주의도 아니고 행실은 더더욱 민주주의로부터

추락한 '진박 감별사' 최경환. 자유한국당 최경환 의원이 2017년 12월 6일 서울중앙지검에서 피의자 조사를 받기 위해 출석하고 있다. 최 의원은 기획재정부 장관 시절 국정원 특수활동비 1억 원 수수혐의를 받고 있다. 그는 2016년 총선에서 소위 '진박 감별사'로 전국을 다니며 보수 진영이 추락하는 결정적인 원인을 제공했다.　　　　　©YTN

거리가 멀었다. 이런 패권 보수는 국민을 통제와 억압의 대상으로 여겨 '자유민주주의'를 기득권 강화의 도구로 악용했을 뿐이다. 한국의 패권 보수가 휘둘러 온 '냉전 반공주의', '종북 타령' 때문에 진짜 좌파가 나타나는 결정적인 시기에 오히려 안보 불감증이 당연시되는 사회를 만들었다.

　이제 모든 것을 원론에서 다시 생각할 때다. '자유', '민주주의', '대한민국'이란 무엇인지 원론적 입장에서 다시 정의 내릴 때다. 박근혜(전 대통령)가 없다고 자유민주주의가 사라지는 것은 아니다. 사실 여러 가지 측면에서 볼 때 박정희, 박근혜도 '자유민주주의자'라고 보기에는 어려웠다.

　2012년 대통령 선거에서 박근혜 전 대통령은 '경제민주화'와 '복지확대' 공약을 내세워 당선됐다. 박근혜 후보 공약집은 표지만 바꾸면 당시 문재인 후보 공약집과 비슷했다. 그녀가 보수인가? 개인 재산권을 제한하는 사채동결 8.3조치를 내리고 유신독재를 실행한 박정희 대통령이 어떻게 자유민주주의 보수주의자인가? 박정희 대통령의 공과(功過)는 있지만 그가 유산으로 준 '국가지상주의'는 1970년대에 작동했는지 몰라도 지금은 관료 권위주의로 변질되어 대한민국 미래의 발목을 잡고 있다. 보수의 정의와 가치도 21세기형으로 다시 정립해야 한다. 지금의 국가적 위기를 개혁 자유민주주의(Reformed Liberal Democracy)의 깃발 아래 다시 풀어 나가야 한다.

　반공과 보수는 일부 공통분모가 있지만 같은 개념은 아니다.

　어떤 이념을 반대하는 가치는 지속성을 가지기 어렵다. 반공이념이 반대하던 냉전시대 공산주의는 이제 지구상에 존재하지 않는다. 독재자 김정은과 조선노동당은 이미 3대 세습이란 폐습으로 조선왕조로 돌아간

지 오래다. 따라서 지금 한국의 반공주의라는 것도 무엇을 반대하는지 정확히 해야 한다.

21세기를 이미 17년 이상 지난 지금 두려워할 적폐는 '과거로의 회귀(回歸)', 즉 극심한 문치주의(文治主義)의 조선 사회로 돌아가는 것이다. 진정한 적폐는 '이명박근혜' 시대보다 더 오래전 조선(朝鮮) 시대 성리학의 폐단이 오늘까지 이어지는 것이다.

첫째, 조선의 전통에는 사유재산이란 개념이 희박했다. 이 책에서 거론하겠지만 1948년 대한민국 제헌헌법도 모든 산업의 국유화를 원칙으로 하였다. 집단주의, 공동체주의, 사회주의는 한국인의 문화 유전자(Meme)에 각인돼 있다. 따라서 중동 이슬람, 동남아시아 권위주의 국가들과 같이 한국 사회는 그냥 두면 자연스레 사회주의로 갈 가능성이 높다. 지금 문재인 정부에서 벌어지는 경제, 복지정책은 사유재산의 권리를 소위 공동선(共同善)이란 미명 아래 제한하는 점이 많은데 여기에 더 깊은 역사적 뿌리가 있다고 볼 수 있다. 지금 한국이 브라질과 베네수엘라의 소위 '21세기 사회주의'를 따라가고 있지 않은지 살펴보아야 한다. 그 길은 망하는 길이다.

둘째, 조선 시대는 개인 창의력보다는 (가족, 씨족) 공동체에 더 무게를 두는 전통을 가지고 있다. 이것은 교육현장을 가 보면 굳이 긴 설명 없이 느낄 수 있다. 개인이 가진 고유 특성과 의견들은 간단히 잘려 나간다. 교육은 일류대학이란 폐쇄적 멤버십을 가지는 수단으로 전락한 지 오래다. 이런 현상을 보면 왜 한국은 노벨상 수상자가 가까운 시간 안에 나올 수 없는지 알 수 있다.

셋째, 조선의 추상적인 이론과 문벌(학벌)을 중요시하며 산업과 상업, 기술을 무시하는 전통이다. 산업, 상업의 현장은 치열하다. 한 달에 한 번 종업원 월급 주는 일도 빠듯하다. 아니 회사라는 조직을 지탱하는 것조차 결코 쉬운 일이 아니다. 이런 전쟁터를 겪고 있는 사람들은 책상머리에서 논문, 보고서를 통해 세상을 아는 사람들과 다른 세상에서 살 수밖에 없다. 지금 문재인 정부 주요 직책은 교수, 운동권, 시민단체 출신들이 많다. 조선 시대로 보면 사림(士林) 사대부들이다. 이들은 현장보다 이론, 경험보다 명분을 중요시하게 된다. 문재인 정부의 무리한 '탈(脫)원전'과 '고교 평준화', '소득주도 성장' 정책이 바로 명분을 중심으로 역사의 시계를 거꾸로 돌리는 분야다. 기술을 천시(賤視)하는 전통도 여전하다. 내각 각료 중 이공계가 몇 명인지 보면 된다. 자기가 개발한 기술·아이디어를 바탕으로 창업에 성공하여 대기업까지 발전시킨 사례가 한국 사회에는 매우 드물다. 하다못해 사회주의를 표방하는 중국보다 못하다.

결론적으로 한국인 DNA에는 개인 창의력으로 독립개체, 경제주체로 스스로 서기보다는 집단주의, 공동체주의로 근근이 살아가는데 더 익숙하다. 북한 '조국평화통일위원회(조평통)'의 인터넷 선전·선동 매체 이름이 '우리민족끼리'인 점은 의미하는 바가 크다.

문재인 정부는 실제보다 명분, 현장보다 공허한 이론에 집착할 가능성이 크다. 조선 시대 사림 문치주의로 회귀다.

곧 닥칠 4차 산업혁명으로 개인 창의력과 상상력의 중요성이 커질 것이다. 초(超)지능, 초(超)연결 사회의 문턱에서 아직도 사회주의, 집단주의, 이념중심 사회를 그리워하면 망하는 길로 가는 것이다. 자유와 보수의 정의(定義)와 가치(價値)도 4차 산업혁명의 가치구조와 맞는 21세기형으로 재정립해야 한다.

1960년대 농업국가에서 제조업 국가로 도약했듯이 2020년대에는 '4차 산업혁명'을 선도하는 국가로 탈바꿈해야 한다. 이것이 진정한 혁명이다.

ⓒ주간조선

　이 책은 정치학 전문서적이 아니다. 필자 또한 정치학을 전공한 학자가 아니다. 국책 기관에서 디지털 콘텐츠 관련 연구를 했고, 대기업 삼성전자에서 근무한 후 좀 빠른 나이에 공기업 경영자 길도 걸었다. 그 후 대학으로 자리를 옮겼다. 문화와 혁신성장 그리고 정치 분야에 신문 칼럼을 오래 써 왔다.

　필자를 포함해 18대 대선에서 박근혜 후보를 지지한 사람들 모두 1년 이상 깊은 상실감 그리고 패배감으로 살아왔다. '박근혜가 되면 보수가 망하고 문재인이 되면 나라가 망할 거다'라는 말이 2012년 대선 과정에서 돌았다.[3] 박근혜 전 대통령은 지지 기반인 대한민국 보수 진영을 완전히 망가뜨리고 자리를 떠났다. 바라지는 않지만 두 번째 예언은 그저 허언(虛言)으로 끝나길 바란다. 하지만 2017년 대한민국은 한쪽은 북핵(北核) 위기로 또 다른 쪽은 혁신이 지체되는 경제 위기로 흔들리고 있다.

　이 책은 정치학의 전문지식을 논하기 전에 2016년 대통령 탄핵이란 미

---

3) 정규재, 홍준표가 朴 버리면 나는 洪을 버릴 테다, 정규재TV 칼럼, 2017. 8. 21

증유^(未曾有)의 시간을 거치면서 한 지식인이 스스로에게 묻는 질문에 대한 대답이다. 먼저 흔히 쓰는 단어 '보수', '자유주의'에 대해 나름대로 성찰해 보았다. 또 박근혜 전 대통령 탄핵과 헌재의 파면 결정, 구금, 재판까지의 과정을 시간 순으로 정리하면서 의미를 되새겨 볼 것이다. 마지막으로 보수 진영이 다시 살 수 있는 전략을 생각해 볼 것이다.

2018년 새봄
강병호

| 차례 |

1부

보수와 자유에 대한 성찰

2부

대신 쓰는 반성문

1부

보수와 자유에 대한 성찰

자유와 보수 알아가기

　'보수'와 '자유'란 단어가 수난을 당하는 시대다. 2015년에만 해도 전 국민 40% 이상이 스스로 보수를 지지한다고 생각했지만 지금은 그 비율이 20%대로 찌그러졌다. 보수라 하면 완고하고 배 나온 아저씨들, 광화문, 서울역 앞 태극기 집회에서 나오는 노인네들이 머릿속에 그려진다. 젊은이들이 싫어하고 그래서 '보수는 미래가 없다' 한다.

진보 보수 프레임은 영원한 것이 아니고 지향(志向)하는 방향이 낡고 병들게 되면 달라질 수 있는 것이다. 한국 보수는 보수니까 개혁을 안 해도 되고 보수니까 노인만 모이는 현실에 안주하고 있다.
ⓒ뉴시스

　하지만 우리가 알고 있는 '보수'와 '자유(주의)'가 정말 원론적으로도 맞는 것인지 깊은 성찰이 필요하다. 단어 하나하나 되새김도 필요하다.

　필자는 차라리 지금같이 보수와 자유의 가치가 외면당하는 것이 오히려 더 좋은 기회라고 생각한다. 지난 70년간 '보수'와 '자유'와 같은 단어는 정치꾼들의 보신과 영달을 위해 오용되었고 진지한 성찰과 고민은 없었다. 그저 출세를 위해 쓰인 허탄한 말에 불과했다.

언급했다시피 필자는 이런 주제를 다룰 정치학 내지 인문학의 지식이 넓지 않다. 하지만 이 글들을 용기를 내서 쓰는 이유는 급격하게 벌어지는 정치 사회현상을 나름대로 정리하고 싶기 때문이다. 바둑이나 장기에서 훈수가 더 정확히 판을 읽을 때도 있다. 전공하신 학자, 교수님들에게 미안한 마음도 있지만 비전문가의 상식적인 생각을 적어 본다.

'보수' 혹은 '보수주의(Conservatism)'의 교과서적 의미는 그저 옛날 것을 고수하고 고집하는 수구(守舊)와 다르다. 보수는 관습적 전통 가치를 옹호하고, 기존 사회 체제의 유지와 안정적 발전을 추구하는 정치 이념을 말한다. 감당하기 어려운 급격한 사회 변혁을 추구하는 진보주의와 반대되는 가치로 보수는 점진적, 합리적, 안정적 발전을 추구한다. 따라서 과거로 회귀를 추구하는 반동주의, 현재를 의미 없이 고수하는 수구와 다르다.

19세기 산업혁명 이후 현대 대량소비 사회로 이전하는 과정에서 자본주의의 모순을 혁명이란 수단으로 뒤집으려는 사회주의는 진보로 분류되고 개인 창조력을 중요시하는 시장적 자유주의는 보수에 가깝다. 자유주의 이념은 사회와 기술 변화에 민감하게 적응하며 특히 근대 이후 2차 산업혁명기 기술발전을 적극 수용하여 산업화시키는데 일익을 담당하였다.

이념으로서 '자유주의'는 사적 소유권, 집단이 아닌 개인 창의성, 합리적 사회질서, 전통규범, 가족 문화에 상대적으로 가치를 높이 두고 있다. 사유주의는 개인의 능력과 가능성, 다양성을 존중한다. 즉 사회주의가 인간을 집단으로 간주하고 개인 특성과 창의력을 무시한다면 자유주의는 모든 근원이 개인으로부터 시작된다고 생각한다. 한국에서는 날짜를 기록할 때 2017년 8월 15일같이 나타내지만 유럽에서는 15일 8월 2017년과 같이 기재한다. 이와 같이 발상의 순서조차 다르다.

보수냐 진보냐 결정하는 것은 상대적 개념이다. 지금까지 우리는 고정된 틀에서 보수 진보를 구분하고 별 생각 없이 이 단어들을 써 왔다. 하지만 의문이 든다. 흔히 진보가 지향하는 사회구조가 실험이 끝난 낡은 사회주의라면 과연 진보라고 부를 수 있을까? '페미니즘', '동성결혼 합법화', '낙태의 여성 결정권' 존중, '양심적 병역거부', 나아가 '북한 실상의 내재적 접근법' 등 진보 진영 단골 메뉴가 미래를 살아야 할 젊은이들의 변화를 위한 것인가 아니면 소위 1980년대 이후 진보 진영 아저씨, 아줌마들의 기득권과 이권을 챙기기 위한 것인가?

1963년 5대 대통령 선거에서 경제개발 5개년 계획을 들고 나온 박정희, 양반 명망가인 윤보선 누가 당시 '진보'였나? 별다른 성찰 없이 입만 열면 '보수', '진보'로 자신의 정체성을 말하는 정치인들이 답답할 때도 많다.

1963년 대통령 선거에서 박정희와 윤보선 누가 보수고 누가 진보인가? 윤보선은 박정희를 자유민주주의자가 아니고 공산주의로 공격했다. 박정희는 자기를 빨갱이로 몰지 말라고 주장했다. 보수, 진보의 개념은 영원하지도 절대적이지도 않다. 입에 늘 '보수'를 달고 사는 정치인들은 위험하다.

자유주의 시장경제 환경과 기술 대(大)변혁을 통해 개인의 창조력이 꽃을 피우고 이를 바탕으로 많은 기업들이 탄생했다. 19세기 초 영국과 20세기 초 미국에서 시장경제 환경에서 인류는 그때까지 보지 못한 기술 발전과 산업의 폭발적인 성장을 누리게 되었다. 제철산업, 철도, 교통 인프라, 내연기관, 전염병 예방 및 치료 의료약품, 석유화학 생산 공장, 대규모 농업기술 등이 바로 그때 개발되었다. 인류가 수세기 숙명으로 여기던 돌림병들이 점차 사라지고 배고픔을 참으며 잠자리로 들어가는 날들부터도 대중들은 어느 정도 벗어날 수 있었다. 한국인들도 미국을 통해 시장경제 가치를 알고 번영을 맛보게 되었다. 아무리 미국이 싫은 반미주의자들도 이 점은 인정해야 한다.

자유주의 이념은 개인 결정권을 중요하게 생각해 정부 개입을 싫어한다. 뭘 하는지 모르는 공무원들이 넘쳐나는 복잡하고 큰 정부도 싫어한다. 낯뜨거운 정치적 슬로건이나 퍼 주기 식 선심정치도 거부한다. 어찌보면 자유주의에는 인생 달관의 경지에 이른 지혜가 스며들어 있다.

그렇다면 지금 왜 자유주의를 이야기하는가? 인류는 '4차 산업혁명'의 대변환기를 눈앞에 두고 있다. 개인의 개성이 매몰되는 집단주의, 규제 중심 사회주의보다 자유주의적 사고방식이 더 절실한 때다. 대한민국이 지난 70년 동안 유지한 '국가 중심주의', '국민 총동원' 식 사고방식 보다 개인 창의력을 더 생각해야 할 때다.

한국 보수가 곤경에 빠진 이유 중 가장 주요 원인 중 하나는 자유주의보다 너무 쉽게 '국가 지상주의'에 빠졌기 때문이고 거대한 정부 조직 밑에서 떡고물이나 챙기자는 정상배들이 너무 많았기 때문이다. 결국 한국인의 문화 유전자 그 본능을 따라 나랏님 중심의 국가 지상의 조선 시대 '문치주의'로 회귀했기 때문이다.

큰 정부가 필요한가?

인류는 4차 산업혁명 시기로 진입하고 있다. 초지능(超知能), 초연결(超連結) 기술을 통한 융합에 의해 지금까지 보지 못한 제품과 서비스가 나타나고, 이것에 의해 새로운 사회구조가 실현될 것이다. 최근의 가상화폐와 블록체인 기술에 의한 사회 변화를 보면 잘 알 수 있다.

이 사회에 빨리 진입하기 위해 집단주의, 전체주의, 규제 중심의 사회주의보다 자유주의 이념이 더 필요한 시점이다. 애매한 공동선(共同善)이니, 공동체(共同體)니 하는 단어로 포장된 '국가 지상주의'를 벗어나 개인 창의력이 기반되는 사회 환경이 더 필요하다.

한국 보수가 지금 같은 큰 곤경에 빠진 이유 중 핵심은 작은 정부를 지향해야 할 자유(보수)주의 정당이 오히려 국가 지상주의에 매몰되고 정치의 영향력으로 떡고물이나 챙기려는 정치꾼들이 너무 많았기 때문이다. 역사적으로 자유(보수)주의자들은 국가주의와 정반대 노선을 걸어왔다. 우리가 큰 정부, 권위주의 정권을 바란다면 자연스럽게 조선의 문치주의, 문벌주의로 회귀하게 된다. 멀리 갈 것 없이 북한이 바로 그런 나라다. 이씨 조선이 바로 국가 지상주의 나라였다. 한국인의 문화 유전자는 국가 총동원령의 권위주의 체제가 더 익숙할 수 있다.

자유(보수)주의자들과 그들의 정당은 작은 정부를 지향해야 한다. 18, 19세기 고전 자유주의로 돌아가 이념의 순수성을 지키자는 것이 아니다. 초지능, 초연결의 4차 산업혁명이 우리 사회를 근본적으로 변화시킬 것이기 때문이다.

이런 배경을 볼 때 문재인 정부는 완전 역(逆)주행하고 있다. 최근 공무원들이 특권화되고 장기적으로 사회 발전을 가로막는 걸림돌이 되어 간다. 공무원은 박봉인가? 통계청 자료에 따르면 전체 임금 근로자의 절반 정도(45.2%)가 월급 200만 원이 안 된다.[1] 그런데 2017년 공무원 평균 월급(기준소득월액)은 510만 원이고 연봉으로는 6,120만 원이다. 공무원은 월급 400만 원 이상 고임금자 비중(27.2%)도 높다. 17개 산업 직군 중 공무원보다 더 높은 것은 과학기술, 금융·보험업, 출판·영상·방송통신·정보서비스업 3개뿐이다. 부부가 모두 퇴직 공무원이거나 교사일 경우 합산 연금이 월 700만 원인 경우가 흔하다. 작년 공무원 연금 최고 수령자는 월 700만 원 정도 받았다. 일반 국민의 연금 최고액 수령자는 월 193만 원이었다. 공무원 연금제도를 개혁했지만 이 격차는 여전하다. 공무원과 민간 직장인이 각각 월 300만 원 고정소득으로 30년 연금에 가입했다고 가정할 경우, 예상 연금 수령액은 공무원은 월 208만 1,440원, 국민연금 가입자는 월 80만 1,700원이다.

공무원은 규제를 먹고 산다. 규제는 대게 아름다운 명분과 세련된 언어로 장식돼 있다. 규제는 피할 수 없는 명분 예를 들어 공익, 안전, 국토

---

1) 조선일보, 2017. 8. 14

의 효율적 사용, 국방 등을 가지고 있다.

규제 좋아하는 공무원들은 대한민국이란 국가의 공복(公僕)이 아니고 공무원 집단이익을 위해 존재한다. 안전, 식품, 의약, 부동산, 법무행정 등 분야에서 규제 하나만 잘 꿰차면 재직 중에도 정신적으로 물질적(?)으로 존경받고 퇴직 후에도 협회·단체 상근 부회장 같은 자리에서 관용차, 비서, 법인카드, 해외여행 등을 누리면서 거의 70세까지 자리를 보전할 수 있다.

문재인 정부 들어 더 많은 공무원들을 채용하려 한다. 대선 공약에 의하면 공공기관에서 81만 개 자리를 충원할 것이다.[2] 문재인 대통령 정권이 시대환경을 이해하지 못한다고밖에 볼 수 없다.

4차 산업혁명이란 세계적 현실을 부정해도 알파고(AlphaGo)와 이세돌 9단의 대국은 보았을 것이다. 아무리 생각해도 대부분 단순 반복적 공무원 업무가 반상(盤上)의 세계적 승부보다는 쉬워 보인다. '4차 산업혁명과 전문직의 미래'[3]라는 책과 옥스퍼드 연구팀을 참조로 하면 2030년 우리나라 공무원의 약 35%가 하는 일은 인공지능이 대체할 수 있다. 2017년 국가예산이 400.7조 원이고 공무원 한 명을 운영하는 데 쓰이는 예산

브라질 룰라 대통령, 베네수엘라 차베스 대통령 모두 취임 초기 공무원을 증원했다. 하지만 이 정책은 수년 후에 벌어진 경제난의 원인 중 하나가 되었다.
ⓒ아시아투데이

---

2) 문재인 후보 공약, p.2, 2017
3) 리처드 서스킨드 외, 4차 산업혁명과 전문직의 미래, 와이즈베리, 2016

이 1억 8백만 원[4]이라고 할 때 현재 국방비(38조)에 맞먹는 비용을 절감할 수 있다. 앞으로는 공무원 숫자는 지금같이 늘었는데도 대부분 일은 인공지능이 한다는 사실을 숨기면서 계속 공무원들에게 일도 만들어 드려야 한다.

원래 작은 정부의 철학을 지향해야 하는 자유주의(보수) 진영이 오히려 정부의 덩치를 키우려 한 것은 공공분야가 확장되면 정치인 자신들의 영향력도 높아지기 때문이다. 하지만 '내가 내 영향력을 키우려고 정치 시작한 것 아니냐'라고 주장하면 딱히 할 말은 없다.

하지만 자유(보수)주의 진영이 앞으로 짧게 5년 길게 10년 이상 집권할 가능성도 보이지 않고 자리나 돈에 대해 외부의 유혹도 말라 가는 마당에 잔돈푼, 자잘한 자리에 집착하면 집권 자체를 영원히 놓친다. 스스로 마약중독 같은 권관(權官) 유착에서 헤쳐 나올 각오와 전략이 없으면 큰 권력도 놓치게 된다.

공공기관을 개혁해야 한다는 의견은 계속 있어 왔지만 정치권이 마약과 같은 '낙하산' 인사의 유혹을 끊지 못하고 여기까지 왔다. 2015년 말 기준 한국 공공기관의 총부채는 505조 3000억 원에 달한다. 방치할 수 없는 수준이다.[5]

공공기관 낙하산 문제의 대표적인 사례가 '한국기업데이터'다. 이 기관은 노무현 정부 시절인 2005년 금융위원회 산하 기관으로 설립되었고 2012년 공공기관 민영화 흐름 속에서 공공 지분을 낮추고 시중은행 지분 53%를 참여시켜 민영화했다. 하지만 민영화된 기관에 엉뚱하게 낙하산 인사부터 내려왔다. 2014년 9월 상임감사로 임명된 장병화 씨는 친박 최경환

---

4) 한국납세자 연맹, 2017. 7. 20
5) 중앙일보, 2017. 2. 16

부총리 겸 기획재정부 장관 매제이고 보좌관 출신이었다. 같은 해 12월 최전 부총리와 같은 대구 출신 조병제 전 하나은행 부행장이 대표이사로 취임했다. "최경환 라인이 회사를 집어삼켰다."는 얘기가 나올 정도였다.[6)7)8)]

또 다른 사례는 역시 '최경환 인턴 불법 청탁 의혹' 사건이다. 2013년 중소기업진흥공단 공채 당시 최경환 의원실 인턴 출신 황 모씨 채용과 관련해, 합격 발표 전날 박 전 이사장이 직접 국회로 찾아가 최 의원에게 황씨 불합격을 전했다. 최경환 의원실 인턴 출신인 황씨는 중진공 서류전형에서 2,299등을 했지만 서류 조작으로 1,200등에서 176등까지 되었다. 그마저도 1차 합격자 커트라인인 170등에 미치지 못해 실무자들이 1차 합격자 인원을 조정하며 최종 면접까지 겨우 올라갔다. 면접 점수도 낮아서 외부 심사위원 반발로 불합격 결정이 난 상태였다. 하지만 다음 날 황씨는 합격했다. 박 이사장이 최 전 부총리을 만나 청탁을 받은 게 아니냐는 의혹이 컸지만, 그는 감사원 감사와 검찰 조사 과정에서 철저히 이를 부인했다. 만난 건 사실이지만, 황씨 불합격 여부는 말도 못 꺼내고 국회를 나온 뒤 자신이 알아서 합격시켰다고 주장했다. 수원지법은 2017년 6월 30일 위증 및 위증교사 혐의로 최 전 부총리 보좌관 정모[(43)] 씨에게 징역 10월을 선고했다.

정권이 바뀌는 상황에서 낙하산 인사는 어느 나라나 있다. 하지만 한국의 문제는 그 대상이 정부나 공공기관만이 아니고 국민경제에 영향력이 큰 공기업과 산하단체는 물론 민간 영역까지 포함하고 있어 너무 넓다는 것이다. 전문성이 없는 인사들은 낙하산 인사로 오면 본연의 임무는 뒷전이고 청탁이나 민원 창구 역할이 주 임무일 수밖에 없다.

---

6) 뉴시스, 2016. 6. 30
7) 시사저널, 2016. 6. 5
8) 대구신문, 2017. 6. 30

신(新)자유주의 해 보기나 했나?

"자본의 족쇄를 거부하고 사회주의를 상상하자." 김상곤 사회부총리 겸 교육부 장관이 후보자 시절 청문회에서 과거 발언이 공개돼 논란이 일었다. 김 장관은 '전태일을 따르는 사이버노동대학' 총장이던 2007년 12월 졸업식 축사에서 한 말이다. 이 대학은 정식 인가를 받은 대학은 아니지만 '신자유주의 반대를 넘어 인간 해방으로 전진하는 참 노동운동의 일꾼들을 키워 내자는 취지'로 2000년 설립됐다. 김 장관은 2004년부터 2009년까지 총장을 지냈다.[9]

김 장관(후보자)은 또 2006년 교수노조 위원장 때 낸 당시 김병준 총리 임명 반대 성명서에 대해 반대한 가장 큰 이유는 "신자유주의적 교육관 때문이었다."고 말했다.[10]

소위 진보좌파의 특징 중 하나는 시장(市場)의 원리를 거부하고 시장의 원리가 작동할 때 뭔가 배후에 음흉한 음모가 도사리고 있다고 믿는 것이다.

---

9) 중앙일보, 2017. 6. 22, 매일경제, 2017. 6. 29
10) TV조선, 2017. 6. 16, 서울신문, 2017. 6. 18

장하성 청와대 정책실장은 2017년 8월 20일 열린 대통령 취임 100일 국민인수위 보고대회에서 "요즘도 매일 대통령의 주머니를 채운다고 잠을 이루기 어렵다."고 토로했다. 며칠 전 문재인 대통령이 취임 100일 기자회견에서 "시간이 지난 뒤 (부동산 가격이) 또다시 오를 기미가 보인다면 정부는 더 강력한 대책도 주머니 속에 많이 넣어 두고 있다."고 언급한 것에 대한 나름대로 대답이었다.[11] 그의 발언을 보면 규제가 또 다른 규제를 부르는 악순환이 문재인 정권 내내 계속될 것이라는 것을 암시한다.

대한민국 제헌헌법은 경제 분야에서는 사회주의에 가깝다. 제18조는 노동자가 기업의 이익을 나눠 가질 수 있는 '이익의 균점권'을 보장하고 있다. 제85조는 '주요 산업을 국유화한다'는 사회주의식 경제정책을 규정했다. 한국인의 문화 유전자는 사회주의, 집단주의에 가깝다.

진보좌파 사림 사대부(士大夫)들은 규제를 좋아한다. 백성을 강력한 규제로 통제해서 주자 성리학 요순(堯舜)시대 같은 이상향을 이룰 것이라는 생각을 가진 것 같다.

한국은 경제적 자유주의를 해 보기나 했나? 신자유주의(Neo Liberalism), 국가권력의 시장 개입을 최소화하고 시장의 기능과 민간의 자유로운 활동을 중요시한다. 1차 세계대전 이후 세계 대공황으로 전 세계적으로 시장의 기능이 불신받게 되고 케인스 경제학에 기반한 수정자본주의는 세계 각국에서 경제정책으로 활용되었다. 수정자본주의의 핵심은 정부가 시장에 적극적으로 개입하고 소득평준화와 완전고용을 지향하고 복지

---

11) 아시아경제, 서울신문, 2017. 8. 20

국가를 지향하는 것이다.

1970년대 이후 세계적 불황이 다가오면서 케인스 수정자본주의에 대한 반론이 제기되었다. 서방 국가들의 장기적 스태그플레이션을 극복하기 위해 대두된 이론이 신자유주의다. 신자유주의는 1980년대 초 '레이거노믹스'의 근간이 되었다. 신자유주의는 시장원리의 존중, 규제완화, 개인 재산권을 중시한다. '세계화'나 '자유화'라는 용어도 신자유주의의 산물이다. 신자유주의는 자유방임경제를 지향함으로써 비능률을 해소하고 경쟁시장의 효율성 및 국가 경쟁력을 강화하는 긍정적 효과가 있는 반면, 불황과 실업, 그로 인한 부익부빈익빈(富益富貧益貧) 확대라는 부정적 측면도 있다.

1970년대 이후 한국 경제는 박정희 대통령이 완고하게 구축한 관료중심 총동원 체제를 규제와 간섭을 통해 유지·강화하거나 (소위 보수우파) 혹은 이를 파괴하는 역(逆)규제를 재생산하거나 둘 중 하나였다(소위 진보좌파). 경제 근본 체질을 자율과 창의적 시스템으로 바꾸려는 노력 신(新)산업의 생태계를 만들어 보려는 좌우 어느 쪽에서도 진지한 노력을 보여 주지 않았다.

문재인 정부에서 경제부총리를 맡고 있는 김동연 부총리는 2017년 11월 28일 '혁신성장 주제발표'에서 "한국의 GDP 규모는 세계 11위에 무역 순위는 7~8위이지만 규제 순위는 95위로 '안돼 공화국'이라고 한다."며 "미국이나 스웨덴과 같은 국가는 창업의 어려움으로 기회 발견의 어려움을 꼽지만, 한국은 실패의 두려움을 꼽는 점도 문제"라고 주장했다. 그러면서 그는 "과거에 이러한 것(혁신)을 다 했지만, 손에 잡힌 성과가 없었다."며 "탑다운(하향식)이 아닌 바텀업(상향식) 방식으로 소득주도 성장과 함께 추동력을 초기에 만들어 모든 분야의 혁신을 일으키겠다."고 강조

했다.[12]

눈에 보이는 규제보다 더 치명적인 관료, 정치권의 간섭은 낙하산 인사다. 자본주의 핵심인 금융권을 향한 낙하산은 공기업과 민간기업을 가리지 않고 진보건 보수건 가리지 않고 있어 왔다. 국회의 조사에 의하면 2008년부터 금융권 임원으로 온 낙하산 인사는 1,004명에 달한다. 2016년 기준으로 금융 공기업 임원 255명 중 97명(38%)이 낙하산이다.[13] 최순실 게이트로 세상에 알려진 청와대 연설기록비서관 조인근 씨가 청와대를 나온 뒤 한국증권금융 감사에 선임된 것도 업계에서는 당연하게 받아들인다.[14] 기업은행, 수출입은행 등 국책은행, 예금보험공사와 주택금융공사 등 공기업 임원들 중에도 대선 캠프, 청와대 출신 등이 셀 수 없이 많다. 비전문가가 자리를 꿰차고 앉으면 금융산업의 발전과 선진화는 기대하기 어렵다.

이재용 부회장이 구속된 사례가 한국 경제의 운영 시스템의 맨살을 적나라하게 보여 주는 것이다. 아버지 이건희에서 이재용으로 이어지는 삼성 경영권 승계와 지배구조 개편과 관련해 박근혜 전 대통령과 최순실을 향한 부정한 청탁, 승마지원과 한국동계스포츠영재센터 후원 등의 모습은 자유주의와 멀어도 한참 먼 모습을 보여 준다.

이재용 부회장의 구속과 재판은 한국 자본주의의 현주소를 보여 준다. 우리 사회는 명백히 신자유주의까지 오지도 못했다. ⓒ국제신문

12) 헤럴드 경제, 연합뉴스, 2017. 11. 28
13) 더 팩트, 2016. 12. 19
14) 연합뉴스, 2017. 10. 25

한국에서 새 대통령 취임과 함께 직접 임명하는 자리는 4,000개 간접적으로는 30,000개나 된다는 말이 있다.[15] [16] 시장경제의 건전한 작동을 막고 있는 것이 관료와 정치권, 재벌 대기업이다. 이들은 서로 다른 것 같지만 공동의 이익이 있을 경우는 똘똘 뭉치는 경향이 있다. 한국 사회가 건전한 방향으로 가기 위해서는 이들이 가진 규제와 관행을 깨뜨려야 한다.

한국 사회에 신자유주의라는 개념을 적용할 수 있을 정도로 그럴듯하게 선진화되어 있지도 않았고 당분간 그럴 것 같지도 않다. 박정희 경제성장 모델은 중국에서도 개혁개방을 위해 참고했고 동남아시아, 아프리카 국가들에서 수입해 갔다. 그리고 한국의 엘리트 집단은 좌(左)건 우(右)건 간에 한국 사회에서 특히 경제 운영은 관료들의 통제와 규제 시스템을 통해 작동해 왔고 소위 진보좌파도 그 규제와 통제 시스템을 선거를 통해 가지고 누리겠다는 의지만 강했지 시스템 자체를 개선하고 진화시키려는 노력은 부족했다. 그 비민주적이고 퇴행적인 권력의 열매가 너무나 달기 때문이다.

백성들 입장에서는 서인 노론(西人 老論)이 환국(換國, 조선 시대 정치 세력 교체)으로 사라지고 그 자리를 사림 남인(南人)이 대신하는 정도고 조직적 규제를 통한 국가 수탈은 달라진 것이 없다.

민간이 새로운 사업을 두려움과 걱정 없이 시작할 수 있는 사회가 건전한 사회다. 안타까운 것은 문재인 정부는 기업들이 쓸데없는 규제를 개혁해 달라는 것도 자기들 생각에서는 적폐라고 생각하는 것 같다.

---

15) 조선일보, 2017. 3. 17
16) http://blog.daum.net/enature/15852552

사적 소유권은 자유민주주의의 기본

　동아시아는 1945년 8월 15일 일본제국 패망 이후 진공청소기로 빨려 들어가듯 사회주의 체제로 변했는데 그 이유는 아시아적 농촌공동체 가치관의 영향이 크다.

　아시아적 농촌공동체는 대지주의 소작농들 아니면 독립 자작농들이지만 소작농만큼 궁핍한 농민들의 공동체다. 소나 말 같은 가축으로 인간 노동을 대신하기 어렵고 기계화는 꿈도 꾸지 못했다. 따라서 협업은 생존의 기본이었다. 가구당 토지 소유 면적도 거기에서 거기기 때문에 늘 궁핍하다. 협업 하다 보니 서

1958년, 마오쩌둥은 대약진 운동을 시작해, 인민공사화를 추진했다. 그러나 무계획적으로 진행된 대약진 운동은 2,000만 명에서 4,000만 명에 달하는 대규모의 아사자를 내고 실패로 끝났다. 역사는 사유재산을 무시한 공산주의 생산 집단화 정책은 반드시 실패한다는 사실을 가르쳐 준다.

로 집에 숟가락 젓가락 몇 개인지 알 정도로 개성과 개인의 의사는 자주 무시됐다. 촌로, 연장자의 권위가 공동체 질서를 유지하는 기둥이다. 마르크스·레닌이 상상한 역사 단계를 거치지는 않았지만 가난으로 평등하다는 점에 있어 사회주의 이상을 그럭저럭 실현했다 볼 수 있다. 이 촌락 공동체 문화는 사유재산에 대한 개념이 희박했고 개인의 창의력이나 개성이 집단문화를 넘는 행동은 금기시되었다. 촌로가 쥐고 있던 권위주의는 그대로 공산독재로 이어졌다. 멀리 간 것 없이 북한이 바로 그곳이다.

2017년 8월 25일 이재용 삼성전자 부회장은 5년 형을 선고받았다. 재벌 미워하던 이 땅의 무산대중에게 속시원한 날일 것 같다. 아니 삼성이란 그룹 자체가 폭망해서 민중과 같이 '우리민족끼리 가난을 어깨동무' 하는 날이 가까워 오기를 바랄 수 있겠다. 하지만 이 사건의 뿌리를 살펴보면 지금까지 대한민국은 역시 자유민주주의 국가가 아니라 아시아적 권위주의와 사회주의의 영향에서 벗어나지 못했다는 결론에 다다른다.

자본주의 시장경제를 받쳐 주는 근거는 헌법상 국민 기본권인 사유재산권(私有財産權)이다(헌법 23조). 개인은 재산을 모을 수 있고 모은 재산을 마음대로 사용, 처분할 수 있다. 이재용 부회장의 재판을 가져온 불행의 뿌리는 경영권이 과도하게 제약당하고 그 재산 이전과 상속이 국제적 기준에도 맞지 않기 때문이다.

캐나다는 1972년 상속·증여세를 폐지했고, 호주, 스웨덴, 뉴질랜드도 폐지하는 대신 '자본 이득세'를 도입했다. 멕시코, 이스라엘, 이탈리아, 포르투갈, 슬로바키아 등과 심지어 사회주의 영향이 큰 중국, 인도, 러시아도 상속세가 없다.[17] 중국은 이제 상속세 법제화를 계획하고 있다. 2015

---

17) 아주경제, 2017. 7. 9

년을 기준으로 OECD 34개국 중 15개국에 상속세가 없다.

기업 주식상속에 있어 많은 나라가 차등의결권제도를 도입하거나 스웨덴 발렌베리(Wallenberg) 그룹처럼 재단설립을 인정하여 경영권을 보장한다. 사민주의(社民主義) 영향이 큰 독일도 최고 상속세율은 40%지만 가업승계 지원 프로그램이 있어 가업승계 당시 근로자 임금 지급액의 700% 이상을 7년 내 임금으로 지급하면 상속세가 전액 면제된다.

한국에선 상속세 최고세율은 50%이며, 최대주주 주식에 대한 할증평가까지 더하면 최고 65%에 달한다.[18] 차등의결권제도 도입은 불가능하고, 재단을 통한 회사 경영도 금지되어 있다. OECD 평균 상속세 최고세율인 23.6%의 2배 이상, 세계 최고 수준이다. 소득세보다 상속세율이 더 많은 나라는 일본, 헝가리, 한국뿐이다. 이런 사법 환경이 암묵적으로 바라는 것은 선대 경영자가 죽을 경우 회사는 사회로 환원하란 것이다. 이는 인간의 본성과 맞지 않고 합리적이지 않다. 많은 대기업 집단의 경영자들이 경영보다 경영권 상속에 더 시간을 쓸 수밖에 없다. 시간이 갈수록 사회 전체적으로 새로운 비즈니스 발굴이나 미래 사업의 개발도 어려워진다.

한국이 시장경제 자본주의로 계속 발전하기 위해서 현재 기업 상속제도를 세계적 수준에서 재검토해야 한다. 단순히 재벌 몇 가정 봐주는 것이 아니다.(사진은 경북 우정청에서 제작한 역사적인 경제인 우표)
ⓒ전자신문

---

18) 매일경제, 2017. 5. 17

이재용 삼성전자 부회장이 박근혜·최순실·정유라와 엮인 것은 지주회사 전환과 삼성물산·제일모직 합병 등 경영권 승계와 관련하여 뇌물을 건네거나 약속했다는 혐의 때문이다. 이 죄목의 원인은 한국의 상속, 증여 제도가 사유재산 권리를 과도하게 인정하지 않기 때문이다. 우리나라가 사유재산권에 문제가 있다는 사실은 사회에 관심 있는 사람이면 누구나 안다. 그럼 소위 보수주의, 자유민주주의 이념을 내세우는 정당이나 정치인들은 왜 침묵을 지키는가?

　정치인들이 지역구에 가 보면 상속할 재산이 없는 유권자가 대부분이기 때문이다. 만일 상속·증여 관련법을 국제적 기준에서 검토하자는 국회의원이 있다면 노조, (좌편향) 시민단체, 언론의 뭇매를 맞아 다음번 선거에서 당선은 어렵다. 더 깊은 원인과 뿌리는 한국인의 문화 유전자와 체질에는 (아시아적) 사회주의가 더 맞기 때문이다. 한국인의 체질, '배고픈 건 참아도 배 아픈 건 못 참는' 그 체질은 남(南)이나 북(北)이나 같다.

　아시아적 농촌공동체의 뿌리를 갖는 한국인의 문화 유전자는 개인 개성과 창의력을 존중하는 자유민주주의보다 아시아적 사회주의에 더 가깝다. 미국 영향력이 동아시아에서 약화될 때, 정확히 미군이 한반도에서 빠져나가면 한국인들은 중국식 권위주의나 북한식 주체사상 사회주의로 체제가 빨려 들어갈 가능성도 크다. 한국인들은 소수 정치 엘리트들의 일당독재, 경쟁보다 공공의 자비를 강조하는 성리학적 통제경제에 매력을 느낄 수밖에 없다. 한반도는 지난 5,000년, 특히 성리학 이데올로기로 이조 500년을 그렇게 세뇌되었고 불완전하지만 자유시장경제를 맛본 것은 40년도 채 되지 않았다. 운동권 출신 정치인들 중에는 내심 '장군님 식솔로 가난으로 평등한 시대'가 오길 기대하는 사람들도 있을 수 있다.

1948년 7월 17일 지금 제헌절 제정된 대한민국 제헌헌법 15조는 '재산권은 보장된다. 그 내용과 한계는 법률로써 정한다. 재산권의 행사는 공공복리에 적합하도록 하여야 한다. 공공필요에 의하여 국민의 재산권을 수용, 사용 또는 제한함은 법률이 정하는 바에 의하여 상당한 보상을 지급함으로써 행한다.'라고 명시되어 있지만 후반부 제87조에는 '중요한 운수, 통신, 금융, 보험, 전기, 수리, 수도, 가스 및 공공성을 가진 기업은 국영 또는 공영으로 한다. 공공필요에 의하여 사영을 특허하거나 또는 그 특허를 취소함은 법률의 정하는 바에 의하여 행한다. 대외무역은 국가의 통제 하에 둔다.'라고 명시돼 있다.

1948년 헌법 제정 때부터 재산권 자유보다는 공공복리와 필요에 의한 재산권 제한을 더 강조하고 있다. 지금은 사기업 경영이 상식인 통신, 금융, 보험, 무역업까지 국가통제나 국영 혹은 공영 운영한다는 발상은 민간의 창의성과 자발성에 의한 자유시장경제에 대한 신뢰와 경험이 부족했기 때문이다. 아니 전무(全無)했기 때문이다.

자본주의 시장경제를 받쳐 주는 철학은 헌법에 명시된 기본권인 사유재산권(私有財産權)이다. 현행 헌법은 23조에 '①모든 국민의 재산권은 보장된다. 그 내용과 한계는 법률로 정한다. ②재산권의 행사는 공공복리에 적합하도록 하여야 한다. ③공공필요에 의한 재산권의 수용·사용 또는 제한 및 그에 대한 보상은 법률로써 하되, 정당한 보상을 지급하여야 한다.'라고 명시하고 있다. 헌법에 의해 개인은 재산을 모을 수 있고 모은 재산을 마음대로 사용, 처분할 수 있다. 재산권의 보장은 자본주의 시장경제를 지탱하는 최후의 보루다. 재산을 모으는 것, 돈을 버는 일은 어느누구에게나 어렵고 힘든 일이다. 그렇게 어렵사리 모아 놓은 재산을 자손에게 주고 싶은 것은 자연스런 욕망이다.

  하지만 지금까지 대한민국 역사는 23조 1항보다 2항, 3항의 재산권 제한에 더 무게를 두어 왔다.

  재벌을 옹호하고 싶지 않다. 부(富)의 대물림이 원론적으로 사회정의는 아니다. 하지만 삼성을 비롯해 대부분 소위 대기업 집단에서 벌어지는 일감 몰아주기, 갑질논란, 편법증여, 이재용 부회장 케이스 같은 편법 경영권 승계를 캐 보면 그 끝은 대부분 설립자가 자기가 일군 기업을 후대에 물려주고 싶은 벌거벗은 욕망이 도사리고 있다. 이들에게 주자 성리학적 도덕에 입각해서 청부(清富)가 되라고 하고 '경주 최부자', '오뚜기 갓뚜기' 모범을 보고 재산을 사회에 환원하라고 하는 사림(士林) 선비님들 머릿속의 가상현실보다 인간 욕망은 더 무섭도록 강렬하다.

인간 본성의 무서움을 안다

한국 재벌은 정치권력과 결탁해 재산을 축적했다. 정경유착(政經癒着)은 지워질 수 없는 부끄러운 역사다. 법적으로도 아무 절차 없이 깨끗하게 될 순 없다.

한국 재벌의 비정상적인 면을 옹호하고 싶지 않다. 경영 능력이 증명되지 않은 자녀들에게 부(富)를 대물림하는 것은 물론 사회정의가 아니다. 대기업 집단이 단순히 소위 총수 가정의 투자와 재산만으로 운영되지 않는다. 기업이 커질수록 주주, 소비자, 종업원들 같은 이해 관계자들이 많아져 사업을 처음 시작했을 때와 같이 가족이나 아는 사람 중심의 경영을 계속하기 어렵다. 원칙적으로 기업 의사결정은 투명하고 경영은 공정해야 한다.

삼성, 현대, 신세계, SK를 비롯해 소위 대기업 집단에서 벌어지는 일감 몰아주기, 갑질논란, 편법증여, 특히 최순실 게이트에서 보여진 이재용 부회장 편법 경영권 승계의 끝을 캐 보면 대부분 창업자가 자기가 일군 기업을 후대에 물려주고 싶은 원초적 욕망이 도사리고 있다.

자유(보수)주의의 특징은 인간 본성의 본질을 인정한다.(긍정하는 것이 아니다) 인간 본성을 거슬러 강제로 이상 사회를 만들어 보려는 시도는 실패해 왔고 실패할 것이다. 공산주의, 사회주의의 특징은 역사를 단계 단계로 구분하고 그 단계들의 완성을 위해 인간의 본성을 억압한다.

이 점은 공산주의, 사회주의와 조선 500년 정치 이데올로기 '주자 성리학(朱子 性理學)'과 일치한다. 기독교 역사관의 영향을 받은 공산주의가 요한계시록 같은 미래 이상 사회를 목표로 한다면 성리학은 과거의 요순시대(堯舜時代)를 이상으로 잡는다는 점이 다르다.

중국 안후이성(安徽省) 펑양현(凤阳县)은 허리에 차는 작은 북인 '화고(花鼓)'로 유명하다. 너무 가난한 지역이라 1970년대까지 거지 많기로도 유명했다. 수확을 한번 하면 1년에 2개월만 버티고 국가가 지급하는 식량으로 4개월 버티고, 나머지 시간은 전국을 구걸하고 다녔다.

덩샤오핑(邓小平)은 1978년 12월 18일 열린 중국공산당 제11기 3중 전회에서 경제체제의 개혁개방을 선언했다. 같은 시기 펑양현(凤阳县) 샤오강촌(小岗村)이라는 한 시골 마을에서는 18가구 농민들이 모여 비밀계약을 맺었다. 아직 모택동이 만든 인민공사가 여전히 있고 문화대혁명의 참혹한 학살을 경험한 그들에게

사인방의 재판에서 중국의 법원은 모택동의 문화대혁명으로 729,511명이 박해를 받았고, 이 중 34,800명이 죽었다고 발표했다. 하지만 이런 박해도 사적 소유권에 대한 인간의 기본적 욕망을 막을 수는 없었다.

이 계약은 목숨을 건 시도였다. 계약의 내용은 '경작지를 가구별로 나눠 생산책임을 각 가구에 맡기자'는 내용이었다. 인민공사 집단생산 방식을 자본주의 방식으로 바꾼 것이었다. 이를 중국어로 '다바오간(大包干)'이라 부른다. 그러나 이 시도는 이후 덩샤오핑의 전폭적인 후원을 받으며 전국적으로 개혁개방 바람을 불러일으키는 계기가 됐다. 지금 이 마을에는 당시 역사적인 사건을 기념해 '다바오간기념관'을 설립해 놓고 있다.[19]

자유(보수)주의는 인간 본성의 아름답고 추한 모습 모두를 인정하고 그 바탕 위에 논리를 구성한다. 따라서 지식이라기보다 지혜에 가깝다. 인공적으로 사람이 만들어 논리가 완벽한 과학적 사회주의, 마르크시즘보다 엉성하다. 하지만 나이 들수록 인생이 얼마나 엉성하고 삶의 무게 또한 가벼운지 알면 오히려 보수적으로 될 수밖에 없다. 이것이 인간 숙명이다.

조선 시대에 '노블리스 오블리주'를 실천한 경주 최부자 가문을 다스리는 기훈 6훈(訓)과 6연(然)은 '1. 과거를 보되 진사 이상은 하지 마라, 2. 재산은 만석 이상은 지니지 말라, 3. 과객을 후하게 대접하라, 4. 흉년에는 땅을 사지 말라, 5. 며느리들은 시집온 후 3년 동안 무명옷을 입어라, 6. 사방 100리 안에 굶어 죽는 사람이 없게 하라, 1. 자처초연(自處超然); 스스로 초연하게 지내라는 뜻이다, 2. 처인애연(處人靄然); 사람을 온화하게 대하라, 3. 무사징연(無事澄然); 일이 없을 때 마음을 맑게 가지라, 4. 유사참연(有事斬然); 일을 당해서는 과단성 있게 대처하라, 5. 득의담연(得意澹然); 성공했을 때 담담하게 행동하라, 6. 실의태연(失意泰然); 실의에 빠졌을 때 태연히 행동하라'이다.[20]

---

19) 연합뉴스, 中개혁개방 성지를 가다: 토지혁명 선구자 샤오강촌, 2008. 9. 23
20) 전진문, 경주 최부자의 가업형성과 경영철학에 관한 연구, 경영연구, 2001

식품회사 오뚜기 함영준 회장은 상속세 1,500억 원을 5년간 분납하기로 한 사실과 10년 동안 라면 값을 인상하지 않은 사실이 알려지며 소셜네트워크서비스(SNS)에서 찬사가 쏟아졌다. 2017년 7월 문재인 대통령은 재계 15위권 대기업 총수들과 간담회를 하며 여기에서 해당되지 않는 오뚜기 함 회장을 초청하기도 했다.[21]

도덕이란 면에서만 본다면 한국 재벌들이 '경주 최부자', '오뚜기 갓뚜기'를 닮아 모든 재산을 사회에 환원하라고 싶다. 깨끗한 부자, 청부(清富)가 되라 강요도 하고 싶다. 하지만 인간이 본래 가진 권력욕, 성욕, 돈에 대한 집착의 힘은 백면서생들이나 좌파 사림 사대부들이 생각하는 것보다 강력하다.

전체주의는 개인 창의성을 무시한다. 개인은 전체를 위해 복종해야 한다. 나치 독일과 함께 소련, 동구권과 같은 전체주의 국가들은 몰락했다. 아직도 남아 있는 스탈린 전체주의 국가는 북한이다.

앨빈 토플러(Alvin Toffler, 1928~2016) 주장[22]에 따르면 인류 역사는 농업의 제1차 혁명, 산업화 제2차 혁명, 정보화 3차 혁명을 거치며 생산성과 삶의 질이 이전 단계와 돌이킬 수 없는 혁명적인 변혁을 인류는 경험해 왔다. 각 단계 변화의 핵심은 집단의 의지나 독재자의 결단이 아닌 독립된 개인의 창조성에서 비롯된 것이다. 19세기 말 20세기 초 봇물을 터진 것 같은 서방 사회의 발견과 발명의 물결은 이러한 개인의 창조성이 발현된 것이다. 발명왕 에디슨, 비행기를 만든 라이트 형제, 수많은 신약을 만든 프랑스의 파스퇴르, 독일의 로베르트 코흐가 대표적이다. 1990년 정보화 혁명은 미국 실리콘 밸리 같은 스타트 업(Start Up)의 현장에서 개인 창의력이 꽃

21) 동아일보, 2017. 7. 24
22) Toffler, Alvin, The Third Wave, Bantam Books, 1981

펴 시기였다.

　한국에서는 말로만 떠들지만 지금 인류는 초연결, 초지능을 특징으로 하는 '4차 산업혁명' 시대로 들어가고 있다. 상당히 많은 인간 노동의 영역이 인공지능과 포스트 휴먼에 의해 대체되기 때문에 인간 실존(生命)의 가치와 인공지능이 대신할 수 없는 개인 창의성은 어느 때보다 중요하고 존중받아야 한다. 생명 자체에 대한 통찰력과 생명자본에 대한 새로운 자각이 필요한 시대다.

　근대 서양철학은 자연상태는 공포와 불안의 끝없는 연속으로 간주했다. 중세 말기의 유럽인들은 적의, 증오, 술책, 분노의 한가운데 살고 있었다. 개인은 모두를 상대로 자신을 보호할 능력이 없기 때문에 이런 비참한 상황을 극복하는 의지는 근대 공동계약의 동기가 되었다. 서양과 달리 동양에는 자연과학 특히 수학(Mathematics)의 학문 영역과 수학적 인식체계가 없었다. 이는 인간과 자연을 분리하지 않고 인간의식 밖의 (서양에서 神의 영역이라 생각하는) 객관적 논리와 법칙에 대한 관심과 탐구가 부족했다. 이러한 지적 전통(知的 傳統)에 의해 동양권에서는 자연과학 발달에 따른 근대, 근대인의 개념 또한 찾아보기 어렵다.

　근대인의 자각과 행동양식은 개인주의에 따른다. 개인은 혈연집단, 비공식 단체, 공식 조직, 영리를 추구하는 회사, 종교단체, 국가보다 우선한다. 공동체가 존재한다는 것은 고립된 개인보다 더 큰 안전을 보장해주는 조건에서만 선(善)이다. 그러므로 근대로 접어들어 사회계약은 인간관계의 근원적 변화를 가져온다. 사회계약은 개인들이 단지 자연적 '욕구'만을 따르는 것을 금하고 '이성의 명령'을 따르도록 한다. 근대인은 미신과 관습이 아닌 과학과 이성에 의한 계약으로 공동체가 성립되는 것이다.

이러한 근대로 진입이 늦은 대부분의 유라시아 대륙 국가들, 러시아, 중국, 몽골, 북한, 베트남 등은 모두 사회주의 전체주의 국가가 되었다. 대한민국은 자유민주주의, 시장경제 체제를 냉전기간 50년 동안 유라시아 대륙 끝자리에서 지킨 경험이 있다.

한국 사회가 근대화를 경험한 시기는 1970년대다. 서양은 19세기 초 일본이 19세기 말 근대화 과정을 거쳤다고 할 때 거의 100년에서 150년을 뒤진 것이다. 그것도 박정희 군사정권의 아주 조악한 근대화를 겪었다. 식민지 경험의 벌주(罰酒)도 마시고 군사독재라는 얼차려도 심하게 받은 것이다.

한국 사회는 지금도 개인의 가치와 능력은 존중받지 않는다. 아니 개인 창의력과 개인의 비전으로 이룩한 공동체 자산이 거의 없기에 개인 권리와 창조적 의지는 손쉽게 짓밟혀진다. 개인주의란 이기주의가 아니고 개인 창조력을 충분히 꽃피우면 세상도 바꿀 수 있다는 믿음에서 시작된 것이다. 한 걸음 나아가 자기가 내린 결정은 자기가 책임지는 성숙한 의식에 바탕을 둔 것이다. 길게 생각할 것 없이 한국의 학교와 군대 병영을 가 보면 안다. 한국 교육에도 군사독재의 조악한 관행, 그 검은 그림자가 아직까지 길게 드리워져 있다.

인간 의식을 규정하는 가장 강력한 외부의 힘은 종교다. 종교는 단순히 주일 혹은 절기를 지키고 일정한 행동을 터부시하는 규범과 규례로부터 결혼, 죽음, 탄생, 거래, 교유관계 등 삶의 다양한 영역을 규정하고 나름의 의미를 부여한다. 종교 관습이 강한 이슬람권에서도 근대적 사고

방식이 싹트기 어렵다. 이슬람이 태동하고 발전한 7, 8세기, 이슬람은 정치·군사적으로 중동, 아시아, 유럽 일부를 정복하고 인류의 과학과 기술 발전에 크게 공헌하였다. 멀리 갈 것 없이 당장 현대인이 많이 쓰는 아라비아 숫자를 보면 안다. 하지만 지나치게 강력하고 꽉 짜인 종교·관습은 궁극적으로 사회 변화를 막게 되고 시간이 갈수록 부작용은 강하게 된다. 20세기 들어와서 이슬람 문명권으로부터 혁신적 발명·발견, 그리고 창의력을 바탕으로 새로운 사업이 개발되었다는 소식을 들은 적이 없다.

세계 종교전문 사이트 어드히어런츠닷컴(adherents.com)은 북한의 주체사상을 세계의 10대 종교로 분류한다. 종교의 특성으로 합리적이고 창의적인 개인은 찾아볼 수 없다. 십자군 전쟁에서 죄근 IS(Islam State, 이슬람 국가)의 참수 테러까지 종교전쟁은 제노사이드 즉 대량 학살로 이어지기 쉽다. 이 책을 읽는 독자와 내가 바로 그들의 제노사이드 대상이다. 더 경계해야 할 점은 그들과 거의 동일한 문화 유전자를 우리도 가지고 있다는 점이다.

종교전쟁은 적을 인간이 아닌 악마로 보기 때문에 잔인한 학살로 이어진다. 북한의 주체사상은 세계 종교전문가들이 종교로 분류한다. 따라서 북한과 관계는 정상적인 국가와의 외교와 다르게 보아야 한다.
ⓒ스포츠조선

보수와 진보

2017년 8월 중소기업벤처부 장관 후보 박성진 씨 청문 단계에서 '생활 보수'란 말이 나왔다. 아마 박성진 교수가 뉴라이트 계열의 생각을 가진 것으로 판단되기 때문에 청와대에서 그를 지원하기 위해 새로 만든 단어 인 것 같다.

언론뿐만 아니라 일반인의 대화에서도 '보수', '진보', '수구', '좌익', '우익'이란 단어가 심상치 않게 쓰인다. 이런 단어들의 정의는 마르크스 철학의 영향을 받았다. 필자는 1990년대 소련과 동구권 몰락으로 마르 크스주의 역사 해석을 비판 없이 사용하는 것이 유용한지도 의심이 간다.

용어 정리부터 해 보자, 한반도 역사에서 북한은 진보인가? 북한은 대 외적으로 '조선민주주의인민공화국'이라고 한다. 2012년 개정된 북한 헌 법 전문은 조선민주주의인민공화국은 '위대한 수령 김일성 동지와 위대 한 령도자 김정일 동지의 사상과 령도를 구현한 주체의 사회주의 조국 이다. 위대한 수령 김일성 동지는 조선민주주의인민공화국의 창건자이시며 사회주의 조선의 시조이시다.'라고 정의한다. 즉 북한은 김일성 아들 김정일, 김정은으로 이어지는 3대 세습 왕국이며 이것은 역사적 퇴보이고 '반동'이다. 그렇다면 북한 체제를 심정적으로 동경하고 그들의 통일전선전술을 추종하는 세력도 '수구 반동'이다.

마르크스 변증법적 유물론의 역사단계 즉 '원시공산주의', '고대 노예제', '중세 봉건제', '근대 자본주의', '사회주의', '공산주의'를 지금 '보수'와 '진보'를 가르는 기준이라면 '사회주의'에 가까운 정책을 펼치는 정파와 정당이 진보라 할 수 있다. 사회주의가 갖는 특성 즉 생산시설 국유화, 규제에 의한 사회 공동체성(共同善) 강화, 사유재산 개념의 약화, 개인주의보다 평등(좋게 말해 공동체)에 대한 중요성, 이를 실현하기 위한 중(重)부담 증세와 보편적 복지강화, 더 나아가 기본 소득 정책 등을 현실화하려 하면 '진보'고 이에 대한 논리적 저항 혹은 지체시키는 편이 '보수'라고 정의하는 것이 상식이다. 이를 통해 아주 거칠게 정의하면 과거 '통합진보당'은 전통 사회주의 체제를 지향했기 때문에 진보저, 과거 '한나라당'은 반공을 중시하기 때문에 보수라고 할 수 있다.

보수란 무엇이고 진보란 무엇인가? 이러한 논리의 출발점 진보 기준인 사회주의로의 이행은 역사적으로 필연이란 것을 의미하는가? 마르크스가 살아 있던 2차 산업혁명 초기의 인식과 이에 따른 역사 해석이 21세기에도 완전 유효한가? 우리가 살고 있는 이 시대를 제대로 해석하면 보수와 진보의 정의(Definition)를 내릴 수 있다. 1980년대 말에서 1990년대까지 '정보화 사회'(Information Society)'란 용어가 세상에 소개되고 널리 사용되었다. 정보화 사회 담론은 몰락한 소련 블록 동구권과 제도적 사회주의의 현실적이고 대안적 개념으로 인정받았다. '정보화 사회' 담론은 엘빈 토플러(Alvin Toffler), 다니엘 벨(Daniel Bell), 프란시스 후쿠야마(Francis Fukuyama) 등에 의해 활발히 논의되었다.

보수와 진보를 판가름하는 데는 역사의 다음 단계를 규정하는 정의가 중요하다. '4차 산업혁명(The 4th Industrial Revolution)'이란 용어가 최근 부쩍 많이 사용되고 있다. '제4차 산업혁명'은 2016년 세계경제포럼(WEF, World Economic Forum)에서 언급되었으며, 세계경제포럼 회장 클라우스 슈밥(Claus Schwab)에 의해 개념이 확산되었다. 이것은 컴퓨터, 인터넷이 세상에 나온 제3차 산업혁명(정보 혁명)에서 한 단계 더 진화한 변화이다. 인공지능(Artificial Intelligence), 사물인터넷(IoT, Internet Of Things), 클라우드 컴퓨팅, 빅데이터, 모바일 등 지능 정보기술이 기존 산업, 서비스에 융합되거나 3D 프린팅, 로봇공학, 생명공학, 나노기술 등 여러 분야의 신기술과 결합되어 실세계 모든 제품·서비스를 네트워크로 연결하고 사물을 지능화한다.

제4차 산업혁명은 초연결(Hyper-Connectivity)과 초지능(Super-Intelligence)을 특징으로 하며 기존 1~3 산업혁명에 비해 더 넓은 범위(Scope)에 더 빠른 속도(Velocity)로 크게 영향(Impact)을 끼칠 것으로 예상된다. 전통적인 기술결정론적(Technical Determinism) 시각이 아니더라도 기술의 발전은 이에 의해 규정되는 생산관계 나아가 사회 내 권력관계를 변화시킬 것이다. 곧 다가올 차세대 산업혁명은 지금까지 인류가 겪어 온 변화와 그 정도와 방향이 다르다. 인공지능 출현에 의해 지능은 의식의 세계에서 분리되게 되고 인류와 같은 지능이 등장할 것이다.

2013년 개봉한 영화 '엘리시움'은 포스트 휴먼 시대를 예측한 영화다. 2054년 지구인들은 완전히 두 개 공간으로 나누어 살게 된다. '엘리시움'이라 불리는 지구 상공 우주 정거장에서 사는 1%의 상류층, 파괴된 환경의 지구에서 빈곤과 질병으로 고통받으며 근근이 살아가는 99% 인류, 군인으로 용맹을 떨쳤지만 이젠 하루하루 연명하고 사는 맥스(Matt Damon)는 닷새밖에 살 수 없다는 의사로부터 사형선고를 받고 의료시설이 하늘과 땅 차이인 우주 정거장 '엘리시움'으로 숨어 들어간다. 하지만 지구에서 밀려오는 불법 이민자들을 찾아 처단하는 용병들과 처절한 사투를 벌이게 된다. 영화 개봉 3년 후 미국 대통령 후보 트럼프가 멕시코 국경에 장벽을 쌓겠다는 말과 비슷하다.

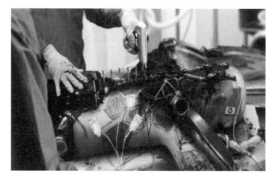

때때로 예술의 창조성이 과학보다 미래를 정확히 예측한다. 영화 '엘리시움'은 4차산업 혁명 이후의 세계가 마르크스가 예측한 방향보다 더 비참하다는 사실을 보여 준다. 서로 다른 계급은 다른 행성에서 살고 인간을 대체할 인공지능이 오히려 인간을 억압하기 때문이다.
ⓒ영화 〈엘리시움〉

2차 산업혁명기의 공업 생산력의 발전, 농촌 몰락과 빈민화, 19세기 초 서구에서 시작된 산업혁명과 그로 말미암은 계급투쟁과 사회 갈등을 과학적 사회주의로 해석하고 나아가 인류 역사를 유물론적 변증법으로 해석한 학자, 혁명가 칼 마르크스(Karl Marx 1818~1883)의 노동관과 4차 산업혁명의 노동관과 비교하며 생각할 수 있다.

마르크스주의에서 소외(Alienation, Entfremdung)는 노동가치설, 생산력-생산관계와 마찬가지로 중요한 개념이다. 마르크스는 자본주의 사회에서 노동자는 자기의 노동력을 자본가에게 팔아서 생계를 꾸려 나가기 때문에 노동은 생명 활동이 아닌 단순히 자본가들이 이익을 얻어 내는 수단으로 전락하고 말았다고 주장한다. 그는 노동자들은 인간의 본질로부터 소외되었다고 본다. 생산수단의 소유와 노동의 분리에 따라 노동자가 사용하는 생산수단과 생산물이 이미 자기의 것이 아니고 자기의 '인격적 표현'도 아니라는 데에서 노동자의 소외가 생긴다. 생명 활동인 노동이 자본가(개인)의 욕망을 채우는 수단으로 전락하여 존재방식으로서의 노동을 소외시킨다는 것이다. 자본론(Das Kapital)[23]과 같은 마르크스의 저작을 읽어 보면 그는 인간이 언젠가는 비인격적이고 비인간적 생산관계를 극복하리라는 일종의 인간과 역사에 대한 신뢰가 있었다고 짐작이 간다. 그런 칼 마르크스가 영화 '엘리시움'을 보았다면 어떤 감상평을 남길까? 인간 노동이 생산과 소외되는 정도를 넘어서 하늘과 땅과 같이 계층의 차이로 서로 사는 위성조차 달라질 수 있는 영화 속 2054년의 지구…. 많은 전문가들은 소위 '제4차 산업혁명'으로 근육에 의한 노동, 판단력에 의한 노동, 소통에 의한 노동 순서대로 노동의 가치는 사라지고 있는 것이라 예측한다.

세계적인 정보통신(IT)기업 구글(Google)의 이사이며 미래학자인 레이 커즈와일(Ray Kurzweil)은 기술 발전이 인간의 생물학적 한계를 초월하는 AI(인공지능)가 실현될 것이라 예측했다. 그는 '특이점이 가까이 온다(The Singularity is Near)[24]라는 책에서 2030년대가 되면 컴퓨터의 지능이 인간을 능가하고, 2040년대 인간의 뇌에 지식을 이식(Upload)하는 기술이 가능할 것이라고 주장한다. 그가 주장하는 특이점(Singularity)은 '미래 기술 변화의 속도가

---

23) Marx, Karl, Das Kapital, AnacondaVerlag, 2013
24) Kurzweil, R., Singularity is near, Penguin, 2001

급속히 변함으로써 그 영향이 넓어져 인간 생활이 되돌릴 수 없도록 변화되는 시점'을 뜻한다.

3,000년 전 농업기술의 발달로 인류는 배고픔과 유목·채집생활의 고단함에서 벗어날 길을 열었다. 19세기 산업혁명, 1990년대 정보화 혁명으로 인간은 대량생산, 대량소비의 풍요로움을 알게 되었다. 그 부작용인 대량낭비의 문제점도 나타나고 있다.

이제 인류의 눈앞에서 '빅데이터', '사물인터넷', '인공지능'을 통해 새로운 시대가 열리게 된다. 빅데이터를 이용하여 대규모 학습능력을 가지고 인간 이상의 추론이 가능하며 다른 인공지능 운영체계와 소통이 가능하고 인간 지력을 뛰어넘는 초월적 인공지능(Transcendental Artificial Intelligence)이 등장할 가능성이 큰 만큼 인공지능이 끝까지 만들어 낼 수 없는 생명 자본의 가치에 눈을 돌려야 한다.

2017년부터 한국에서도 65세 이상이 14%가 넘고 생산가능 인구가 줄어드는 인구절벽이 시작된다. 2020년대에는 로봇이 남편, 아내를 대체할 것 같다. 영국에서는 남성 40%가 5년 이내에 섹스로봇을 살 의향이 있다고 응답하였다. 실리콘과 인공지능으로 만든 사이보그가 강한 성적 쾌락을 준다면 현생 인류 '호모 사피엔스'의 인구는 지금보다 더 줄어들 가능성도 크다. 지구라는 행성을 늘 현생 인류, 호모 사피엔스가 점령한 것도 아니었다. 호모 사피엔스보다 체격도 좋고 뇌 용적량도 큰 '네안데르탈인'도 20만 년 동안 지구에 살았는데 약 3만 년 전 돌연 자취를 감추었다. 현생 인류에게 밀려 도태된 것이다. 많은 수가 현생 인류의 조상들에게 잡혀 먹혔을 가능성도 있다. 장차 '포스트 휴먼'과 현생 인류의 관계도 그렇게 될 가능성이 크다.

생산수단의 소외는 혁명을 통해 복원된다지만 인공지능으로 인한 소외는 회복의 방법을 찾을 수 없다. '제4차 산업혁명'의 터널을 통과하면서도 생명 자체에 가치를 부여하는 공동체는 살아남을 것이고 조악한 시장 만능주의를 신앙같이 떠받드는 사회는 갈등과 내분을 거듭할 가능성이 크다. 마르크스가 분석했던 생산수단에서 노동의 소외의 차원을 넘어선 인간 신존으로부터 소외(疎外, Alienation, Entfrcmdung)될 수도 있다. 따라서 인류에 있어 생명현상과 비생명현상의 구분은 명확해지고 지금까지 생명현상을 때로 억압하던 상징과 관념체계에 대한 회의와 재해석이 일어날 가능성이 크다.

마르크스주의에 의한 역사 발전의 단계는 지금 더 이상 수용할 수 있는 수준이 아니다. 하지만 그가 주장한 자본주의 다음 단계를 이끌어 내는 요인들 즉 공동선(共同善)을 추구하기 위한 큰 정부, 시장의 실패를 예측하여 보상하는 규제, 생산수단의 공유화 내지 국유화, 공동체의 전체를 위한 복지와 이를 위한 세금의 과도한 부담(重負擔), 개인보다 공동체를 위한 문화와 같은 키워드(Key Words)들을 슬로건으로 삼는 정치와 정치세력이 진보(Progressive)로 불리우는 것은 '미래의 현상에 맞지도 않고 진실도 아니다.' 오히려 진보라 불리워야 하는 요소들은 초(超)지능, 초(超)연결 시대에 대비하여 인공지능의 노동 대체를 대비하여 창조성을 꽃피우고 극대화시킬 수 있는 교육환경, 공동선이란 허구를 극복하고 피부에 와닿는 권력 분권과 철저한 지방분권, 식민지 억압 도구의 전통을 지속하는 한국 관료주의를 극복하기 위한 협치(Governance), 인간 창의성이 발현되는 조직인 기업에 대한 정치와 관료의 간섭 배제, 새로운 기술로 새로운 산업, 직무와 직업을 창조해 가는 과정에 구태의연한 관료주의를 배제하려는 의지가 진보의 요소들이다.

남성 중심 한국 사회에서 중년 남성에게서 흔히 나타나는 기질적 보수와 정치적 보수(Political Conservatism), 진보주의(Progressive)를 혼돈하여 사용하는 경우가 많다. 용어를 정확히 알아야 그 논리를 전개할 수 있다.

그렇다면 2017년 5월 출범한 문재인 정부의 성격은 '진보'인가 '보수'인가? 필자의 견해는 구태의연한 '보수'다. 정책의 지향점이 1990년대 붕괴된 사회주의를 향하고 있고 다음 시대인 4차 산업혁명을 위한 철학과 준비가 되어 있지 않기 때문이다.

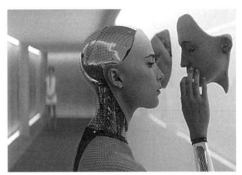

진보와 보수는 상대적 개념이다. 한번 진보로 불리면 영원히 그런 것이 아니다. 1970년대 '혁신'이 1980년대 '진보'로 진화했다. 한국에서 흔히 쓰이는 진보의 개념은 유럽 사민주의(社民主義)나 마르크시즘, 김일성 주체사상 등 다양하고 복잡한 지향점을 가진다. 어찌됐던 '4차 산업혁명' 이후 인류의 모습은 아닌 것으로 분석된다.

토포필리아(Topophilia), 직역하면 장소에 대한 사랑(場所愛)이란 뜻이다. 장소는 인간의 정체성 형성에 필수적 요소다. 인간의 근본적 관념과 애착은 장소를 통하여 형성된다. 특정 장소에서 맺은 관계 속에서 그런 인식이 형성된다. 즉 보고, 듣고, 냄새 맡고, 손으로 만진 감각을 통해 받아들인 관념이 사람의 인격을 형성하는 것이다. 토포필리아는 사람이 특정 장소에 느끼는 정서적 유대감이다. 태어난 곳, 살았던 곳, 초·중·고 대학을 다녔던 도시, 신혼여행지, 첫사랑을 고백했던 곳 등에 특별한 감정을 갖는 건 장소애, 토포필리아(Topophilia) 때문이다. 특정 장소를 가 봤다는 이유로 그곳에 특별한 느낌이나 감정을 갖는 것은 아니다. 감각을 가진 인간에게 장소와 건축은 의식 형성에 빠질 수 없는 요소다.

토포필리아는 인공지능과 4차 산업혁명의 시대 인간 정체성이 지향해야 할 용어다. 인간은 존재의 외부와 직접 반응을 통해 인식과 행동을 하지만 이와 별개로 의식에는 기호와 상징, 심볼(Symbol)의 세계도 존재한다. 기호, 상징의 세계, 디지털 세계에는 '0, 1'이란 심볼(Symbol)로 형성된 사이버 세계는 그 규모와 콘텐츠가 급격히 커져 가고 있다. 종교라는 심볼의 세계가 긍정적인 측면만 인간에게 주는 것이 아니라는 사실은 이미 역사를 통해 발견할 수 있다. 중세 유럽 가톨릭의 마녀사냥은 독일어권에서만 고문과 화형으로 6만 명의 희생자를 낳았다. '십자가'와 '초승달'이란 심볼의 격돌 십자군 종교전쟁은 8차에 걸친 원정으로 2백만의 희생자가 생겼다. 최근 IS(Islam State)의 테러도 이와 같은 성격을 가지고 있다.

인간은 누구나 태어난 장소와 시간이 있다. 자기가 가진 감각기관을 통해 받아들인 정보로 뇌(腦)는 학습활동을 계속한다. 모든 정보는 땅, 즉 정체성과 관계 있다. 관념적 정보는 대부분 인류에게 불행을 가져왔다. 즉 체험할 수 없는 정보를 상대적으로 짧은 시간에 강제적으로 학습하게 하는 행동을 생리적으로 거부한다. 예를 들어 공동선, 공익, 사회주의 조국, 공산주의와 같은 추상적인 개념을 거부하는 것이 토포필리아다.

인간이 가진 지능과 거의 같은 존재가 나타난다. AI(인공지능)다. 인류 역사에 이 같은 경험을 한 적이 없다. 개항기(開港期) 조선인들이 처음 서양인을 보았을 때와 마찬가지로 패닉현상이 나타날 것이다. 인간을 집단으

로 평가하고 탑-다운(Top-Down)식으로 운영하는 방식, 더 이상 인류에게
도움이 되지 않는다. 인간 그 하나하나가 의미 있고 존재했던 시간은 그
만큼 소중하다. 그래서 어떤 목표를 정해 놓고 잘 알지도 못하는 느껴
보지도 못한 이념과 종교를 위해 개인의 희생을 강요하는 집단주의 정치
는 미래에 더 이상 유효하지 않다.

자유인의 무장(武裝)

성숙한 자유인은 자아라는 정해진 틀에서 벗어나 외부 세계와 상호작용한다. 자유인은 자의식을 통해 자유를 생성하고 외부 지배력과 갈등이 벌이는 과정, 그 갈등을 극복하는 과정을 통해 외부 주체와 권리와 의무를 정하고 타자(他者)를 인정하게 된다. 이러한 개인 자유와 타자를 인정하는 과정은 헤겔의 '정신현상학(Phenomenology of Spirit)'에 적절히 기술되어 있다.

인간이 주체적 자유를 획득하는 과정 중에서 자아에 대한 인정과 긍정적 감정 즉 토포필리아(Topophilia)의 관념도 만들어진다. 가정과 공동체의 규율, 법(法)과 규정 그리고 고유의 정치행위 등이 이런 과정의 결과라 할 수 있다. 이렇게 공적(公的)으로 형성되는 관계는 무중력같이 무책임한 것이 아니며 자유를 만들어 가는 과정에서 갈등과 투쟁 또는 폭력을 통해 획득하게 되고 건강한 개인이 온전한 자의식을 발휘하는데 필수적 요소다. 고대 그리스의 도시국가 폴리스에서 오늘날 모바일 인터넷 시대 국가까지 인간은 서로 책임지며 자유인은 촘촘한 상호 의무 관계로 연계되어 있을 수밖에 없다.

자유를 지키는데 있어 보빗(Philip Bobbit)[25]이 주장한 내재적 시장으로 연계된 국가(Market State)도 외부 폭력을 응징하려는 내부의 충성 없이는 유지되기 어렵다. 평화는 사회 구성원이 전쟁을 감수할 수 있다는 자발적 충성과 의지를 요구한다. 이를 무시하면 1940년 프랑스와 같이 별로 강하지 않은 충격에도 사회는 무너진다. 자유민주주의자는 항상 사회와 국가에 의한 합법적 폭력과 자신의 자유 사이에 강한 연관성을 무시해서 안 된다.

북한 핵, 미사일 문제에 문재인 정부는 국제적으로 '나 홀로' 평화만 외치고 있다. 일본도 북한 미사일 실험에 대해 '준전시 상황'으로 보고 있는 순간에도 북한이 괌 사격을 예고한 뒤 미국이 '무력 응징론'을 폈을 때도 2017년 12월 중국 국빈 방문 때에도 문재인 대통령은 "전쟁만은 막을 것"이라고 했다.

문재인 대통령은 2017년 12월 14일 중국 국빈방문 중 시진핑 국가 주석과 ▲한반도에서 전쟁 절대 불가 ▲한반도 비핵화 원칙 확고한 견지 ▲북한의 비핵화를 포함한 모든 문제의 대화·협상을 통한 평화적 해결 ▲남북 관계 개선은 궁극적으로 한반도 문제를 해결하는 데 도움이 된다는 내용의 한반도 평화 4대 원칙에 합의했다.[26] 평화는 목표가 될 수 없고 힘의 균형의 결과다. 문재인 정부의 정책에는 원인과 결과가 뒤바뀐 것이 너무 많다.
ⓒ비즈니스포스트

1940년 프랑스 달라디에 수상, 영국 챔벌린 수상이 히틀러에게 '전쟁을 일으켜도 큰 문제가 없다.'는 위험천만한 메시지를 준 것 같이 김정은은

25) Bobbit, Philip, Garments of Court and Palace: Machiavelli and the World That He Made, Atlantic Monthly Press, 2013
26) 연합뉴스, 2017. 12. 16

문재인 정부를 잠재적 동조자로 볼 수 있다. 국제적으로 미국·일본으로부터 외면당하고 중국으로부터 배척당하고 북한에서 조롱당하는 결과를 낳을 수 있다.

평화는 전쟁 상황이 닥칠 수도 있음을 인정하지 않고 평화만 수동적으로 목표로 한다고 소유할 수 없다. 긴 인류 역사는 전쟁의 시간에 더 익숙하다. 역사적으로 평화란 그저 전쟁이 잠깐 없는 휴지기일 뿐이다. 한국인들은 60년 넘는 한미동맹으로 그 휴지기가 영원히 계속될 것으로 착각하고 살아왔다.

고대 역사에서 자유민으로 구성된 시민군은 고대 그리스의 방어와 로마의 세계 정복에서 필수적이었다. 앗시리아, 바벨로니아, 페르시아 등 동방제국과 로마에 의해 지도에서 사라진 카르타고가 노예와 용병으로 구성된 군대를 운용했지만 로마의 군대는 스스로 무기를 구입하고 전쟁비용을 세금으로 납부하는 자유 시민들이 근간(根幹)을 이루었다. 아테네인들의 군대는 폴리스를 방어하는 자발적 시민들로 구성되었지만 스파르타 군대는 국가권력으로 평시에 사회를 지배하고 전시에는 무자비한 정복을 펼쳤다. 이런 스파르타식 군(軍)시스템은 극단적 전체주의 국가가 이어 받았다. 히틀러의 국방군(Wehrmacht) 혹은 친위대(Reichssicherheitshauptamt der SS, RSHA), 스탈린의 붉은군대(Red Army)가 바로 그 형태다. 국가 폭력에 대한 스탈린의 무자비하고 야만적 전통이 김일성, 김정일, 김정은의 왕실 군대, 즉 조선인민군에로까지 이어지고 있다.

2017년 9월 퇴행적 김씨 조선의 절대군주 김정은이 6번 핵실험을 시도했다. 핵에 대한 공포는 동일한 공포로 대응할 수밖에 없다. 그 도발의 역사를 정리하면 다음과 같다.

- 1998. 08. 31 함경북도 화대군 무수단리 대륙간탄도미사일 대포동 1
  호 발사
- 1999. 06. 15 서해 제1연평해전
- 2002. 06. 29 서해 제2연평해전
- 2006. 07. 05 함경북도 화대군 무수단리 탄도미사일 대포동 2호 발사
- 2006. 10. 09 제1차 핵실험 1kt으로 추정
- 2009. 04. 05 함경북도 화대군 무수단리 인공위성 '광명성 2호' 탑재
  장거리 로켓 '은하 2호' 발사
- 2009. 05. 25 제2차 핵실험 3~4kt으로 추정
- 2010. 03. 26 서해 천안함 격침
- 2010. 11. 23 서해 연평도 포격
- 2012. 04. 12 평안북도 철산군 동창리 발사장 '광명성 3호' 탑재 장거
  리 로켓 '은하 3호' 발사 실패
- 2012. 12. 12 평안북도 철산군 동창리 로켓 발사장 장거리 로켓인 '은
  하 3호' 발사 성공
- 2013. 02. 12 제3차 핵실험, 6~7kt으로 추정, 함경북도 길주군 풍계리
- 2013. 03. 11 북한 정전협정 백지화 선언
- 2016. 01. 06 제4차 핵실험(수소탄으로 추정됨), 6kt, 함경북도 길주군 풍
  계리
- 2016. 02. 06 평안북도 철산군 동창리 로켓 발사장 장거리 미사일(북한
  은 인공위성 주장) '광명성 4호' 발사 성공
- 2016. 07. 08 한·미간 고고도미사일방어체계(THAAD, 사드) 도입 결정, 북
  한 및 중국 강력 반발

- 2016. 09. 09 제5차 핵실험, 10~30kt 추정, 함경북도 길주군 풍계리

- 2017. 05. 14 평안북도 구성, 화성 12형 중거리 미사일 시험 발사

- 2017. 05. 21 평안북도 북청, 북극성 2형 미사일 시험 발사

- 2017. 07. 04 평안북도 방현, 화성 14형 ICBM급 미사일 시험 발사

- 2017. 07. 28 자강도 무평, 화성 14형 ICBM급 미사일 시험 발사(최고고도 3725km, 998km 비행, 추정 사거리 1만km 이상)

- 2017. 08. 29 평양 순안공항, 화성 12형 ICBM급 미사일 시험 발사(최고고도 550km, 2700km 비행) 일본 열도를 넘어 태평양에 낙하

- 2017. 09. 03 제6차 핵실험, '화성 14형 장착용 수소탄 개발', 함경북도 길주군 풍계리

핵 공포에 대응하는 방법은 선택 없이 단 하나 '핵'이다. 북한의 핵무장에 대비하기 위해 대한민국에 독자적 핵무장이 절대적으로 필요하다. 하지만 대한민국의 독자 핵무장에 대해 비판이 많다. 특히 국제 정치학을 전공하

1953년 8월 8일 이승만 대통령이 덜레스 미국 국무장관과 '한미 상호방위조약'에 가조인한 뒤 환담하고 있다. 한국인은 한미동맹으로 주어진 평화를 공짜로 생각하고 있다. 지난 60년의 평화는 안보 무감각의 부작용도 낳고 있다.

거나 군축(軍縮) 분야의 전문가들의 비판이 많다. 비판들을 요약하면 다음과 같다.

첫째, 독자 핵무장은 NPT(Nuclear non-Proliferation Treaty, 핵확산금지조약)를 정면으로 위반하여 북한과 같이 경제제재를 받을 것이다. 수출로 경제를 유지하고 사는 대한민국으로서 치명적이다.

둘째, 한국의 독자 핵무장은 미국의 핵우산을 의심하는 행위이며 한미동맹을 깨자는 것과 다름없다.

셋째, 한국 독자 핵무장은 한반도 비핵화 선언에 정면 위반되며 북한에게 핵을 개발하지 못하게 하는 명분을 잃게 한다.

넷째, 한국 핵무장은 동북아 핵무기 도미노를 만들어 세계평화를 어지럽게 할 것이다. 일본, 대만 심지어 필리핀까지 핵무장을 들고 나올 것이다.

위의 비판적 견해를 보면 첫째, 이상한 일은 독자 핵무장에 반대하는 사람들 대부분 한미동맹에 심정적으로 거부감을 가진 소위 운동권 좌파들인데 이런 사람들이 새삼스레 핵개발이 한미동맹에 저해된다고 하는 것도 이상한 일이다. 한반도 비핵화 선언은 이미 북한에 의해 난도질 당했고 대한민국만 지킬 이유도 없다. 지금 같은 미국-북한의 핵 치킨게임은 미북 평화협상을 통해 극적으로 끝날 가능성이 크고 대한민국은 1975년 남 베트남같이 협상에서 소외당할 가능성도 크다. 무엇보다 한국 내부의 좌우 국론 분열로 제대로 된 대외 및 국방전략을 추진할 수 없게 될 것이다.

세계에 공식 핵(核) 보유국은 미국, 러시아, 영국, 프랑스, 중국이다. 모두 2차 세계대전의 전승국이다. 이중 중국의 경우만 다르다. 승전국은 장개석 자유중국이었기 때문에 모택동의 중화인민공화국(中華人民共和國)은 국력을 쏟아부어 2탄 1성(2彈 1星) 즉 원자탄(1964년), 수소탄(1967년), 인공위성을 자력으로 개발한 이유로 제재를 받아야 했다. 이때 세계에서 유일하게 중국을 옹호한 나라가 북한이었다. 공식 핵보유국 이외 이스라엘, 인도, 파키스탄이 비공식적 핵보유국이다. 세계 핵무장 역사를 보면 우리는 결국 미국이 핵보유 결정에 주요한 역할을 한다는 점을 알 수 있다. 아주 쉽게 말해 어떤 나라가 핵보유를 하고 못하고는 미국의 마음에 달려 있다.

이스라엘은 막강한 아랍 국가들에 둘러싸여 있다. 이스라엘이 핵폭탄을 완성한 때는 1967년으로 추정된다. 이스라엘의 핵보유가 기정사실이 된 건 1970년대 초반이다. 3·4차 중동전쟁이 그 사이 일어났다. 핵무기가 있다는 자신감은 이스라엘을 중동의 패권국가로 만들었다. 재래식 전쟁에서 수세에 몰린 이스라엘이 핵무기 사용을 준비하면 핵전쟁을 우려한 미국이 첨단 무기로 이스라엘을 지원하는 패턴이 계속됐다. 중동전쟁은 핵위협만으로 재래식 전쟁의 판도까지 바꿀 수 있다는 사실을 증명했다. 2015년 7월 오바마 대통령은 네타냐후 이스라엘 총리와 회담한 직후, "이스라엘은 독특한 안보상의 필요성에 따라 위협에 대응해야 한다고 생각하며, 미국은 이스라엘에 대해 안보상의 이익을 저해하는 어떤 조치도 취하도록 요청하지 않을 것이다."고 발표했다. 이는 1969년의 비밀협약이 유효함을 에둘러서 표현한 것이다. 1969년 메이어-닉슨 비밀협약에 따라 이스라엘은 핵보유를 부인도 시인도 하지 않는 정책을 유지하고, 핵실험을 하지 않는다는 약속을 지켜야만 하게 되었다. 플루토늄으로 만든 핵폭탄은 정밀한 내폭(內爆)장치를 필요로 하므로 핵실험이 필요하다. 이스라엘은 프랑스와 공동으로 핵폭탄을 설계, 실험한 셈이므로 이 단계는 필요하지 않았다. 농축우라늄으로 만드는 핵폭탄은 분리된 우라늄을 임계(臨界)질량 이상으로 합치기만 하면 터지게 설계되어 있어 별도의 핵실험이 필요하지 않다. 이스라엘은 건국과 동시에 핵무장을 끈질기게 추구하였다. 북한 '김씨 조선'도 이 길을 걷고 있다.

이스라엘의 핵무장을 용인하는 닉슨 미 대통령과 골다 메이어 이스라엘 수상의 회담(1969년). 이 회담으로 이스라엘 20년 핵무장 공작이 국제적인 사실이 되었다. 이스라엘은 안보에 대해서만큼은 좌·우가 없다. 한국의 좌파는 지켜야 할 대한민국 자체를 인정하지 않는다. 자유(自由)는 그것을 누릴 만한 자유인에게만 허용된다.

인도도 1950년대 초부터 핵을 개발했으나 미국의 은근한 지원 속에 약 2년 미만의 경제제재만 받고 말았다.

한국은 이스라엘의 예를 연구해야 한다. NPT체제에서 핵개발은 당연히 국제적 제재를 받을 것이다. 이에 대비하기 위해 한국의 핵무장은 오로지 북핵에 대응하기 위한 자위적 성격이며 북한이 핵무기를 폐기하면 한국도 함께 핵을 없애는 제한적 핵개발이라는 것을 대외에 천명해야 한다. 핵기술이 불량국가나 테러단체에 흘러가지 않도록 철저히 통제하는 한편 핵개발로 인한 환경오염 등을 막고 모든 정보를 주변국가에 투명하게 진행하겠다는 원칙을 천명해야 한다. 오로지 북한을 향한 자위적 성격의 핵무기 개발이라는 스스로 개발한 핵의 투발수단이나 위력 등을 제한하겠다고 천명하는 것도 한 방법일 수 있다.

무엇보다 전쟁이 일어나면 승리하겠다는 자유인들이 한반도 남쪽에 부족하다는 점이다. 대한민국 체제가 이룩한 성과와 업적을 부끄럽다고 폄하하면서 핵 조폭 김정은에게 조공이나 바치고 매년 맞지만 않으면 괜찮다는 '정신적 노예'들만 많아질 것 같다.

4차 산업혁명과 자유

필자는 사람들로부터 "4차 산업혁명이라고 말은 많지만 달라진 것이 없다."는 말을 많이 듣는다. 모든 기술 환경 변화는 알게 모르게 다가와 모든 것을 바꿔 버린다. 가까운 예로 10여 년 전 쓰기 시작한 스마트폰이 바꿔 놓은 우리 삶의 변화를 보면 알 수 있다.

기술로 인한 변화를 실감하게 하는 사진이 있다. 1900년, 1913년의 뉴욕 브로드웨이 거리를 각각 찍은 사진인데 1900년 사진에 자동차 한 대밖에 없다. 1913년 반전이 일어난다. 도로를 꽉 채운 자동차, 남아 있는 마차 한 대밖에 없다.[27]

인간은 망각의 동물이다. 오늘 우리가 쓰고 있는 전기, 상수도, 하수도, 자동차, 냉장고, 세탁기가 인류사 긴 여정에서 보면 긴 역사를 가진 것들이 아니다. 하지만 우리는 당연히 거기에 그 물건들이 나를 위해 있어야 할 것으로 생각한다.

---

27) 에릭 슈미트, 조너선 로젠버그, 앨런 이글, 구글은 어떻게 일하는가, 김영사, 2014

한국인 문화 유전자 밈(Meme)에는 문치주의(文治主意), 선비 중심주의가 새겨져 있다. 극렬한 문치주의로 이씨 조선은 국방도 상공업도 무너지고 스스로 붕괴했다.

문치주의 특징은 첫째, 학파가 정파가 된다. 문재인의 정부의 '소득주도 성장'의 예를 보면 잘 이해할 수 있다. 해외 경험(유학)을 거치지 않은 일부 서울대 출신 교수들 학설이 바로 국가정책으로 된 사례다. 경제수석 홍장표 부경대 교수(서울대 학·석·박사), 공정위원장 김상조(서울대 학·석·박사)가 대표적이다. 이들은 변형윤(서울대 학·석·박사, 밴더빌트대 수학 1963~1964) 명예교수의 제자들이다.[28] [29]

변형윤 명예교수는 지난 50년간 경제개발 과정 과정마다 반대를 한 것으로 유명하다. 경부고속도로 건설계획이 발표되자 그는 "자가용 가진 사람이 몇 명이나 된다고 농토를 가로질러 길을 낸단 말인가. 기어이 길을 닦아 놓으면 소수의 부자가 그들의 젊은 처첩들을 옆자리에 태우고 전국을 놀러 다니는 유람로가 되지 않겠는가?"라고 비판했다. 포항제철

28) 머니투데이, 소득주도성장 주도한 홍장표 "혁신성장과 상호보완", 2017. 10 12
29) 비즈니스포스트, [Who Is?] 홍장표 청와대 경제수석비서관, 2017. 7. 11

(현 포스코) 건설과 수출주도 공업화에도 부정적이었다.[30] [31]

1970~80년대 소위 변형윤 명예교수와 그 제자들의 학현학파^(學峴學派)

말대로 했다면 한국이 지금 어떤 수준의 나라가 됐을지 의문이 든다. 또 그 후학들이 문재인 정부에서 어떤 방향으로 이 나라를 이끌고 갈지도 궁금하다.

둘째, 이데올로기(Ideology)가 기술이나 실증보다 앞선다. 문재인의 정부의 '탈(脫)원전 정책'이 바로 여기에 해당된다고 생각된다. '탈원전'은 지향해야 할 장기적 목표일 수 있다. 하지만 이를 추구하는 과정에서 수많은 현실적이고 기술적인 문제가 해결돼야 한다. 이념의 이슈는 아니다. 이상적인 목표를 일방적으로 제시하고 밀어붙이는 것은 이념의 과잉이다. 경영 의사결정 하나에도 복잡계(Complex System) 이론을 활용해야 하는 현대사회에 문제를 이념화하면 항상 극단적 방법이 동원될 수밖에 없다. 수많은 관계자들이 복잡하게 얽혀 있는 의사결정 구조에서 내 주장과 다르면 무엇인가 음습한 흉계가 도사리고 있다고 확신하는 태도가 일방적이고 이념적이다. 조선 500년 후기로 갈수록 권력이 이념화된다. 이념화된 권력은 항상 우상과 죽여야 할 적(敵)과 적폐를 만들어야 정당성을 갖는다.

셋째, 상·공업은 천(賤)한 것이어서 사대부 지식인들로부터 목민(牧民)과 훈도(訓導)를 받아야 한다는 것이 조선 500년의 적폐다. 아래 뉴스 보도를 접하면 이 같은 현상이 아직도 건재한다고 할 수 있다.

2017년 11월 4일 TV조선 뉴스 보도[32]내용이다.

회의에 지각한 김동연 경제부총리가 겸연쩍은 표정으로 들어섭니다.

30) 동아일보, 조순과 변형윤, 2011. 2. 11
31) 한국경제, 40년 만의 재회, 2008. 3. 10
32) TV조선, 2017. 11. 4, 연합뉴스, 2017. 11. 6

김동연 경제부총리: "김 위원장이 내 면 세워 주려고 나보다 조금 더 늦게 오신 것 같다."

김상조 공정위원장: "재벌들 혼내주고 오느라고."

김동연 경제부총리: "재벌들? 그런 얘기 이런데서 막 하면…"

김 위원장은 경제장관회의 4시간 전, 8km 남짓 떨어진 서울 중구 대한상공회의소에서 삼성전자 등 5대 그룹 전문경영인과의 간담회를 가졌습니다. 김 위원장은 기합 주기식 기업 개혁이 아니라고 강조했지만, 대면했던 기업 가운데선 "기업 다 죽게 생겼다."며 불만을 토로했던 것으로 알려졌습니다.

이동근 대한상공회의소 부회장

"기업들이 어려운 가운데서 기업지배구조 개선과 상생협력 노력을 나름대로 많이 하고 있다."

'경제 검찰' 공정위 수장이 부지불식(不知不識) 중에 반기업적 편견을 고스란히 드러냈다는 비판도 제기됩니다.

상공인, 기술자를 천시하던 문치주의 조선으로부터 내려온 폐습(弊習)에 대항해 박정희 전 대통령은 의도적으로 상공인, 과학자들을 우대하고 경제성장을 이룩했다. 정치 성향과 무관하게 과학·기술인들이 박정희 전 대통령을 존경하고 그리워하는 데는 이유가 있다.

문재인 정부 이낙연 국무총리는 2017년 9월 28일 대전에 소재한 KAIST에서 열린 규제혁파를 위한 현장간담회에서 박정희 전 대통령이 초대 KIST(한국과학기술연구원) 원장이었던 최형섭 전 과학기술부 장관에게 "KIST는 감사를 받지 않을 것이다. 마음놓고 하라."며 여당 국회의원들에게 감사에서 빼라고 지시한 일화를 소개했다. 이 총리는 또 "최형섭 전 원장은 연구자들의 하숙비가 부족한 걸 알고 수위들 월급을 깎아서 그 돈으로 연구자 하숙비를 보태게 했다."며 "요즘 같으면 '무슨 갑(甲)질' 이렇게 됐겠지만, 그러나 그런 열정으로 대한민국 과학기술 초창기를 만들어 냈다."고 박정희 전 대통령 시대의 과학기술 진흥정책을 긍정적으로 평가했다.[33]

박정희 전 대통령은 고교평준화를 통해 특정 학벌이 권력화하는 것을 막았다. 이런 실사구시(實事求是) 전통이 기업인 이명박 대통령, 이공계 여성 박근혜 대통령이 계승하였다면 얼마니 좋았을까? 하지만 두 전직 대통

박정희 전 대통령은 과학, 기술자를 우대하는 정책을 써서 이들을 관료, 정치인들로부터 보호하였다. 사진은 1969년 과학기술연구원 준공식 테이프 커팅 장면.
ⓒ연합뉴스

령 모두 그 혁신의 소명을 역사의 강물에 흘러 보냈다.

4차 산업혁명은 크게 세 가지로 나누어 볼 수 있다. 첫째, 초지능(Super-Intelligence), 둘째 초연결(Hyper-Connectivity), 셋째, 게놈 유전자 정보의 활용이다.

세계적인 IT기업 구글(Google)의 이사이며 미래학자인 레이 커즈와일(Ray Kurzweil)은 기술 발전이 인간의 생물학적 한계를 초월하는 AI(인공지능)가

33) 머니투데이, "과학자 인정하자"…박정희, 모택동 사례든 이낙연 총리, 2017. 9. 28

실현될 것이라 예측했다. 그는 '특이점이 가까이 온다(The Singularity is Near)' 라는 책에서 2030년대가 되면 컴퓨터의 지능이 인간을 능가하고, 2040년 대 인간의 뇌에 지식을 이식(Upload)하는 기술이 가능할 것이라고 주장한 다.[34] 그가 주장하는 특이점(Singularity)은 '미래 기술 변화의 속도가 급속히 변함으로써 그 영향이 넓어져 인간 생활이 되돌릴 수 없도록 변화되는 시 점'을 뜻한다. 포스트 휴먼(Post Human)이란 인간과 기술(또는 기계)이 융합되 는 미래 인간을 말한다. ICT(정보통신) 기술, 인공지능(AI), 바이오 기술 발달 로 기계와 인간이 융합되어 경계가 사라질 것으로 예상된다. 생명공학으 로 사이보그 인간이 완성된다고 예상되는 2040년을 기준으로 지금부터 그 중간의 과정을 '트랜스 휴먼(Trans Human)'이라고 한다. 따라서 인류는 지금 '트랜스 휴먼'의 시대를 살아가고 있다.

4차 산업혁명의 시대 인간과 노동은 어떻게 변화할 것인가? 많은 전문 가들이 다른 관점의 전망들을 내놓고 있다. 분명한 것은 지금과 같은 형 태의 노동 가치는 약해지거나 사라질 것이다. 근육이 필요하거나, 단순 히 자료를 수집·분석하거나, 진단·판단을 내리는 분야는 인간노동에서 인공지능과 로봇으로 대체가 가능할 것이다. 지금과 같은 행동패턴의 일 자리는 줄어들 것이다. 이러한 추세는 일정기간 실업의 공포를 인류에게 안겨 줄 것이다.

기술의 진보가 인간 일자리를 빼앗아 간다는 주장은 19세기 러다이트 기계파괴 운동(Luddite Movement)에서 볼 수 있는 단순한 상상력과 추론이 다. 2차 산업혁명에서 내연기관 즉 엔진의 발명으로 혁명적인 변화가 일어 났다. 거리에서 마차가 사라지자 자동차가 등장했다. 마차를 운행하던

---

34) Kurzwell, Ray, The Singularity Is Near : When Humans Transcend Biology, Penguin Books, 2006

업자들은 두 가지 방향으로 갈라졌다. 첫째는 자동차의 위험성을 강조하고 자동차 운행시간을 '법으로 규제하여' 마차산업의 생존권을 지키려는 부류와 마차 차체와 바퀴를 자동차에 적용하는 것 같이 새로운 산업에 적응하려는 부류다. 어느 쪽이 지금까지 생존해 있는지는 따로 설명이 필요 없다.

새로운 기술 적용은 새로운 일자리를 만들어 낼 수도 있다. 50명 노동자들이 곡괭이로 땅을 파는 작업을 포크레인으로 대체하면 단순히 50명 일자리가 사라졌다고 할 수 있을까? 19세기 산업혁명 이후 인류는 이전에 볼 수 없었던 새로운 일을 만들어 왔다. 마케팅, 서비스, 물류, 복지, 문화 콘텐츠 산업 등이 전통 농업사회에서 볼 수 없었던 직종들이다. 4차 산업혁명을 거치면서 좀 더 인간적이고 감성적이며 미디어 기기를 거치지 않는 인간적인 직접 접촉에 의한 욕구가 늘어날 것이다. 매스 프로덕션(Mass Production), 매스 미디어(Mass Media) 등 대량생산-대량소비-대량낭비의 20세기 패러다임이 개별적, 일상적, 구체적 소비와 소통으로 바뀔 것이다. 이러한 경향은 개인 대 개인(Peer-to-Peer) 거래를 지향하는 암호화 화폐와 블록체인 거래에서 나타나고 있다.

이와 같은 새로운 세상을 대비하기 위해 두 가지의 서로 다른 정책방향을 생각해 볼 수 있다. 첫째, 일자리가 줄어드니 기본 소득을 무상으로 주는 제도와 같이 복지가 강화해야 한다는 주장이다. 소위 지금 진보좌파가 선호하는 방향이다. 둘째는 제조업 중심의 각종 규제를 혁신하여 기술과 기술의 융합 분야에서 창직(創職)과 창업(創業)을 활성화시키는 방향이다.

사람들이 잊고 있지만 2017년은 러시아혁명 100주년이었다. 불행히도

혁명의 고향 러시아에서조차 국가 차원의 기념행사는 없었다. 이 해는 독일에서 시작한 종교개혁 500주년과 겹치는 우연의 일치를 보이고 있었다.

러시아 제국 로마노프 왕조 니콜라이 2세 황제를 몰아낸 1917년 3월 혁명으로 권력을 잡은 혁명정부(멘셰비키)는 1차 세계대전을 계속 하겠다는 정책을 취했다. 전쟁의 고난의 행군에 민중의 불만은 높아지고 1917년 4월 망명 중인 스위스에서 독일제국이 제공한 봉인 열차편으로 조국으로 귀국한 레닌은 10개항에 걸친 4월 테제(April Theses)를 발표했다. '모든 권력은 소비에트로'라는 구호를 내걸고 볼셰비키들은 멘셰비키 임시정부에 대항했다. 7월 3일 볼셰비키는 군대, 노동자들을 동원, 무장조직을 만들기 시작했다. 케렌스키가 수상이 되어 노동자·병사·볼셰비키에 탄압을 가하자 양 세력의 대립은 첨예화하였다.

러시아혁명은 레닌(Влади́мир Ильи́ч Ле́нин), 평생의 작품이다. 맏형 '알렉산드르 울리아노프'의 처형을 청소년기에 본 레닌, 그는 청년기 '마르크스주의(Marxism)'의 세례를 받고 평생을 러시아혁명에 바쳤다. 레닌의 강력한 요청 아래 볼셰비키 당내에 무력봉기의 방침이 결정되고, 소비에트 의장 트로츠키 지도 아래 군사혁명위원회가 설치, 계획이 진행되었다. 11월 6일 봉기가 시작되었고, 혁명군은 거의 무혈로 수도 중요 거점들을 점령, 러시아 소비에트대회가 열린 7일 심야(深夜)까지 임시정부 거점을 제외한 도시 전체가 볼셰비키 지배하에 들어갔다. 소비에트대회는 멘셰비키와 사회혁명당이 퇴장한 가운데 봉기를 승인하고 볼셰비키의 전국적 권력 장악을 결의하였다.

혁명 당시 러시아는 농업국가였다. 마르크스 이론에 의해 자본주의에서 사회주의로 이행이 이행될 사회 환경은 아니었다. 제국주의와 자본주의 모순이 영국, 프랑스, 독일에서 수입되어 심화되는 상황이었다.

러시아를 필두(筆頭)로 우크라이나, 발트 3국, 몽골, 중국, 폴란드, 헝가리, 체코슬로바키아, 발칸반도(그리스 제외), 베트남, 한반도 북부가 공산화됐다. 이 나라들에서 권위주의 정치문화, 생산수단 국유화, 형식적 무상복지, 국가 완전고용, 언론 집회 여행 등 기본 인권 통제와 같은 사회현상이 공통적으로 나타났다. 유라시아 끝자락에서 대한민국은 외롭게 50년 이상을 자유민주주의를 지킨 것이다.

사회주의 경제의 특징은 '붕괴할 때까지 자체 혁신이 없다.'는 것이다. 1980년대 말 미국과 서구에서 정보통신 산업의 급격한 발전으로 수많은 벤처기업들이 탄생, 성장, 소멸했다. 마이크로 소프트(MS), 애플(Apple), 아마존(Amazon), 구글(Google)이 대표적이다. 하지만 같은 시기, 1980년대 말 소련과 동구권 경제는 생명력을 잃고 회생이 어려운 단계, 나락으로 떨어졌다. 이들은 국가 연쇄 붕괴라는 비극적 결말을 맞게 됐다.

구 소련 경제는 혁신하지 못하고 붕괴했다. 사회주의 경제는 혁신의 생명력이 없다.
©뉴시스

4차 산업혁명 시대는 사회주의와 시장기반 자유주의 어떤 방향이 더 맞을까? 인공지능과 로봇이 일자리를 빼앗아 가니 복지 혜택을 지금보다 파격적으로 늘여야 하고 그러기 위해 부자증세 (어떤 경우는 '슈퍼리치', '핀셋 증세'라 포장한다)와 다국적 대기업에서 세금을 더 많이 징수해야

(빼앗아야) 한다는 주장은 매우 일차적이다.

인간은 창백한 지식인과 좌파 정치꾼들이 책상머리에서 상상하듯 그리 약하지 않다. 복지가 늘어나면 모세혈관 같은 복지 서비스 배달과 감시감독 체계를 운영하기 위해서 국가기관과 공무원 조직이 기하급수적으로 비대해진다는 사실은 복지사회의 역사를 관찰하면 잘 알 수 있다. 물론 사회적 약자에게 공동체의 배려, 지원은 필수적이다. 하지만 규제와 자유 어느에 방점을 둘 것인가가 '4차 산입혁명' 이후의 국가 운명을 결정할 것이다.

정치적 자유주의와 경제, 산업 분야의 산업혁명은 불가분의 관계를 가지고 있다. 단순히 경제구조상에서만 혁명적 변화를 가져온 것이 아니라, 정치적·사회적 구조에도 커다란 변화를 가져왔다. 정치적 변화로서 주목할 만한 것은 산업기반 부르주아(Bourgeois) 계급이 나타나 토지(영지)를 기반으로 한 귀족·지주 중심 정치체제가 흔들리기 시작했다.

영국의 경우 1563년 엘리자베스 여왕시대에 제정된 도제법(徒弟法)은 농촌공업을 억제하고 도시공업을 보호하였으며 노동 시간, 임금 규정 따위를 정하였다. 이법은 부르주아들의 강력한 주장에 의해 1814년에 폐지되었다. 구빈법(救貧法, the elizabethan poor law of 1601)도 개정되었다(1834). 엘리자베스 여왕 때 빈민구제, 취로의 강제, 부랑자의 정리를 목적으로 한 1572년(빈민구제금 일반세 승인, 정부 최종적인 책임구제), 1597년(치안판사 동의를 얻어 모든 교구의 부자에게 구빈자금 징수, 노동 무능자는 구빈원 수용)의 제 입법을 거쳐서 1601년 구빈법으로 정비되었다. 입법의 배경은 14~15세기 농업혁명으로 인한 엔크로져(Enclosure) 운동과 농노제도 붕괴로 농촌의 변화와 흉작으로 인한 궁핍의 증대에 대해 사회질서의 유지, 통치자와 피통치자, 토지소유자인 귀족과

토지를 보유치 않은 농민과의 사이에 신분사회의 유지를 위해서였다. 곡물법(Corn Law)도 폐지되었다(1846). 지주 계급이 다수파인 의회에서 그 세력의 이익을 보호하기 위하여 소맥 1쿼터(약 12.7 kg)당 가격이 80실링이 될 때까지 외국산 소맥의 수입 금지를 규정하고 이익을 확보하려 마련된 법이었다. 항해조례(Navigation Act, 航海條例)도 폐지(1849)되었다. 항해조례는 특권무역회사를 지주로 하는 수출 무역체제의 유지·강화의 관점에서 해운력 강화와 해운의 보호유지를 추구하였다. 그 밖에 수출입 관세가 인하되었으며, 1860년에는 거의 자유주의 경제체제가 영국 국내뿐 아니라 국제적으로도 완성을 보게 되었다. 영국을 중심으로 한 산업자본의 확충과 세계 진출은 제국주의로 인한 저개발 국가 식민지화와 함께 전 세계적으로 자본주의를 확산시켰다고 할 수 있다.

증기기관과 같은 기술개발이 산업 생산성 증대와 연계하며 이를 바탕으로 한 정치적 요구는 자유주의적 산업 부르주아의 발언권을 향상시켰다. 산업 부르주아는 영국에서 1832년 선거법 개정에 의해 피선거권을 쟁취했고 이 결과 노동자 계급도 남자 보통 선거권을 요구하는 차티스트 운동이 시작되는 계기를 마련하였다. 기술의 발달로 인한 생산력의 증대, 이를 바탕으로 집적된 자본, 산업현장에서 임금과 노동의 모순… 이와 같은 대립과 갈등은 자본주의 체제 아래서 사회를 동요하고 해체하고 재구성하게 하였다.

공무원, 정치인, 진보 지식인들 공통적 특징은 산업을 규제의 대상으로 보고 결과적으로 신(新)산업 진흥과 일자리 창출을 억누른다는 점이다. 내가 가장 재미있게 보는 유튜브(YouTube) 영상이 정의당 심상정 전 대표가 취준생들과 대학생들 모습이 안타깝다고 안아 주는 영상이다. 이른 바 '심상정이 청년들께 더 울어도 돼요'라는 영상이다.[35]

청년실업의 원인 중 하나는 국회에서 일자리를 만들 수 있는 '서비스 산업발전기본법', '규제 프리존 특별법' 같은 법령 통과를 막고 '게임산업'을 각종 규제로 얽어 놓았기 때문이기도 하다. 계획단계의 주장이지만 '서비스산업발전기본법'은 5년간 35만 개의 일자리를[36] '규제 프리존 특별법'은 2020년까지 21만 개의 일자리를 만들 것이라 한다.[37] 청년들이 가야 할 미래 산업을 꽁꽁 묶어 두지 않았어도 청년들은 더 이상 '울 필요' 없을 것이다.

기술 격변기, 19세기 중엽 2차 산업혁명 시기에, 모험적인 창의력을 발휘하려는 상공인들과 구(舊) 질서를 고수하는 귀족, 관료, 정치인들이 충돌을 일으키며 세계 각국(영국, 일본, 러시아, 조선)이 보인 반응들은 사뭇 달랐다. 그중 조선이 보인 답답한 대응은 결국 국권상실(國權喪失)의 결과를 낳았다. 구태의연한 문화 유전자(Meme), 새로움에 대한 거부반응 패턴은 현재 한국 땅에서 진행형일 수도 있다. 조선, 그 문치주의 전통이 아직도 존재하는 한국 사회에서 중인 계급 특징인 기술 친화력과 과학적 합리성은 설 곳이 없다.

문재인 대통령의 '사람이 먼저다'는 매우 좋은 슬로건이다. 하지만 냉혹한 인류 역사를 살펴보면 '사람이 먼저라는' 것은 정치와 정책의 결과지 직접적 목표는 아닌 경우가 많다. 동학 농민군이 '사람이 곧 하늘이

---

35) https://www.youtube.com/watch?v=xQNjIQQtA90
36) 에너지경제, 2017. 12. 11
37) 조선비즈, 2017. 10. 9

다, 인내천(人乃天)'이란 선한 슬로건만으로는 동학농민전쟁에서 기술의 차이를 극복하지 못했다. 농민군 화승총과 일본군 근대적 돌격소총 차이를 극복할 수 있는 능력은 휴머니즘과 사람 중심의 인문학과 철학이 아니고 일분에 몇 발을 발사할 수 있느냐 이공계 기술의 결과였다. 동학 농민군들이 사용했던 무기는 화승총을 비롯하여 대완총(大腕銃)과 같은 구식대포, 활, 칼, 창 등의 재래식 무기고, 심지어 곤봉과 돌까지 무기로 활용했다. 일본군이 무라다(村田) 총과 38식 소총 같은 근대화된 무기를 가진 것과 비교된다. 조선 의병이나 농민군은 화승총의 낮은 성능 때문에 비 오는 날에 전투하기도 힘들었다. 4명의 일본군이 70~80명 조선 의병을 단번에 괴멸시킨 전투일지(戰鬪日誌)도 있다.[38]

남성과 연장자 중심의 한국인 문화 유전자(Meme)는 새로운 기술 변화를 두려워하는 네오포비아(Neophobia)적 성격을 가지고 있다. 눈이 침침해지고 머리가 벗겨지는 아저씨들 문화에서 AI니 IoT니 전자화폐 같은 기술용어는 낯설고 답답할 수밖에 없다. 주요 공무원, 정치인들 80%가 문과 출신인 한국에서 기술 중심 신(新)산업 육성, 규제혁파, 창업증진이 출발선부터 어려운 까닭이 여기에 있다.

역사적으로 근대 자유주의는 중세 봉건적 관습과 규제를 혁파하는 운동으로부터 태동(胎動)했다. 근대 자본주의는 항해술, 제련(製鍊) 야금(冶金) 기술, 내연기관 기술, 화학 기술을 통해 생산력을 향상시키고 이를 적극적으로 수용한 시민계급이 봉건적 질서와 끈질긴 투쟁을 통해 인류사에서 지금까지 보지 못한 물질적 풍요를 창조했다. 자유주의는 봉건적 정치질서가 강요하는 우주관, 세계관, 사회관에 대해 이념 투쟁을 체계화하

---

38) 경향신문, 2009. 8. 11

고 이를 개인 및 사회의 실제 생활에 구현하는데 성공했다.

　이와 같은 서구의 법치, 개인주의, 개인소유권 존중, 노블리스 오블리주의 역사적 전통이 빈약한 국가들은 예외 없이 사회주의 혹은 전체주의 국가로 전락했다. 대한민국은 세계 자유주의와 연대할 수 있는 기회를 한국전쟁이란 혹독한 대가를 치르며 갖게 됐다. 대한민국의 근대화 네이션 빌딩(Nation Building)은 6.25의 처참한 참화 위에서 실현된 것이다. 그럼에도 역사 단세를 세대로 거치지 않은 소화불량 찌꺼기는 휴화산같이 계속 남아 여러 가지 양태로 지표를 뚫고 분출한다.

　실증과 통계를 무시하거나 왜곡하며, 이념중심 주의주장, 학파가 자연스럽게 정파가 되는 위험한 현상이 자연스럽게 가까이서 나타나고 있다.

2부

대신 쓰는 반성문

몰락의 시작, 정윤회 문건 사건

화산 폭발, 지진 같은 자연재해도 대참사 직전 징후가 있다. 2017년 대통령을 탄핵까지 이끌고 간 '최순실 게이트'도 사실 2년 전 그 징후가 있었다. '정윤회 문건 사건'이다.

첫 번째 징후는 2014년 4월 11일 일어났다. 안민석 당시 '새정치민주연합' 의원이 국회 상임위에서 정유라 승마대회 특혜를 언급했다. 이른바 '공주승마 사건'이다. 당시 새누리당 의원들은 일방적으로 정유라를 감쌌다. 2014년 4월 11일 교육문화체육관광위원회에서 당시 새누리당 이에리사·박인숙·강은희·김장실·박윤옥·염동열·김희정 등 7명의 의원들이 정유라(당시 이름 정유연)를 옹호했다.[39] 이에리사 의원은 안 의원 특혜 의혹 제기에 "이 선수의 장래를 우리가 어떻게 책임질 거냐. 그 점에서 너무 애석하고, 그 선수의 명예나 그 선수의 장래를 누가 책임질 거냐."라는 발언도 했다. 지금 돌아보면 문제를 덮기만 한 당시 여당이 참으로 안타깝다.

---

39) 스포츠경향, 최순실 딸 정유라 '공주승마 특혜' 옹호 이에리사 등 7인 공개, 2016. 10. 31

한 명 한 명이 입법기관인 국회의원들이 소관 부처인 '문화체육관광부'와 민간협회 '승마협회' 담당자 몇 명에게 비공식적으로 알아보아도 진상을 파악할 수 있는 일이었다. 박근혜 전 대통령이 집권한 지 약 1년 3년 개월 만에 벌어진 사건, 이 사건으로 안 그래도 폐쇄적인 박근혜 전 대통령의 성격으로 청와대는 더 폐쇄적으로 되고 소위 '문고리 3인방'(이재만, 안봉근, 정호성) 쪽으로 권력이 더 기울어지는 시발점도 되었다. 이 문제를 수습하는 과정에서 우병우 전 민정수석이 권력의 전면에 등장하기도 한다. 종말로 가는 열차가 시작된 것이다.

그해 2014년 11월 '정윤회 문건 사건'이 터졌다. 역사의 복기(復棋)를 위해 좀 길지만 그 경과를 나열해 본다.

- 2014년 11월 28일에 세계일보는 '청와대 비서실장 교체설 등 관련 VIP 측근(정윤회) 동향' 문건에 대해 보도했다. 당시 보도는 '[단독] '대통령 박근혜 만들기' 헌신했던 핵심 그룹 '[단독] 보고라인은 옷 벗고… 金실장은 침묵' 등으로 소위 십상시와 정윤회 씨와의 관계 그리고 감찰 과정에서의 의혹이 여과 없이 보도되었다.[40] 청와대는 즉시 세계일보 조한규 사장, 조현일 기자 등 6명을 '출판물에 의한 명예훼손' 혐의로 서울중앙지검에 고소했다.

- 12월 1일, 박근혜 대통령은 청와대 수석비서관회의서 "문건 유출, 결코 있을 수 없는 국기문란행위" 언급했고 이는 수사 가이드라인을 내린 것과 마찬가지였다.[41] 검찰은 '정윤회 보도' 명예훼손 사건은 형사 1부에, 문건 유출 사건은 특수 2부에 배당하여 수사를 착수했다,

40) 세계일보, [단독] 보고라인은 옷벗고… 金실장은 침묵, [단독] '대통령 박근혜 만들기' 헌신했던 핵심 그룹, 2014. 11. 28
41) 연합뉴스, 2014. 12. 1

또한 검찰은 청와대 측 법률 대리인 손교명 변호사를 고소인 자격으로 조사했다. 이 보도를 통해 박근혜 전 대통령 청와대 내부의 의사결정이 상식적으로 돌아가지 않는다는 사실만 전 국민이 알게 된 계기가 되었다. 이 시점부터 보수 층과 보수 언론들도 점차 박 전 대통령으로부터 등을 돌리게 되었다.

- 12월 3일, 검찰은 박관천 경정 근무지인 서울 도봉경찰서와 서울경찰청 정보분실, 박 경정 자택 등을 압수수색했다. 문건 유출 관여에 의심되는 서울청 정보분실 소속 최경락, 한일 경위, 그리고 파일을 삭제한 의심이 되는 도봉서 소속 유모 경장 등 3명을 임의동행해서 조사했다.

- 12월 4일, 검찰, 박관천 경정을 피의자 신분으로 소환해 19시간 20분 동안 조사했다. 김춘식 청와대 기획비서관실 행정관도 고소인 신분으로 소환조사했다. '십상시' 회동 장소로 지목된 서울 강남 중식당도 압수수색했다.

- 12월 5일, 검찰은 조응천 전 청와대 공직기강비서관을 참고인 신분으로 소환조사했다.[42]

- 12월 7일, 박근혜 대통령은 새누리당 지도부 초청 오찬에서 "찌라시 얘기에 나라 전체 흔들, 부끄러운 일"이라고 말했다. '새정치민주연합'은 정윤회 씨 등 12명을 검찰에 고발·수사의뢰했다.

- 12월 8일, 검찰은 문건 제보자 박동열 전 대전지방국세청장, 김춘식 행정관, 박관천 경정 등을 소환조사했다.

- 12월 9일, 검찰은 서울경찰청 정보 1분실 소속 최경락, 한일 경위를

---

42) JTBC, 2014. 12. 6

긴급체포하고 한화 직원 '정윤회 문건 유포' 혐의로 한화S&C를 압수수색했다. 대관업무를 맡은 한화 직원이 박관천 경정이 작성한 '정윤회 국정개입 문건'의 유출에 연루된 의혹을 포착하고 압수수색을 한 것으로 전해졌다.[43]

■ 12월 10일, 검찰은 정윤회 씨 고소인, 피고발인 신분으로 소환조사하고 박관천 경정과 대질신문했다. '제보자' 박동열 전 청장 자택과 사무실 등을 압수수색하고, '청와대 문건 유출' 최, 한 경위 2명에게 구속영장을 청구했다.

■ 12월 11일, 청와대는 문건 유출 배후로 조응천 전 비서관을 지목하고 검찰은 '정윤회 문건'을 보도한 세계일보 조현일 기자를 참고인 신분으로 소환조사했다.

■ 12월 13일, '정윤회 문건 유출' 혐의 받던 최경락 경위, 경기도 이천시 장천리에 주차된 자신의 차량서 자살로 숨진 채 발견됐다. 당시 검찰 수사가 얼마나 가혹했는지

2014년 12월 13일 '정윤회 문건 유출' 혐의받던 최경락 경위는 경기도 이천시 장천리에 주차된 자신의 차량에서 자살로 숨진 채 발견됐다. 당시 검찰 수사가 얼마나 가혹하고 비인간적이었는지를 보여 주는 사건이라 할 수 있다. '정윤회 문건 유출' 사건을 수습하는 이 같은 비정상적인 과정에서 박근혜 전 대통령의 지지층 이탈이 시작되고 보수 언론도 등을 돌리기 시작했다. ⓒ연합뉴스

를 단면적으로 보여 주는 사건이라 할 수 있다.

■ 12월 14일, 검찰은 이재만 청와대 총무비서관을 소환조사했다.

---

43) 한국경제, 2014. 12. 9

- 12월 15일, 검찰은 朴 전 대통령 동생 박지만 EG 회장을 소환조사했다.

- 12월 16일, 정윤회 씨는 '새정치민주연합' 문희상 비상대책위원장을 무고 혐의로 고소하고 검찰은 박관천 경정을 서울 도봉구 쌍천동 병원에서 긴급체포했다. 대통령기록물관리법 위반 및 공용서류은닉 혐의를 적용했다.

- 12월 17일, 검찰은 '박지만 미행보고서' 문건을 전달한 박 회장 측근 전모씨를 소환조사하고 '박지만 미행보고서'에서 미행자로 지목된 최모씨 및 미행설 유포자 전직 경찰관을 소환조사했다.

- 12월 18일, 검찰은 박관천 경정의 구속영장을 청구하고 '대통령기록물관리법' 위반 및 '공용서류은닉' 혐의에 '무고' 혐의까지 추가했다.

- 12월 19일, 법원은 박관천 경정에게 구속영장을 발부했다.

- 12월 23일, 검찰은 박지만 EG 회장을 비공개 재소환조사했다.

- 12월 24일, 검찰은 박관천 경정의 구속시한을 연장했다.

- 12월 26일, 검찰은 조응천 전 비서관을 피의자 신분으로 소환조사하고 자택을 압수수색했다.

- 12월 27일, 검찰은 조응천 전 비서관의 구속영장을 청구했다.

- 12월 31일, 법원은 조응천 전 비서관의 구속영장 청구를 기각했다. 기각사유는 "범죄 혐의사실의 내용, 수사 진행경과 등을 종합해 볼 때 구속수사의 필요성과 상당성을 인정하기 어렵다."였다.

- 2015년 1월 3일, 검찰은 박관천 경정을 구속기소했다. 대통령기록물 관리법위반, 공무상비밀누설, 공용서류은닉, 무고 혐의였다.

- 2015년 1월 5일, 검찰은 조응천 전 비서관을 공무상 비밀누설·대통령 기록물관리법 위반 혐의로 불구속기소했다. 검찰은 또한 방실침입·수 색 및 공무상비밀누설 혐의로 한일 경위를 불구속기소했다.

- 2015년 10월 15일, 법원은 조응천 전 공직기강 비서관 무죄를 선고했 다. 박관천 경정에게는 징역 7년을 선고했다. 박 전 경정은 2016년 4월 29일 2심에서 집행유예로 석방됐다.

- 2016년 2월 2일, 조응천 전 공직기강 비서관은 더불어민주당에 입당 했다.

2016년 2월 2일 조응천 전 청와대 공직기강비서관이 국회에서 열린 더 불어민주당 입당 기자회견에서 김상곤 인재영입위원장과 악수하고 있 다. 조응천 의원은 2003년 대구지검 공안부장, 2005년 수원지검 공안 부장을 지낸 바 있다. '청와대 문건 유출 파동'의 비정상적인 처리과정 은 공안검사 출신도 보수 진영을 버리게 만들었다. 그 책임은 누구에게 있는지?
ⓒ뉴스1코리아

정윤회 문건 사건이 터질 당시 '자유한국당' 전신 '새누리당' 대표는 김무성 의원, 원내대표는 이완구 전 의원(전 충남지사)였다. 이완구 전 의원은 같은 해 총리직에 지명되었으나 성완종 리스트로 낙마하게 된다.

많은 전문가들이 박근혜 전 대통령 정권의 몰락 시발점이 바로 정윤회 문건 사건이라고 분석한다. 이 사건으로 문고리 3인방의 청와대 권력은 오히려 더 강력하게 되고 박근혜 전 대통령의 은둔정치는 더욱 심각하게 된다. 만일 박근혜 전 대통령이 이 사건을 심기일전의 계기로 삼고 소위 문고리 3인방을 내치고 청와대 의사결정 시스템을 개혁했다면 지금과 같이 수석 비서관들이 줄줄이 구속되는 사태는 막았을 것이다.

필자는 소위 '정윤회 문건 사건'의 경과를 시간대로 자세히 기록했다. 이 기록을 자세히 보면 전체주의 국가에서나 볼 수 있는 비밀주의, 권위주의, 정당 내 토론 부재, 권력이 소수의 측근에 의해 휘둘려지는 폐단이 역력히 보인다.

친박 국회의원, 정치인들은 정윤회, 정유라, 최순실의 존재와 역할을 몰랐다고 지금도 주장한다. 하지만 대통령이 이 난리를 치고 심지어 사건에 연루된 경찰이 자살하는 마당에 누구 하나 알아보려고도 하지 않았다는 점도 매우 흥미롭다. 무지하거나 무책임하거나 둘 중에 하나다. 책임 시지 않는 정치는 사람의 눈을 멀게 한다. 눈을 감고 국정이란 자동차를 운전하는 격이다. 정치인 자신뿐만 아니라 국정을 대형사고로 이끌고 간다. 지금까지도 누구 하나 책임지는 사람은 없다.

하지만 1년이 지나지 않아서 검찰이 대통령기록물관리법위반, 공무상비밀누설, 공용서류은닉, 무고 혐의로 기소한 박관천 경정과 공무상 비밀누설·대통령기록물관리법위반 혐의로 기소한 조응천 전 공직기강 비서관 모두 법원에서 집행유예나 무죄를 선고했다. 1심 판결은 박근혜 전 대통령 탄핵이 시작되기 1년 전의 일이다. 수사 당시 박관천 경정은 "우리나라의 권력 서열이 어떻게 되는 줄 아느냐. 최순실 씨가 1위, 정윤회 씨가 2위,

박근혜 대통령은 3위에 불과하다."고 주장하기도 했다.[44]

　소위 '정윤회 문건 사건'을 시간대별로 자세히 보면 소위 보수정당 (당시) '새누리당'은 자체 정화능력이 없었다고 할 수밖에 없다. 지난 10년간 소위 보수 정치인들은 박근혜 전 대통령 영향력, 그 이미지 정치에서 벗어나지 못했다. 심지어 지금의 보수정당의 지지율도 박근혜 전 대통령 때문에 유지된다고 믿는 국회의원도 있다고 한다. 병이 걸려도 단단히 걸린 것이다.

　'정윤회 문건 사건'은 먼 옛날의 일이 아니다. 지금의 군주적 권력을 갖는 대통령제 아래서는 이와 유사한 사건이 언제든 좌(左)건 우(右)건 상관없이 다시 벌어질 수 있다.

---

44) 동아일보, 2015. 1. 7

보수 궤멸의 시작 - 4·13총선

　보수 정치의 특징은 국가 보호의 책무를 다하고 국체를 지키려는 사명감이다. 그래서 때로 비장감, 엄숙함마저 느껴져야 한다. 2017년 '최순실 국정농단'과 대통령 탄핵을 대하는 일부 친박(親朴) 인사들의 처신은 보는 사람들의 손발이 오글거리게 하고 쥐구멍에라도 들어가고 싶게 한다. 도덕적, 상식적인 신에서 그들의 처신은 지금도 이해할 수 없다.

　최경환 전 부총리는 보수 궤멸의 원인을 제공한 인물 중에 하나다. 그는 지난 2016년 4월 총선에서 소위 '진박 감별사', '진실한 사람' 론(論)을 외치고 전국을 돌아다니면서 그를 포함한 친박 정치인들이 얼마나 민심과 관계없이 '그들만의 세상에서 사는지' 적나라(赤裸裸)하게 보여 줬다. 그 결과 총선 이후 16년 만에 여소야대(與小野大), 새누리당이 과반 확보를 실패한 결과를 낳게 되었다. 이 패배는 이후 최순실 게이트, 청문회, 탄핵 결정으로 이어지는 과정의 원인(遠因)이 된다.

　최경환 전 부총리는 2016년 1월, 2월에 전국을 참 부지런히도 돌아다녔다. 결국 그의 말 한마디 한마디가 비수가 되어 그와 보수 진영의 앞날을 막았다는 것을 그때 그는 몰랐을 것이다. 몇 달 뒤 위기를 예측하지 못했던 친박의 '진박마케팅'은 소신 발언으로 물러난 유승민 전 원내대표의 지역구에 출마한 이재만 전 대구 동구청장의 선거사무소 개소식에서 노골적으로 드러났다. 이 자리에서 친박 홍문종 의원은 "대통령께서 진실한 국회의원을 만들어 달라고 했다."며 "대통령이 같이 일할 수 있는 사람, 좀 진실한 사람을 뽑아 달라."고 했다. 조원진 당시 원내 수석부대표도 "모두가 대통령과의 친분을 얘기하며 친박이라고 주장하는데 진실한 사람이 누구인지 헷갈린다."며 "제가 가는 곳은 모두 진실한 사람이 있는 곳이다."라고 말하며 이 전 구청장이 진박 후보임을 주장했다.[45] 일부 예비후보자들은 현수막과 명함에 대통령과 함께 찍은 사진과 '진실한 사람'을 구호로 내걸기도 했다.

이런 친박 진영의 코미디 행보는 '진박 감별사'란 별칭이 붙은 친박계 좌장 최경환 전 부총리가 대구 북구갑 하춘수 예비후보 사무실 개소식에 참석한 것을 시작으로 줄줄이 예정된 이른바 '진박 6인방'의 사무실 개소식으로 이어졌다. 2016년 1월 30일 하춘수 전 대구은행장(북갑), 다음 달 1일 곽상도 전 청와대 민정수석(중·남), 2일 윤두현 전 홍보수석(서), 3일 정종섭 전 행정자치부 장관(동갑)과 추경호 전 국무조정실장(달성)이 차례로 개소식을 갖는다. 이들은 이미 2016년 1월 20일 따로국밥 조찬 회동에서 "앞으로 행동을 같이하겠다."고 하면서 최경환 전 부총리와 같은 노선을 걷겠다고 다짐한 바 있다.[46]

45) 한겨레, 연합뉴스, 2015. 12. 20
46) 경향신문, 2016. 1. 28

2015년 12월 14일 경기 과천·의왕에 출사표를 던진 새누리당 최형두 전 국회 대변인의 선거사무소 개소식에서도 김황식 전 국무총리가 최 예비후보를 "진실한 사람"이라고 소개했다. 홍문종 의원은 축사에서 "대통령과 일할 사람은 이 후보다. 그가 진실한 사람"이라고 말했다. 조 의원은 "누가 진실한 사람인지 헷갈릴 것"이라며 "조(원진)가 (지지하려)는 후보가 진실한 사람"이라고 했다. 정치권에서 조 의원의 별명은 '진박 감별사'였다. 이 '진박 마케팅'은 한국 보수 세력이 몰락하는 길라잡이 역할을 했다. ⓒ아시아경제

진박 감별사 최 전 부총리는 TK에서 박근혜 대통령의 정책과 개혁과 관련해 발언하던 중 유승민 의원을 겨냥한 날선 비판을 가했다. 최 전 부총리는 지난 30일 하춘수 새누리당 예비후보의 사무실 개소식에 참석해 유 의원을 비판했다. 그날 그의 발언을 보면, "박근혜 정부 기간 동안 대구경북 의원들 뭐했냐 이거예요! 맞으면 박수 한번 쳐 주세요!" 박근혜 대통령과 각을 세웠던 유승민 전 원내대표를 향해서는 "대통령을 도와주긴 커녕 비아냥거렸다."며 직격탄을 날렸습니다. "유승민 의원이 '증세 없는 복지는 허구다' 하고 뒷다리 잡았잖아요. 오죽했으면 답답해서 김무성 대표가 '그거 우리 당론 아니다…'" 이른바 진박 마케팅에 대해서도 "대통령이 오죽 답답했으면 진실한 사람 이야기를 꺼냈겠느냐."며 "그걸 가지고 코미디하듯 조롱해선 안 된다."고 했다.[47] 코미디는 아니었지만 웃기는 것은 사실이었다.

47) TV조선, 2016. 1. 30

부지런한 최경환 전 부총리, 그의 출현 지역은 비단 TK에만 제한된 것이 아니고 2016년 1월 17일 충남 당진에서 박근혜 정부에서 몸담은 경력이 있거나 자신과 친분이 있는 인사들과 오찬 회동을 가졌다. 이 자리에는 김태흠 의원(보령·서천)을 위시해 세종시에 출마한 박종준 전 대통령 경호실 차장, 천안 갑 당협위원장 박찬우 전 안전행정부 1차관, 서산·태안 예비후보자로 활동 중인 성일종 엔바이오컨스 대표, 유철환 변호사, 김기영 충남도의회 의장 등도 참석했다.[48] 2월 1일에는 부산에 친박으로 분류되는 윤상직 전 산업통산자원부 장관의 선거사무실 개소식에 참석도 하였다.[49]

최경환 전 부총리는 1979년 방위병으로 입대하여 병역을 마쳤으나 장남 최규형 씨는 2005년 유학을 마치고 만성폐쇄성 폐질환으로 병역을 면제 받았다.[50] 최경환 전 부총리의 자녀가 대기업과 외국계 유명 금융사에 취업한 시기를 놓고도 당시 박범계 의원을 비롯한 야당 의원들은 "특혜가 아니냐."며 의혹을 제기했고, 최 후보자 측은 "정상적인 취업"이라고 반박했다. 아들이 다녔던 회사는 최 전 장관가 지식경제부 장관으로 재직할 때 100억 원에 가까운 국고보조금을 매년 받았다. 이후 최 전 부총리가 원내대표로 선출된 후 아들은 삼성전자에 취업했다.[51] 최경환 의원이 경제부총리로 있는 동안 성과가 썩 좋았다 할 수는 없다. 한계기업들과 공공부분의 구조개혁은 안 하고 빚잔치만 했다는 비판을 피하기 어렵다. 무엇보다 국가정보원 특수활동비(특활비) 1억 원을 수수한 혐의로 검찰에 피의자로 소환된 바 있다. 최경환 전 부총리는 1955년생으로 다음 국회의원 선거가 있는 2020년에는 나이가 만 65세다.

48) 중도일보, 2016. 1. 17
49) 부산일보, 2016. 1. 29
50) 일요시사, 2013. 6. 5
51) 경향신문, 2014. 6. 27

보수 정치의 특징은 공동체 보호의 책무를 다하고 국체를 지키려는 사명감이다. 그리고 나태와 부패로부터 자기를 지키는 엄격함이다. 그래서 비장감, 엄숙함마저 느껴져야 한다. 1945년 8월 15일 제국 일본 패망의 날 수많은 보수 정치인, 군인들이 할복으로 죄를 씻으려 했다. 일본 국민들은 일본 보수우익이 2차 세계대전의 처참한 패전을 안겨 줬지만 이상하게도 전후(戰後), 권력을 보수에게 다시 맡겼다. 제국 관료 출신 요시다 시게루(吉田茂), 기시 노부스케(岸信介), 사토 게이사쿠(佐藤栄作) 수상들의 집권 1960, 70년대에 일본에게 초고속 경제성장을 선물로 안겨 주며 그들의 죄과를 씻었다.

일본 보수가 할복의 처참한 고통으로 패전(敗戰)의 무거운 책임을 졌다면 2016년 '최순실 국정농단'과 2017년 대통령 탄핵을 대하는 친박(親朴) 정치인들의 처신은 일본과 '하늘과 땅'만큼이나 다르다.

정치집단 친박(親朴)에 대해서도 생각해 본다. 친박만큼 우리나라 아니 세계 정치사에서 독특한 집단은 없었다. 첫째, [다른 당 소속] 정치인 개인의 이름을 정당에 붙인 '친박연대'가 2008년 03월부터 2010년 2월까지 무려 2년이나 존재했었다. 세계 정치사에 특이한 일이다. 둘째, 친박은 어떤 정치철학과 강령을 가진 집단인지 친박 정치인들도 잘 몰랐다. 셋째, 친박은 정작 그 이름을 가져온 박근혜라는 사람을 잘 몰랐다. 최순실 게이트에서 모든 친박 정치인들이 최순실을 모른다고 했다. 여러 가지 정황으로 볼 때 최순실이 박근혜 전 대통령의 인생에 끼친 그림자는 작지 않다고 볼 수 있다. 즉 최순실을 모르면 박근혜라는 자기 정치 리더를 모르는 것인데 그럼 친박이란 어떤 가상현실 집단일까?

소위 자칭 보수라 하는 사람들은 '보수'라는 단어에 오역을 많이 한다. 2017년 8월 4일 자유한국당 의원들은 국회 로텐더홀에서 "MBC 장악시도, 언론자유 말살시도 국민에게 사과하라." 등 문구가 적힌 피켓을 들고 시위했다. 그때 국회 본회의장에 입장하던 하태경 의원이 자유한국당 의원들을 향해 "안보 정당이 지금 뭐 하는 거야. 북한이 쳐들어올 판에", "당신들 보수정당 두 번 죽이는 거야. 대한민국 안보만은 보수가 지켜야 할 꺼 아냐."라고 고함을 질렀다.[52] 갑작스런 도발에 화가 난 자유한국당 의원들은 "언다 대고 보수를 함부로 입에 올려? 하태경 조용히 해."라고 응수했다. 정진석 의원은 "야, 하태경 너 이리 와 봐. 네가 어떻게 네 입으로 보수를 입에 올려 이 나쁜 자식아!"라고 소리쳤다. 정권을 놓치고 때늦은 보수 적자논란이다.

'반공(反共)'이 국시(國是)'로 통하던 군사독재 시절이 지나 정치인들이나 시정 장삼이사(張三李四)들도 반공이란 단어가 낡고 촌스러워 보이니 '보수'라는 단어를 적당히 대신 쓰는 것 같다.

보수의 사전적 의미는 '사회에 변화가 필요하다면 점진적인 변화가 되어야 한다고 믿는 정치철학: Conservatism is a political philosophy which believes that if changes need to be made to society, they should be made gradually'이라 한다. 근대 보수주의를 사상체계로 정형화한 학자는 버크(Edmund Burke)이고, 이후 보수주의 사상가들은 직간접적으로 버크의 영향을 받았다. 버크의 '프랑스혁명의 고찰(reflections on the revolution in France)(1790)'을 비롯하여 '새로운 휘그주의자의 옛 휘그주의자에 대한 어필(appeal from the new to the old whigs)'과 같은 저서들은, 프랑스대혁명과 유럽 대륙의 급격한 변화에 대한 영국 지식인의 진솔한 고민을 보

---

52) 동아일보, 2017. 9. 5

여 준다.

근대 시민사회의 형성되는 시기 직전에 보수주의는 역사적 변혁과 대응에 방어적이었다. 당시 보수주의는 왕당파와 거의 비슷한 개념으로 받아들여졌다. 헌쇼(J. C. Hearnshaw)가 주장한 바와 같이 보수주의는 대체로 소극적인 행동과 함께 정치 강령(綱領)도 불명확했다. 이념체계로서 보수주의는 일관되지도 체계적이지 못했다.

보수주의는 체제에 대한 도전을 방어하는 역할과 변화를 억누르는 역할을 하게 되었다. 19세기 말 20세기 초 산업혁명기, 새로 일어난 상공인들은 창의력을 발휘하기 위해 경제계에서 자유를 요구하고 보수주의는 이 자유주의 사상과 연계하여 자유보수주의의 이념이 탄생하게 되었다. 자유보수주의의 특징은 집단적 의지보다 개인 창의력을 존중하고, 큰 정부보다 작고 효율적인 정부를 지향한다. 복지는 꼭 필요한 사람들에게 집중하고 자유를 억압하고 시민의 권리를 약탈하는 독재자에게 자발적이고 주체적인 시민의 무력을 행사한다. 국가주의 전체주의는 극우 이데올로기로서 개인보다 집단의 의지를 강조함으로 자유보수주의와 다르다.

그러면 박근혜 전 대통령의 정치철학은 보수주의인가? 정치인을 좌(左), 우(右), 보수, 진보로 구분하기 위해 그(녀)의 아버지가 누구인지 가문을 보기 전에 정치철학을 살펴봐야 한다. 그리고 그 철학을 실현하는 구체적 정책 공약을 꼼꼼히 봐야 한다.

박근혜 전 대통령 2012년 대선 공약집은 지금 찾기 어렵다. 하지만 어렵게 찾은 선거공약을 살펴보면 2017년 문재인 대통령 공약과 놀라울 정도로 비슷한 부분도 있다. '공정거래위원회의 전속 고발권 폐지', '소액주주 권한 강화를 위한 집중투표제 채택', '최저임금 인상기준 마련'

등이다.

박근혜 전 대통령 2012년 공약은 이념 스펙트럼으로 보면 보수, 자유주의와 거리가 멀다. 박근혜는 2007년 이명박과 격돌했을 때 소위 '줄푸세' 공약을 내세웠다. 세금과 정부 규모를 '줄'이고 규제를 '풀'고 법질서는 '세'우자 전형적인 자유보수주의 철학에 입각한 공약이었다.

'꿩 잡는 게 매'라지만 5년 만에 한 사람의 정치 이념과 철학이 이렇게 확 달라지는 것도 찾아보기 어렵다. 결국 선거에 이기기 위해 무슨 짓을 해도 된다는 정치 행태가 오늘날 친박과 보수의 불행을 낳는 시발점이 된 것이다.

'친박연대'는 다른 당에 당적을 둔 살아 있는 정치인의 이름을 쓴 정당으로 세계 정치사에서 특이한 현상으로 기억될 것이다.
ⓒ한겨레

필자는 2013년 1월 1일부터 2017년 8월 31일까지 언론에 알려진 친박 정치인 이름이 얼마나 많이 박근혜 전 대통령과 연관 검색어로 공개되었는지 조사했다. 그중 많은 언론 보도는 친박 인사들이 박근혜 전 대통령과 연분을 언론에 과시하기 위한 자가발전용 보도도 있었다. 〈표 1〉은 친박 정치인들과 박근혜 전 대통령이 얼마나 언론 보도를 통해 연관되어 있는지 순위를 보여 준다.

〈표 1〉 친박 정치인과 박근혜 전 대통령 공통 검색 결과

순번	성명	직위	공통언론 보도 건수
1	최경환	국회의원	121,040
2	이정현	국회의원	94,613
3	황우여	前 국회의원	43,000
4	서청원	국회의원	39,630
5	윤상현	국회의원	26,000
6	원유철	국회의원	22,255
7	김진태	국회의원	20,593
8	조원진	국회의원	16,353
9	이한구	前 국회의원	13,112
10	유정복	인천시장	12,739
11	서병수	부산시장	7,995
12	이장우	국회의원	7,049
13	김태흠	국회의원	5,762
14	김도읍	국회의원	3,401
15	박덕흠	국회의원	1,500
16	김종태	국회의원	1,385
17	김기선	국회의원	817
18	김성찬	국회의원	599

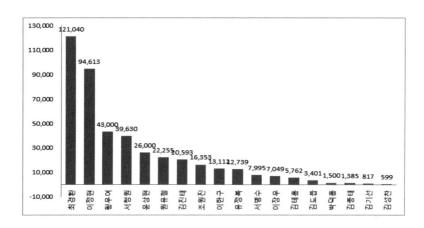

〈그림 1〉 친박 정치인과 박근혜 전 대통령 공통 검색 결과(그래프)

가장 많은 연관을 보인 인물은 최경환 전 경제부총리다. 2013년 1월 1일부터 2017년 8월 31일까지 박근혜 전 대통령과 언론에 121,140번 보도되었다. 이렇게 박근혜 전 대통령과 운명공동체였던 최경환 전 부총리의 권력지형에서의 위치를 살펴보자.

2017년 1월 19일 오전 TV조선은 박근혜 전 대통령이 취임 전 최순실과 각종 사안을 논의한 녹취록을 입수해 보도했다.[53] 이 녹취록은 소위 '문고리 3인방' 중 하나인 정호성 전 청와대 비서관이 보관하고 있던 2012년 12월 9일 파일이다. 녹취록에서 당시 박 대통령은 새누리당 대선 후보였고 최경환 의원은 후보 비서실장이었다.

최순실이 "최경환이 그 정도는 알아서 했다."고 하자, 박 전 대통령은 "최경환은 너무 입이 싸다.", "밖에 나가 적을 만들고 돌아다닌다."고 말한다. 최순실은 최경환 의원에 대해 아랫사람 대하듯 하대하며 흉을 본 것이다.

최순실은 박 전 대통령과 정 전 비서관 앞에서 회의를 주도하기도 했다. 최순실은 대선 후보 수락연설 초안을 보고 "헌법 가치는 고루하다.", "그럴 필요는 없을 것 같다."고 말하자 박 대통령이 "맞다."고 수긍했다.

최순실로부터 비아냥을 받을 때 최경환 전 부총리는 3선 의원, 행정고시 거친 관료, 한국경제 부국장을 거친 언론인 경력을 가졌다. 사인(私人)인 최순실로부터 조롱을 받을 정도면 박근혜 전 대통령은 공사(公私) 구분하지 못하고 공식 언로도 무너졌다는 것을 의미한다. 결국 최순실 밑에 최경환 아닌가? 이것이 소위 친박 정치인들의 박근혜 정권에서의 정확한 역할과 위치였다고 말하면 지나친 것일까?

53) 아시아경제, 2017. 1. 19

보수 잔혹사 2016년

　2016년은 보수 진영에게 잔혹한 기간이었다. 모든 것이 불과 반년 시간에 홍수같이 쓸고 지나가 버렸다.

　반성이 없으면 발전도 미래도 없다. 2016년에서 2017년 초까지 벌어졌던 소위 '최순실 게이트 주요 사건'을 나열해 보고 복기(復碁)한다. 이 장을 열며 늘 궁금했던 질문을 스스로 해 본다. 첫째, 박근혜 전(前) 대통령이 사건과 사건 하나하나에 반응한 태도, 그 원인은 무엇인가?

　둘째, 2017년 1월 25일에 소셜 네트워크 서비스(SNS)를 통해 방송된 박근혜 전 대통령 인터뷰(정규재TV)는 어디까지 사실인가?

　셋째, 촛불집회(소위 촛불혁명)의 성격은 무엇인가?

　이 의문을 풀기 위해 우선 최순실 게이트로부터 박근혜 전 대통령 탄핵까지 주요 사건을 시간 순서로 정리하면 다음과 같다.

■ 2014년 4월 11일　안민석 '새정치민주연합' 의원 국회 상임위에서

최순실 딸 정유라에 대해 언급

- 2014년 11월 　　　정윤회 문건 사건

- 2016년 10월 24일　박근혜 대통령 국회 시정 연설에서 개헌 언급,
JTBC 최순실 태블릿PC 관련 보도, 대통령 연설
문 사전에 받아 수정했다는 의혹 제기, JTBC 손
석희 테블릿 PC 조작 보도 논란은 이후 계속되고
있음

- 2016년 10월 25일　대통령 대국민 사과 담화 최순실로부터 "후보 시
절 연설문과 홍보물 표현 등 도움 받아"

- 2016년 10월 27일　검찰, '최순실 의혹' 특별수사본부 설치

- 2016년 10월 30일　최순실, 독일서 한국 귀국

- 2016년 10월 29일　일요일 1차 촛불집회

- 2016년 10월 31일　최순실 검찰 출석

- 2016년 11월 04일　대통령 1차 대국민 담화 "자괴감 느껴"

- 2016년 11월 05일　2차 촛불집회

- 2016년 11월 12일　3차 촛불집회 주최 측 100만 인파 추산

- 2016년 11월 19일　4차 촛불집회

- 2016년 11월 20일　검찰, 대통령 최순실과 '공모' 혐의 발표

- 2016년 11월 26일　5차 촛불집회

- 2016년 11월 29일　대통령 3차 담화, 진퇴 및 거취 국회에 결정 위임

- 2016년 12월 05일　국회청문회 기관보고

- 2016년 12월 6~7일　차은택, 고영태 국회청문회 출석

- 2016년 12월 03일　6차 촛불집회

- 2016년 12월 09일 　국회 탄핵소추안 의결
- 2016년 12월 10일 　7차 촛불집회
- 2016년 12월 14일 　3차 청문회
- 2016년 12월 15일 　4차 청문회
- 2016년 12월 17일 　8차 촛불집회
- 2016년 12월 21일 　특검 발족
- 2016년 12월 22일 　5차 청문회
- 2016년 12월 24일 　9차 촛불집회
- 2016년 12월 26일 　국회 본회의 박 전 대통령 탄핵소추안 가결
- 2016년 12월 31일 　10차 촛불집회
- 2017년 1월 01일 　대통령 신년 기자 간담회, "뇌물은 완전히 엮은 것"
- 2017년 1월 02일 　정유라 덴마크서 체포
- 2017년 1월 07일 　11차 촛불집회 / 태극기 집회 본격화
- 2017년 1월 12일 　반기문 전 유엔 사무총장 귀국
- 2017년 1월 14일 　12차 촛불집회
- 2017년 1월 21일 　김기춘, 조윤선 구속, 블랙리스트 작성 혐의 /
  13차 촛불집회
- 2017년 1월 25일 　박근혜 대통령의 정규재TV 인터뷰
- 2017년 1월 31일 　박한철 헌법재판소 재판관 퇴임, 8인 재판관 체제
- 2017년 1월 21일 　14차 촛불집회
- 2017년 2월 01일 　반기문 사퇴
- 2017년 2월 17일 　특검, 삼성 이재용 부회장 구속, 최순실과 공모한
  박 대통령에 뇌물공여 혐의

- 2017년 2월 27일 　대통령 대리인단 최종변론
- 2017년 2월 28일 　특검 종료
- 2017년 3월 08일 　탄핵심판 선고일 확정 발표, 2017년 3월 10일 11시
- 2017년 3월 10일 　탄핵 인용(대통령 피청구인 박근혜 파면)
- 2017년 3월 21일 　박 전 대통령 피의자 신분으로 서울중앙지검 출석
- 2017년 3월 27일 　검찰, 박 전 대통령 구속영장 청구
- 2017년 3월 31일 　법원, 박 전 대통령 구속영장 발부

첫째 질문은 박근혜 전 대통령이 촛불 정국의 사건 하나하나에 반응한 태도, 그 원인은 무엇인가이다. 현대 국가에서 시위로 최고 권력자가 임기를 마치지 못하고 탄핵받는 사태는 불행한 일이다. 한번 쿠데타나 탄핵 같은 정변이 일어나면 이후에도 습관적으로 유사한 일들이 나타날 가능성도 크다. 상대방은 절대 악(惡)이고 나와 내 진영은 절대 불가침의 선(善)이라고 생각하는 국민들이 많을수록 그 나라는 예측할 수 없는 정변으로 빠져들 가능성도 크다.

역사적으로 정치 지도자가 탄핵받은 경우는 미국의 리처드 닉슨이 워터게이트 사건으로 탄핵 직전까지 가다 사임했고(1974년), 브라질의 페르난두 콜로르 지 멜루(Fernando Affonso Collor de Mello) 대통령이 부정축재

2016년 10월 25일 박근혜 전 대통령의 대국민 사과 담화. 이날을 기점으로 박근혜 정권은 서서히 무너지기 시작한다. 하지만 이날까지도 박 전 대통령은 긴급담화로 무마될 것이라 착각한 것 같다. ⓒ뉴시스

로 탄핵소추를 받고 통과되자 사임을 결정했다(1992년), 에콰도르 압달라 부카람(Abdalá Bucaram) 대통령도 횡령혐의로 탄핵됐고(1997년), 이스라엘 에제르 바이츠만(Ezer Weizmann) 대통령은 탈세 및 부패혐의가 드러나자 자진 사임했다. 이외에 페루, 브라질 같은 남미 국가에서 주로 탄핵과 중도사임이 많이 일어난다.

JTBC 최순실 태블릿 PC 폭로, 연이은 촛불시위, 국회 청문회와 탄핵 가결, 또 이어진 촛불시위, 헌법재판소 탄핵 인용으로 이어지는 과정은 독자들도 같은 시대에 살면서 짧은 시간 안에 경험했기 때문에 별도로 설명은 하지 않겠다.

필자가 전체적인 전개과정에서 아직도 궁금한 것은 두 가지 점이다.
첫째, 전 세계적으로 미국, 브라질, 페루, 이스라엘 등 국가에서 대통령과 같은 최고 권력자가 부패나 직권남용으로 탄핵소추를 받는 경우는 종종 있었다. 하지만 박근혜 전 대통령 같이 탄핵이 기소로 이어져 수감되는 경우는 흔치 않다. 대개 중도 사임하면서 정치적 거래를 통해 구속은 면하고 종종 해외로 망명하는 경우가 많다. 박근혜 전 대통령도 2016년 12월 26일 국회 탄핵소추안이 가결되기 전 사임하면 지금같이 영어(囹圄)의 신세는 되지 않았을 수도 있었다. 결과를 놓고 볼 때 박 전 대통령 주변에 정무적 감각을 가진 노련한 정객이 없었거나 있었더라도 사태를 외면했다는 것을 증명한다. 당시 새누리당 대표는 2016년 8월 10일 선출된 이정현 의원으로 박근혜 대통령이 8월 11일 청와대 오찬에 초대 송로버섯, 캐비어 등을 대접할 정도로 환영한 것으로 알려진다.[54] 하지만 박

---

54) 뉴시스, 2016. 8. 16

근혜 대통령이 그토록 좋아한 이유는 그가 청와대 정무수석, 홍보수석을 지냈고 대통령의 일방적 지시가 가능한 인물이기 때문이었다. 청와대 김재원 정무수석, 새누리당 정진석 원내대표, 청와대 이원종 비서실장도 박 대통령에게 직언할 만큼 가깝고 신뢰감을 갖지 않았던 것 같다. 결국 정치력이 발휘되어야 할 현장에 누구도 '총대'를 메지 않은 것 같다.

둘째, 2016년 10월 최순실 '게이트'에 대한 2014년 11월 소위 '정윤회 문건' 사건 수습 과정과 너무나 다른 박근혜 선 대통령의 태도다. 2014년 말 '정윤회 문건' 사건에 대한 대통령의 강경 대응은 서슬이 퍼랬다. 초강경대응으로 청와대에 민정수석실에 근무했던 최경락 경위는 조사 후 자살하는 참극까지 벌어졌다. 하지만 2016년 박근혜 전 대통령은 JTBC 뉴스 보도가 나가자 24시간도 되지 않아 대국민 사과 담화를 발표했다. 허무하게 쉽게 무너져 버렸다. 누가 이런 결정(대국민 담화)을 내렸는지? 국민들이 언론 보도로 알고 있는 것과 다른 원인이 있지 않았나 하는 의심까지 든다.

이와 같은 결정의 배경은 1년 뒤 2017년 11월 6일 우병우 전 민정수석 재판에 증인으로 나온 안종범 전 청와대 정책조정수석 증언으로 드러났다.[55] 당시 언론 보도로 미르·케이스포츠재단 설립 배후에 최순실 씨가 있었다는 의혹이 불거지자 김성우 당시 청와대 홍보수석, 우병우 전 청와대 민정수석, 안종범 전 수석은 박 전 대통령을 면담하고 '비선실세' 관련 입장을 정리하려고 했다. 당시 수석들이 '비선실세' 존재에 대해 인정해야 한다는 취지를 건의하자 박 전 대통령이 "꼭 인정해야 하느냐."며 반문했다는 것이다. 다만 그는 "우 전 수석은 (비선실세 인정에 대해) 적극적으로 나서지 않았다."고 덧붙였다.

---

55) 한겨레, 세계일보, 2017. 11. 6

다른 증언도 있다. 서울중앙지법 형사33부(재판장 이영훈) 심리로 이날 열린 우병우 전 수석 재판에 증인으로 나온 안종범 전 청와대 정책조정수석은 지난해 10월 12일 박 전 대통령을 면담한 상황을 설명했다. 당시 한겨레 등의 보도로 미르·케이 스포츠재단 설립 배후에 최순실 씨가 있었다는 의혹이 나오자 안 전 수석은 김성우 당시 청와대 홍보수석, 우병우 전 청와대 민정수석 등과 박 전 대통령을 면담하고 '비선실세' 관련 입장을 정리했다고 한다. 당시 김 전 수석 등이 '비선실세' 존재에 대해 인정해야 한다는 취지로 건의하자 박 전 대통령이 "꼭 인정해야 하느냐."며 반문했다는 것이 안 전 수석 증언이다. 다만 그는 "우 전 수석은 (비선실세 인정 여부에 대해) 적극적으로 나서지 않았다."고 덧붙였다. 박 전 대통령은 '비선실세' 의혹이 거세지는 가운데서 "비선실세는 없다."는 입장을 고집했던 것으로 보인다.

박 전 대통령은 당시 수석비서관회의에서 미르·케이스포츠재단 관련해 처음으로 입을 열었지만, "만약 누구라도 재단과 관련해서 자금 유용 등 불법행위를 저질렀다면 임정히 처벌받을 것"이라며 최 씨에 대한 의혹을 강하게 부인한 바 있다. 하지만 최순실이 박 전 대통령의 연설문을 손봤다는 JTBC 보도가 나오자, 대국민 담화를 열고 최순실의 존재를 인정했다.

또한 검찰이 박 전 대통령과 최순실 씨 재판

당 대표로 선출된 이정현 의원을 오찬에 초대한 박근혜 전 대통령. 2016년 8월 16일 이 회동은 충성파 일색의 당청관계가 얼마나 위험한 결과를 낳는지 보여 준다. 하지만 문재인 정권도 이 위험성을 가볍게 생각하고 있다. 제왕적 대통령제는 내부 워치 독(Watch Dog)이 잠잔다는 위험성을 가지고 있다.. ⓒ연합뉴스에서 공개한 김성우 전 홍보수석의 진술조서에 따르면[56] 김 전 수석은 미르·K스포츠재단 관련 의혹이 불거진 후 박 전 대통령에게 "비선실세가 있느냐."고 물었고, 박 전 대통령은 "비참하다."고 답변했다는 것입니다. 김 전 수석은 박 전 대통령에게 "비선실세에 대해 국민들에게 밝혀야 하는 것 아니냐고 했는데 별다른 말씀이 없었다."고도 진술했다.

만일 2016년 10월 청와대가 비선실세 최순실의 역할에 대해 적극적으로 부정하고 최순실도 독일에서 (마치 구원파 유병언의 딸 유섬나 씨와 같이) 귀국하지 않았다면 어떤 일이 벌어졌을까? 아니면 독일에서 최순실, 정유라 모녀가 실종되기라도 했다면 이후 역사는 어떻게 전개됐을까? 역사에 가정이 없지만 촛불혁명으로 박근혜 정권이 무너졌을지 아니면 후진국에서 흔히 일어나는 정치 스캔들로 변해 시간이 지나면 희석됐을지 의문이 든다.

하나 확실한 사실은 우병우 전 민정수석을 제외하고 수석 비서관들을 포함 청와대 직원들 대부분이 박근혜 전 대통령의 통치 스타일을 더 끌고 갈 수 없을 정도로 힘들어 했다는 사실이 최근 증언에서 나타나고 있다.

---

56) 연합뉴스 TV, 2017. 6. 28

촛불, 혁명인가?

언제부터인가? 2016년 말 촛불시위를 '촛불혁명'이라고 부르는 사람들이 있다. 문재인 정부의 청와대도 '촛불'의 의미를 극대화하려 애쓴다.

청와대 본관에 2016년 광화문 광장 촛불시위를 주제로 한 대형 그림이 걸린 것으로 2017년 11월 20일 알려졌다. 2017년 11월 13일 청와대 본관 입구에 가로 11.7m, 세로 3.6m 크기의 임옥상 작가(전국민족미술인연합 대표)의 〈광장에, 서〉 작품이 설치됐다. 캔버스에는 광화문을 배경으로 '닥치고 OUT', '하야하라' 같은 플래카드를 들고 있는 시민들의 모습이 담겼다. 2016년 광화문 촛불시위 현장을 찾은 작가가 당시 상황을 캔버스 78개에 나눠 그린 뒤 이어 붙인 작품이다.[57] 이 작품은 김정숙 여사가 전시장을 관람한 뒤 문 대통령이 구입 의사를 알려와 청와대로 들어왔다. 문재인 대통령은 직접 2017년 11월 21일 국무회의 석상에서 본인이 구입해서 설치했다는 사실을 밝힌 바 있다. "이 그림은 임옥상 화가가 9월에 전시회에 건 그림인데, 제가 전시회에 가 보지 못하고 인터넷으로 보니, 이게

---

57) 한겨레, 2017. 11. 20

촛불집회를 형상화한 건데 완전히 우리 정부 정신에 부합하고 정말 좋아 보이더라…"고 말했다.[58] 이 그림 앞에 청와대 참모진과 국무위원 등을 모아 놓고 기념촬영도 했다. 문재인 대통령과 그의 참모들의 역사관, 국가관을 엿보게 하는 기사들이다.

청와대는 개인이나 특정 정파 공간이 아닌 국가 공공(公共)의 공간이다. 전 세계 선진국이라 불리는 나라의 수상이건 대통령이건 최고 지도자 집무공간에 불과 7~8개월 전에 종료된 시위장면 그림이나 사진을 내거는 나라가 있는지 알고 싶다. 필자가 과문한 탓인지 그런 나라는 없다. 2016년 촛불의 의미와 정신을 폄하하자는 것이 아니다.

외국 정상들이 청와대를 찾을 때 이 그림을 보면 문재인 정부는 '최근 벌어진 거리시위에서 정권의 정통성을 찾아야 하는' 불안한 정권이라 생각하진 않을까? 왜 '탄핵(Impeachment, 彈劾)'은 정치문화가 불안한 남미에서 자주 일어날까? 우리가 박근혜 전 대통령 탄핵을 들먹일 때마다 해외에서 특히 한반도를 둘러싼 러시아, 중국, 미국, 일본에서 대한민국을 어떻게 생각을 할까?

불과 반년 전에 끝난 시위 그림을 대통령 집무실에 걸어야 할 정도면 권력이 안정적이지 않다는 증거다. 사진은 문재인 대통령과 국무위원들이 11월 21일 오전 청와대 세종실에서 열린 국무회의에서 2016년 박근혜 대통령 탄핵을 요구하며 서울 광화문 광장에서 이어진 촛불집회 모습이 담긴 대형 그림인 〈광장에, 서〉 앞에서 기념촬영 준비를 하고 있다.
ⓒ연합뉴스

중국의 경우 2015년 9월 6.25전쟁에서 총부리를 겨눈 대한민국 정상 박

---

58) 조선일보, 2017. 11. 21

근혜 전 대통령을 천안문 망루에 세웠다. 2017년 양회(兩會, 전국인민대표대회, 전국인민정치협상회의)를 통해 임기 2기를 준비하던 시진핑(習近平) 주석으로서 공산당 내 반발이 예상되는 모험 중 하나였다. 그런 박근혜 전 대통령이 2016년 느닷없이(중국이 싫어하는) 사드 미사일을 성주에 배치하더니만 또 4개월도 안 돼 대규모 촛불시위로 탄핵되었다. 만일 시진핑이 한국에 와서 청와대를 방문해 그 그림을 보면 대한민국 국격(國格)을 어떻게 생각할까 궁금하다. 혹시 한국인들은 너무 잔망스럽다고 생각하진 않을까?

네이버 검색을 통하면 '문재인 대통령'과 '촛불혁명'이 연관 검색어로 검색되는 언론 보도가 2017년 5월 10일 취임해서 12월 31일까지 9,855건에 달한다. 문재인 대통령은 촛불을 혁명으로 승격(昇格)하여 보기를 간절히 원한다는 사실을 방증한다.

탄핵 전의 한국의 정치 지형을 보면 5.5대 4.5로 보수가 유리했다. 그래서 진보좌파 진영에서 '운동장이 기울었다'라고 한탄했지만 1년 지난 보수의 '기울어진 운동장'으로 역전됐다.[59] 진보좌파는 별 노력 없이 박근혜 전 대통령의 전근대적 통치가 탄핵당하자 청와대로 무혈입성(無血入城)한 것이다. 자기 능력으로 쟁취한 권력이 아니기에 문재인 대통령으로서는 촛불에 늘 빚진 마음이 들 수밖에 없다. 덕분에 이전에 보수를 지지했던 국민들 20~30%가 마음을 줄 데를 찾지 못하고 있다.

2016년 촛불시위의 주체는 '더불어민주당'이 아니고 시민단체 연대체 '박근혜 정권 퇴진 비상국민행동(약칭 퇴진행동)'이었다. 2016년 11월 3일 제2차 촛불집회에 앞서 준비위가 출범하였고, 11월 9일 공식 발족되었다. 2015년에 이어 2016년 11월 12일 2차 '민중총궐기'를 준비하던 '민중총궐

---

59) 일요서울, 2017. 12. 29

기 투쟁본부'가 있었으나, 시민 참가자수가 예상을 훨씬 뛰어넘어 주말 집회를 체계적으로 맡는 단체의 필요성이 제기되었다. 이에 11월 2일 '박근혜-최순실 국정농단 사태에 즈음한 전국 비상시국회의'가 개최되었고 11월 4일에는 '박근혜 정권 퇴진 비상국민행동 준비위원회(비상국민행동)'가 결성되었다. '비상국민행동'에 참가한 시민단체의 수는 1,533개에 달했다. 주요 단체는 전국민주노동조합총연맹, 전국농민회총연맹, 전국교직원노동조합, 참여연대, 한국노동조합총연맹이다.[60]

주말마다 열리는 촛불집회는 2016년에 10월 29일, 11월 5일, 11월 12일, 11월 19일, 11월 26일, 12월 3일, 12월 10일, 12월 17일, 12월 24일, 12월 31일에 열렸다. 그 날짜와 주제를 정리하면 다음의 표와 같다.

범국민 행동	날짜	시위인원		내용
		경찰 추산	주최 추산	
1차	10월 29일	12,000	50,000	전국 각지 특히 서울 도심에서 대규모의 집회가 열렸다. 서울 도심인 청계광장에서 열린 퇴진 촉구 집회의 집회명은 '모이자! 분노하자! #내려와라_박근혜 시민 촛불'로 민중총궐기투쟁본부에서 주최[61]
2차	11월 5일	48,000	300,000	광화문광장에서 열린 촛불집회와 도심 행진에 주최 측 추산 30만 명 경찰 추산 2만 8천 명이 참가. 경찰이 교통을 이유로 행진금지를 통고, 법원의 가처분으로 합법적으로 행진하였다. 광주·울산·부산 등지에서도 박근혜 퇴진과 이석기 석방을 요구하는 집회가 열렸다.[62]
3차	11월 12일	269,000	1,060,000	

---

60) http://bisang2016.net
61) Moneys, 2016. 10. 30
62) 연합뉴스, 2016. 11. 5

범국민 행동	날짜	시위인원		내용
		경찰 추산	주최 추산	
4차	11월 19일	275,000	960,000	더불어민주당과 국민의당, 정의당의 원내 야3당은 11월 24일, 탄핵안 발의를 논의. 탄핵 가결되려면 새누리당 내에서 28명의 추가 찬성이 필요한 상황. 2016년 11월 29일 박근혜 전 대통령은 "자신의 행동은 공익을 위한 것이었다며 자신의 탄핵 여부를 국회에 맡기겠다." 는 내용의 대국민담화 발표[63]
5차	11월 26일	330,000	1,900,000	4차 집회 가처분 신청에서 법원이 낮 시간대의 청와대 방면 행진을 허용함에 따라 율곡로 북쪽 청와대로 가는 행진은 낮 시간대에 하고 저녁에는 율곡로까지 행진
6차	12월 3일	429,000	2,320,000	대한민국 헌정사 최대 시위 기록을 다시 경신
7차	12월 10일	166,000	1,043,400	박근혜 즉각 퇴진과 구속 그리고 헌재의 빠른 탄핵심판을 요구[64]
8차	12월 17일	77,000	771,750	헌법재판소가 박근혜 대통령 탄핵심판 준비에 본격적으로 착수한 상황에서 박 대통령 즉각 퇴진과 헌재의 탄핵심판 인용, 황교안 대통령 권한대행 국무총리 사퇴를 촉구
9차	12월 24일	53,000	702,000	
10차	12월 31일	83,000	1,104,000	누적 연인원 1000만 명을 돌파할 것이라는 예상 '송박영신(送朴迎新·박근혜 대통령을 보내고 새해를 맞음)' 박 대통령 즉각 퇴진을 촉구
2016년 누적인원		1,742,000	10,211,150	

2017년 주말마다 열린 촛불집회 그 날짜와 주제를 정리하면 다음의 표와 같다.

63) 뉴시스, 2016. 11. 29
64) 머니투데이, 2017. 1. 1

범국민 행동	날짜	시위인원		내용
		경찰 추산※	주최 추산	
11차	2017년 1월 7일	38,000	643,380	세월호 침몰 사고 1,000일을 추모집 회와 동시 개최, 정원 스님(속명 서용 원·64)이 서울 도심 시위현장에서 자신 의 몸을 불사르는 소신공양(燒身供養), 이틀 후 사망[65]
12차	1월 14일	–	146,700	1987년 남영동 대공분실에서 고문을 받던 중 사망한 서울대 학생 박종철 열사의 30주기. '박종철, 이한열 열 사 30주기 추모시민 퍼포먼스'
13차	1월 21일	–	353,400	
14차	2월 4일	–	425,500	청와대의 압수수색 거부를 집중 성토
15차	2월 10일 ~ 11일	–	806,270	
16차	2월 18일	–	844,860	
17차	2월 24일 ~ 25일	–	1,078,130	'박근혜 4년 너희들의 세상은 끝났다' 를 주제로 7차 민중총궐기. 촛불집회 사전행사 격인 이 집회에서 최종진 민주 노총 위원장 직무대행은 "지금 대한민 국에는 촛불과 태극기의 싸움이 벌어지 는 것이 아니라 정의의 촛불이 범죄자 를 몰아내는 투쟁이 진행되고 있다." 며 "박근혜, 재벌 총수 구속과 헬조선 타 파가 역사의 과제이자 촛불의 명령" 이 라고 주장[66]
18차	3월 1일	–	300,000	임시정부 당시 사용됐던 태극기가 내걸 리고, 붓글씨 행사와 대학생 풍물패의 사물놀이 공연이 진행. 본행사가 시작되 자 특검 연장안을 거부한 황교안 대통 령 권한대행의 퇴진과 특검 연장 등을 요구 대통령 탄핵 인용을 요구하는 만 세를 외치기도 했음
19차	3월 4일	–	1,050,890	

65) 한겨레, 2017. 1. 9
66) 한국경제, 2017. 2. 25

범국민 행동	날짜	시위인원		내용
		경찰 추산	주최 추산	
21차	3월 25일	–	102,400	
22차	4월 15일	–	109,600	
23차	4월 29일	–	50,000	
누적인원			6,631,130	

※ 경찰은 12차 집회부터 추산한 인원을 언론에 공개하지 않기로 했음

2017년 12월 5일 독일 베를린에서 박석운 '박근혜 정권 퇴진 비상국민행동' 대표가 촛불시민을 대표해 프리드리히 에베르트재단으로부터 받은 에베르트 인권상을 수상한 바 있다. 프리드리히 에베르트(Friedrich Ebert, 1871. 2. 4~1925. 2. 28)는 독일 바이마르 공화국 초대 대통령을 지낸 인물로 사회민주당(SDP)의 당수를 지낸 바 있다. 그는 구체제 인사들과 손잡고 노동자 평의회를 붕괴시킨 전력으로 절대 진보적이라고 할 수 없는 사람이다.

다시 문재인 대통령과 집권 세력이 주장하는 '촛불혁명'에 대해 생각해 보자. 혁명의 사전적 의미는 〈1〉'헌법의 범위를 벗어나 국가 기초, 사회 제도, 경제 제도, 조직 따위를 근본적으로 고치는 일. 〈2〉이전의 왕통을 뒤집고 다른 왕통이 대신하여 통치하는 일. 〈3〉이전의 관습이나 제도, 방식 따위를 단번에 깨뜨리고 질적으로 새로운 것을 급격하게 세우는 일'이다.[67]

촛불시위로부터 박근혜 전 대통령 탄핵소추와 인용, 문재인 대통령 당선과 약 8개월의 행적을 '혁명'이란 사전적 정의에서 생각해 보기 전에 필립 슈미터(Philippe Schmitter) 유럽대학연구소 명예교수가 본 2016~2017년 한국의 정치 변화에 대해 들어 보자.

---

67) 표준국어대사전, 2017

슈미터 교수의 시카고 대학 재직 시 제자인 임혁백 고려대 명예교수 사이의 대담은 2017년 6월 28일 한국정당학회와 대한민국역사박물관이 공동 주최한 '6·29선언 30주년 기념학술대회'에 참석하면서 이뤄졌다. 아래는 대담의 일부를 발췌한 내용이다.[68]

■ 임혁백: 촛불집회에 의한 정권 교체는 광장 민주주의와 대의 민주주의가 결합한 결과다. 촛불혁명은 참여 민주주의의 승리다. 촛불혁명은 동아시아 최초의 명예혁명이다.

■ 필립 슈미터 교수: 참여 민주주의의 승리라고? 광장의 시민이 권력을 쫓아냈는가? 권력을 잡은 건 또 다른 정치 세력 아닌가? 소수의 권력자가 통치하는 체제는 달라지지 않았다.

(중략)

■ 슈미터: 민주주의의 이행은 역사적으로 두 가지 경로를 따랐다. 프랑스는 혁명을 일으켰다. 대중이 일어났고 폭력으로 권력을 몰아냈다. 반면에 영국은 지배 세력이 대중의 이해를 점차적으로 받아들이는 개선 과정을 밟았다. 최근 한국의 정치 변동은 영국의 경로와 유사하다. 말하자면 '협약에 의한 민주화 과정'이다. 정치권이, 특히 권위주의 체제에 관여한 일부 세력이 민주화로의 이행에 동의해 권력 교체가 이뤄졌다. 참여 민주주의의 승리로 보이지 않는다.

■ 임혁백: 시민이 참여한 결과다. 한국인은 온라인 공간에서 정치 세력으로 조직화했고, 광장으로 나갔다.

■ 슈미터: 한국 상황을 잘 알지 못하지만 동의할 수 없다. 참여 민주주의는 국민투표로 새로운 제도를 구축하는 것이다. 그러나 한국에

68) 중앙일보, 2017. 6. 30

서는 새 제도가 만들어지지 않았다. 대규모 군중의 참여가 바로 참여 민주주의를 의미하지는 않는다. 한국의 사례는 정치 세력들이 군중을 해산시키기 위해 타협한 결과다. 이집트의 민주화운동도 인터넷에서 시작됐다. 그러나 참여 민주주의가 실현되지 않았다.

■ 임혁백: 이집트는 실패했지만 한국은 새 정부가 들어섰다. 한국은 성공사례다.

■ 슈미터: 새 정부가 들어섰다지만, 이전에도 있었던 정치 세력이다. 기존 세력 중 다른 세력이 권력을 잡았을 뿐이다. 이것은 새로운 유형의 민주주의가 아니다. 새 정치 세력에 실질적인 변화가 있었나? 한국은 이전과 같은 유형의 세력이 통치하고 있다.

슈미터 교수의 "이것은 새로운 유형의 민주주의가 아니다. 새 정치 세력에 실질적인 변화가 있었나?"라는 지적이 출범 후 문재인 정부의 정책과 행태를 보면 공감이 간다.

국민들로서는 '서인 노론(西人老論)이 가고 남인사림(南人士林)이 권력을 잡는' 조선 시대 환국(換局) 정도의 변화만 느낄 뿐이다.

제도와 시스템은 변화가 없고 사람만 바뀌는 사례는 공공기관들의 낙하산 인사를 보면

박근혜 정권의 문화 황태자 차은택, 송성각(전 콘텐츠진흥원장) 라인의 재판이 진행되는데도 거의 같은 과정을 통해 새로운 콘텐츠진흥원장을 임명하는 사실은 문재인 정권이 주장하는 '촛불혁명'의 실상을 보여 줄 수 있다. 필립 슈미터 (Philippe Schmitter) 교수의 주장이 장래에 맞지 않기만 기도할 따름이다.
©KBS 뉴스

알 수 있다. KT, 포스코, 한국케이블협회, 석유협회, 코레일, 코이카, 국민연금공단, 건강보험공단에서 나타난 소위 캠코더(대선 캠프, 코드, 더불어민주당) 인사가 대표적이다.[69]

전문건설공제조합 감사에 노사모 부산대표 와 지난 19대 대선에서 현장조직을 담당한 인사가 선출된 것도 같은 맥락이라 볼 수 있다.

슈미터 교수가 "한국 정치 세력에 실질적인 변화가 있었나? 한국은 이전과 같은 유형의 세력이 통치하고 있다."라고 주장했다. 그는 한국 정치의 현실을 꿰뚫는 혜안(慧眼)을 가지고 있다고 할 수 있지 않을까?

---

69) 서울경제, 2018. 2. 25.

마지막 인터뷰

개인적으로 유튜브(YouTube)의 정규재TV 채널을 좋아한다. 약간 수구적 시각도 있지만 자유주의 우파 시각에서 경제, 사회를 분석한 콘텐츠들은 가치도 높다. 특히 KAIST 이병태 교수의 경제학 강의는 데이터와 실증을 바탕으로 하여 신뢰도가 높다. 필자는 학부에서 이공계 학과를 전공하고 대학원에서 경제학을 연구한 교수, 연구원들을 좋아한다. 정치와 선동에 흔들리지 않는 것이 계량화 정보를 볼 수 있는 힘이다. 이 능력이 부족하거나 정보를 읽는 맑은 눈이 없을 때 사회과학은 정치에 이용된다.

불행히도 교수 출신으로 문재인 정부 요직에 있는 학자들 중 많은 수가 내로남불(내가 하면 로맨스 남이 하면 불륜)형이다. 자기 머리 뒤에 재벌개혁 전도사 아우라를 스스로 씌우기도 하고, 불법·합법을 가리지 않고 재산상속을 범죄시하는 사이다 발언으로 흙수저들의 심금을 울렸다.

하지만 진정한 의미에서는 진보 이미지를 팔아온 지식인들도 있다. 진보적 발언은 출세를 향한 도구였을 뿐 자기 인생관은 아니었다. 좌·우의 문제가 아니다. 보수의·진보 문제가 아니다. 가짜냐 진짜냐의 문제다. 재미있는 사실은 청와대 재산공개 대상자 중 가장 많은 부동산과 현금 부자도 모두 이런 지식인 출신들이란 것이다.

좌고우면(左顧右眄)하지 않는 정규재 논설고문의 방송 콘텐츠를 좋아하지만 동의할 수 없는 몇 가지 있다.

첫째, 지나친 박근혜 전 대통령의 옹호다. 박근혜 이미지가 사라지자 보수가 괴멸하는 현상을 보면, 싫던 좋던 그녀가 중핵 역할을 해 온 것이 사실이다. 하지만 정치적으로 무능했던 박근혜 전 대통령에 대한 과도한 옹호는 답답하다. 최순실 게이트란 진흙 구덩이에 갇혀서 자유민주주의 보수 정치가 전진할 수 없도록 한다.

둘째, 과도한 대기업 옹호다. 기업과 관계를 뗄 수 없는 경제지 언론 출신의 한계인지도 모른다. '옥시 가습기 살균제', '조현아 땅콩회항' 같은 대기업에 부정적 여론이 공론화돼도 정규재TV는 침묵한다.

셋째 4차 산업혁명, 기술혁신에 대한 관심이 부족하다.[70] 대학에서 철학을 공부하고 언론계에 있던 그로서는 기술 감수성이 민감하지 있으리라 생각한다. 따로 이 문제에 대해 언급하겠지만. 21세기에도 독특하게 교육을 문(文)과·이(理)과를 나누고 외눈박이 지식인만 양산하는 한국은 미래를 헤쳐 나가기 어렵다. 조선(朝鮮)의 비극은 과도한 문치주의다. 이것은 동전 앞뒤같이 기술·산업인 경시(輕視)로 이어진다. 망국 경험을 했음에도 한국은 지금의 지배층 대부분도 문과 외눈박이 지식인들로 채우는 우를 범하고 있다.[71] 지금 요순시대를 바라는 과거 지향 문치주의로 망한 조

---

70) 정규재TV, 4차 산업혁명과 노동, 2017. 1. 18
71) 연합뉴스, 고위공무원 느는데 이공계 되려 감소 고작 5분의 1, 2017. 10. 24

선으로 사회풍조가 돌아
가고 있다.

말로는 교육이 융합형
인재, 융합형 산업을 지
향한다 하면서 막상 두
개 이상 전공을 공부하
거나 많은 나라에서 다
양한 경험을 한 사람이
나타나면 인정하지 않고

정규재 한국경제 논설고문이 박근혜 전 대통령을 인터뷰한 2017년
1월 25일자 인터넷 방송은 대통령으로서 마지막 인터뷰라는 역사
적 가치를 가진다.
ⓒ머니투데이

폄하한다. 문치주의, 순혈주의, 학벌 중심의 고정관념이 대한민국의 미래
가 불안하게 한다.

정규재 한국경제 논설고문이 박근혜 전 대통령을 인터뷰한 2017년 1월
25일자 인터넷 방송은 역사적 가치를 가진다. 이후 3월 10일 헌재 탄핵안
인용, 3월 31일 구속 수감되어 그 인터뷰는 언론을 통해 박근혜 전 대통
령이 자기 생각을 밝히는 마지막 기회였다.

인터뷰도 재판에 결정적인 '삼성 이재용 부회장'으로부터 받은 뇌물혐
의와 최순실에 국가기밀을 누설한 혐의에 대한 사실관계 논의는 빗겨 갔
기 때문에 알맹이는 쏙 빠졌다. 하지만 박 전 대통령이 남긴 말에는 앞으
로 벌어질 재판 진행 과정에서 자신의 태도 그리고 그녀의^(정치적) 행보에
대한 암시도 들어 있다.

이제 인터뷰 기록으로 들어가자 먼저 박 전 대통령의 말에는 빠지지 않
는 레퍼토리가 있다. '부모님 이야기'다. 다음은 인터뷰 내용이다.

▲ 박근혜 대통령

–항상 설 전에는 참배하고 부모님께 이렇게 생전같이 말씀도 쭉 드리고 하는데 이번에는 좀… 많이 착잡한 마음으로 다녀왔고, 또 말씀도 좀 오래 드렸던 것 같습니다.

▲ 정규재

–(부모님 참배하실 때) 어떤 말씀을 하셨나요?

▲ 박근혜 전 대통령

–다 드릴 수 없죠. 네….

▲ 정규재

–뭐가 좀 답을 얻은 것 같은 느낌인가요?

▲ 박근혜 전 대통령

–그런 면도 있습니다. 예.

박근혜 전 대통령은 스스로에게 또 타인에게 끊임없이 '박정희 대통령, 육영수 여사'의 이미지를 주려 한다. 1952년생인 박 전 대통령은 인터뷰가 있는 해 벌써 만 65세다. 사회인으로서 은퇴할 나이고 자기 삶을 정리할 나이다. 불행히도 박 전 대통령의 영혼은 부모로부터 하나의 개체로 독립하지 못한 것 같다. 그녀의 정신적 결함을 사리사욕을 위해 이용하려 한 무리도 있다. 아니 그들은 정치적으로 이용하기 위해 이 같은 미숙함을 더 악화시키고 강화시켰다. 냉혹한 현실 앞에 서면 웅크린 영혼은 신탁(神託)을 구한다.

▲ 정규재

－이제 질문 좀 드리겠습니다. 많은 국민들이 탄핵을 요구하는 촛불시위를 하는데, 우리 지도자가 왜 최순실 같은 분과 놀았나? 우리 지도자가 혹시 판단능력이 놀랍도록 떨어지는 수준이 아닌가 하며 분노하고 있는 거죠. 추동된 측면도 있지만 청와대에서 굿하시거나 향정 의약품에 중독돼 있으신 게 아닌가 하는 질문들이 있습니다. 많은 국민이 우리의 대통령에 대한 실망감을 극도로 표현하고 있습니다. 분노라고 할 수도, 증오라 할 수도 있고. 그때로부터 3개월 지나지 않았습니까. 대통령님이 느끼시기에 일부는 '인정할 수 있다'는 것도 있을 테고 '무슨 소리냐 말도 안 되는 조작'이라고 느끼는 것도 있을 것 같은데….

▲ 박근혜 전 대통령

－향정 약품 먹었다던지 굿을 했다던지 여러 가지 의혹이 있는데 전혀 사실이 아니고, 터무니없는 얘기입니다. 그런 약물 근처에 가 본 적도 없고 굿 한 적도 없고 이미어마하게 (이야기가) 만들어졌는데, 그런 허황된 이야기를 들으며 어떤 생각했느냐면, 대통령 끌어내리고 탄핵시키기 위해 그토록 어마어마한 거짓말을 만들어 내야만 한다고 했다면 탄핵 근거가 얼마나 취약한가 그런 생각을 했습니다.

▲ 정규재

－그런 거짓말과 굉장한 이야기가 만들어졌습니다. 굉장한 이야기가 만들어지는 것은 대통령의 힘으로도 통제가 안 된 겁니다. 왜 그렇게 됐다고 느끼셨나요. 예를 들어 굳이 대통령이 언론에 압력을 넣지 않아도 소송이라던지 항변이라던지 또 말하자면 수정 요구하는 어떤 요청이라던지 반

론권이라던지 이런 절차가 작동되지 않습니까?

▲ 박근혜 전 대통령

−전에도 한 번 그런 일들이 있었습니다. 그런데 그런 이야기가 한번 만들어져서 바람이 막 불면… 그때도 수없이 '그게 아니다 하고 정정보도 요청도 하고 그게 아니다'고 얘기도 하고 기자회견에서 얘기하고 해도. 프레임 밖은 받아들이지 않는 풍조가 있었습니다. 그래도 지금은 이렇게 얘기라도 하지, 처음에는 '그건 다 아니야'라는 바람이 우리나라는 강합니다.

그다음 인터뷰에서 중요한 내용은 박근혜 전 대통령 자신이 생각하는 '탄핵의 원인'이다. 박 전 대통령은 원인을 '그토록 어마어마한 거짓말', '허황된 이야기'라고 인식하고 있다. 알 수 없는 존재들이 만들어 낸 이야기로 지금 자기를 포함한 선량한 청와대 사람들이 고통을 당하고 있으며 탄핵의 원인이란 '청와대에서 굿을 하고', '향정신성 약품을 먹는' 수준의 뜬구름 잡는 헛소문이라는 것이란 믿음이다.

여기에서 박 전 대통령의 독특한 인식체계를 알 수 있다. 그녀는 대통령이었고 인터뷰 시간에도 비록 권한은 정지됐지만 헌법재판소에서 탄핵 인용판결이 난 상태는 아니어서 사실상 대통령이었다. 아니 2013년 이후 인터뷰 시점까지 박 전 대통령은 실질적 권력을 가진 대통령이었다. 한국과 같이 정부가 강력한 정보망을 가지고 있고 독재 경찰국가 그림자가 남아 있는 나라에서 대통령이 자기를 탄핵시키고자 하는 음모가 있다는 사실조차 몰랐다는 것은 이해하기 어렵다. 이 발언에 진정성이 있었다면 이미 청와대와 정보기관은 무기력해 있었다는 것을 증명한다.

필자는 아직까지 이해가 되지 않는 것이 2016년 10월 24일과 10월 25일 이틀간의 박근혜 전 대통령의 행동이다. 2016년 10월 24일, 25일 이 두 날짜는 대통령 탄핵이라는 미증유 사건의 터닝 포인트가 된 시점이다. 시간대별로 그날의 일정을 되돌아보면 다음과 같다.

10월 24일 9시 경, 박 전 대통령은 국회 시정연설을 앞두고 이원종 대통령 비서실장이 민정·경제·고용복지수석 등을 불러모아 개헌에 대해 논의했다.

10월 24일 11시, 박 전 대통령은 국회에서 "임기 내에 헌법 개정을 완수하기 위해 국민 여망을 담은 개헌안을 마련하고 이를 위해 정부 내 헌법 개정을 위한 조직을 설치해 국민의 여망을 담은 개헌안을 마련하도록 하겠다."고 밝혔다. 박 대통령은 개헌 추진 이유로 "임기가 3년 8개월이 지난 지금 돌이켜 보면 우리가 당면한 문제들을 일부 정책의 변화 또는 몇 개의 개혁만으로는 근본적으로 타파하기 어렵다는 것을 뼈저리게 느꼈다." 면서 "대통령선거를 치른 다음 날부터 다시 차기 대선이 시작되는 정치체제로 인해 극단적인 정쟁과 대결구도가 일상이 되어 버렸고, 민생보다는 정권 창출을 목적으로 투쟁하는 악순환이 반복되고 있다."고 지적했다.

참고로 2016년 10월 24일 박근혜 전 대통령의 국회 연설 전문은 다음과 같다.

존경하는 국민 여러분,
국회의원 여러분.

우리 대한민국은 반세기 만에 전쟁의 폐허를 극복하고 눈부신 경제발전과 민주화를 이룩하며 선진국의 문 앞에 서 있지만, 그 문턱을 넘지 못하고 제자리걸음을 하고 있는 절박한 상황입니다. 저는 대통령에 취임한 후 경제혁신 3개년 계획, 4대 구조개혁으로 당면 문제를 해결하고, 그 마지막 문턱을 넘기 위해 매진해 왔습니다. 이러한 노력으로 앞서 말씀드린 성과들을 거둘 수 있었지만 임기가 3년 8개월이 지난 지금 돌이켜 보면, 우리가 당면한 문제들을 일부 정책의 변화 또는 몇 개의 개혁만으로는 근본적으로 타파하기 어렵다는 것을 뼈저리게 느꼈습니다.

우리 정치는 대통령선거를 치른 다음 날부터 다시 차기 대선이 시작되는 정치체제로 인해 극단적인 정쟁과 대결구도가 일상이 되어 버렸고, 민생보다는 정권 창출을 목적으로 투쟁하는 악순환이 반복되고 있습니다. 대한민국의 발전을 가로막는 구조적 문제를 해결하고 국가적 정책현안을 함께 토론하고 책임지는 정치는 실종되었습니다.

대통령 단임제로 정책의 연속성이 떨어지면서 지속가능한 국정 과제의 추진과 결실이 어렵고, 대외적으로 일관된 외교정책을 펼치기에도 어려움이 큽니다. 북한은 '몇 년만 버티면 된다'는 생각으로 핵과 미사일 개발을 수십 년 동안 멈추지 않고 있고, 경제 주체들은 5년마다 바뀌는 정책들로 인하여 안정적이고 장기적인 투자와 경영에 어려움을 느끼고 있습니다. 이런 고민들은 비단 현 정부뿐만 아니라 1987년 개정된 현행 헌법으로 선출된 역대 대통령 모두가 되풀이해 왔습니다.

저 역시 지난 3년 8개월여 동안 이러한 문제를 절감해 왔지만, 엄중한 안보, 경제 상황과 시급한 민생현안 과제들에 집중하기 위해 헌법 개정

논의를 미루어 왔습니다.

또한, 국민들의 공감대가 충분하지 않은 상황에서 국론이 분열되고 국민들이 더 혼란을 겪을 수 있기 때문에 개헌 논의 자체를 자제해 주실 것을 부탁드려 왔습니다.

하지만 고심 끝에, 이제 대한민국의 지속가능한 발전을 위해서는 우리가 처한 한계를 어떻게든 큰 틀에서 풀어야 하고 저의 공약사항이기도 한 개헌 논의를 더 이상 미룰 수 없다는 결론에 도달했습니다.

국가 운영의 큰 틀을 근본적으로 변화시키는 것이 당면 문제의 해결뿐만 아니라 중장기적으로도 더욱 중요하고, 제 임기 동안에 우리나라를 선진국 대열에 바로 서게 할 틀을 마련하는 것이 매우 중요한 일이라는 결론을 내렸습니다.

또한, 향후 정치 일정을 감안할 때 시기적으로도 지금이 적기라고 판단하게 되었습니다. 그래서 그 뜻을 국민의 대표이자 그동안 지속적으로 개헌의 필요성을 주장해 오셨고, 향후 개헌 추진에 중심적인 역할을 하실 국회의원 여러분 앞에서 말씀드리는 것이 가장 좋겠다는 판단 하에 오늘 국회 연설을 계기로 이렇게 말씀드립니다.

현재의 헌법이 만들어진 1987년과 지금은 사회 환경 자체도 근본적으로 변화하였습니다. 저출산 고령화 사회로의 급격한 진입으로 한국 사회의 인구지형과 사회구조가 근본적으로 바뀌고 있고,

87년 헌법 당시에는 민주화라는 단일 가치가 주를 이루었으나 지금 우리 사회는 다양한 가치와 목표가 혼재하는 복잡다기한 사회가 되었습니다.

이러한 변화를 긍정적인 방향으로 이끌어 갈 새로운 시스템이 필요합니다. 지금은 1987년 때와 같이 개헌에 대한 국민적 공감대가 형성되었다고 생각합니다. 개헌안을 의결해야 할 국회의원 대부분이 개헌에 공감하고 있습니다. 역대 국회의장님들은 개헌 추진 자문기구를 만들어 개헌안을 발표하기도 했고, 20대 국회에서는 200명에 육박하는 의원님들이 모임까지 만들어서 개헌을 추진하고 있습니다. 그동안 여야의 많은 분들이 대통령이 나서 달라고 요청했고, 국회 밖에서도 각계각층에서 개헌을 요구하는 목소리가 높아지고 있으며, 국민들의 약 70%가 개헌이 필요하다는 여론이 형성되어 있습니다.

특정 정치 세력이 자신들에게 유리한 쪽으로 끌고 갈 수 없는 20대 국회의 여야 구도도 개헌을 논의하기에 좋은 토양이 될 것입니다. 1987년 개정되어 30년간 시행되어 온 현행 5년 단임 대통령제 헌법은 과거 민주화 시대에는 적합할 수 있었지만, 지금은 몸에 맞지 않는 옷이 되었습니다.

대립과 분열로 한 걸음도 나가지 못하는 지금의 정치 체제로는 대한민국의 밝은 미래를 기대하기 어렵습니다. 이제는 1987년 체제를 극복하고 대한민국을 새롭게 도약시킬 2017년 체제를 구상하고 만들어야 할 때입니다. 저는 오늘부터 개헌을 주장하는 국민과 국회의 요구를 국정 과제로 받아들이고, 개헌을 위한 실무적인 준비를 해 나가겠습니다. 임기 내에 헌법 개정을 완수하기 위해 정부 내에 헌법 개정을 위한 조직을 설치해서 국민의 여망을 담은 개헌안을 마련하도록 하겠습니다. 국회도 빠른 시간 안에 헌법개정 특별위원회를 구성해서 국민 여론을 수렴하고 개헌의 범위와 내용을 논의해 주시기 바랍니다. 정파적 이익이나 정략적 목적이 아닌, 대한민국의 50년, 100년 미래를 이끌어 나갈 미래지향적인 2017 체제 헌법을 국민과 함께 만들어 가길 기대합니다.

존경하는 국민 여러분, 국회의원 여러분.

지금 우리는 그 어느 때보다 중요한 갈림길에 서 있습니다.

세계가 눈부신 속도로 변화하고 혁신하고 있는데, 기득권에 매달려 내 것만 지키려 하다가는 우리 모두가, 모든 것을, 한순간에 잃어버릴 수도 있습니다. 한발씩 양보하고 서로를 배려하며 갈등을 해소하고 함께 손잡고 미래로 나아가야 합니다. 서로 떨어져 있으면 한 방울의 물에 불과하지만 함께 모이면 바다가 된다는 말처럼 우리 모두가 하나 되어 위대한 대한민국을 만들어 갑시다. 감사합니다.[72]

박근혜 전 대통령의 개헌 발표 후 모든 언론이 이 이슈를 쫓아가는 상황이 연출됐다. 그날 박근혜의 개헌에 관한 국회 시정에 대해 기억해야 할 논평은 김무성 의원과 김관용 경북지사로부터 나왔다.

2016년 10월 24일 박근혜 전 대통령이 국회 시정연설을 통해 개헌의지를 표명하고 있다. 개헌 이슈는 그날 저녁 JTBC 최순실 태블릿 PC 보도로 한 방에 날아가 버렸다.
ⓒ연합뉴스

72) 매일경제, 2016. 10. 24

"현 정권 출범한 이후 오늘이 제일 기쁜 날이다."라고 김무성 전 새누리당 대표가 박근혜 대통령의 그날 '개헌 추진'을 반겼다. 김무성 전 대표는 2017년 10월 24일 박근혜 대통령의 국회 시정연설 직후 기자들과 만나 "개헌 논의를 대통령이 주도해 달라는 요청을 여러 차례 해 왔다."면서 "우리나라 미래를 위해 꼭 필요한 분권형 개헌에 대해 대통령이 주도하고 나선 데 정말 크게 환영한다."고 말했다.[73] 재미있는 사실은 박근혜 대통령 연설에는 '개헌은 분권형'으로 한다는 어떤 명시적 언급도 없었다는 것이다. 이미 JTBC에서 6시간 정도 후 박근혜 개헌 주장을 한 방에 날려 버릴 '태블릿 PC 보도'가 착착 준비되고 있는데 당시 집권 새누리당은 이를 까맣게 몰랐다는 것도 방증한다.

'더불어민주당'은 2016년 10월 24일 국회에서 있었던 박근혜 대통령 예산안 시정연설에 대해 '일방통행식'이라고 비판했다. 윤관석 '더민주' 수석대변인은 국회 정론관에서 "측근비리 돌파를 위한 정략적 개헌 논의 제안은 동의할 수 없다."고 강조했다.[74]

10월 24일 8시 JTBC 뉴스룸의 최순실 태블릿 PC에 대한 보도가 나오자마자 그날 (박근혜 전 대통령의) 국회연설에 담긴 개헌 이슈로는 수습 불가능한 국면에 접어들었다. 최순실의 국정농단 정황이 담긴 태블릿 PC가 공개되며 개헌론은 순식간 동력을 잃었다. 이후 수사와 재판이 거듭되면서 장시간 태블릿 PC 진위(眞僞)에 대한 논란은 사그라지지 않는다. 아직도 의문이 제기되는 이슈는 첫째, 최순실 태블릿 PC는 조작된 증거물인가? 둘째, 소위 멘탈 갑(甲)의 박근혜 전 대통령은 왜 태블릿 PC 앞에서 무너졌나? 셋째, 박근혜 전 대통령을 순식간에 무너뜨린 것은 단순히 태블

---

73) 동아일보, 2016. 10. 24
74) 아시아뉴스통신, 2016. 10. 24

릿 PC인가? 아니면 다른 원인은 있는가? 이다.

정규재TV와 인터뷰에서 다시 보면 2016년 10월 24일, 25일 이 두 날 박근혜 전 대통령의 행동을 이해할 수 없다. 1년 9개월 전 정윤회 문건 사건에서 세계일보는 정윤회 씨가 '문고리 권력 3인방', '십상시(十常侍)'로 지칭돼 온 박근혜 당시 대통령의 청와대 보좌진을 주기적으로 만나 국정에 개입했다는 내용을 담은 민정수석실 산하 공직기강비서관실의 문건을 보도했다. 논란이 일자 박근혜 전 대통령은 "문건의 내용은 풍설을 모은 '찌라시'에 불과하며, 문건 유출은 결코 있을 수 없는 국기문란 행위"라며 검찰에 철저한 수사를 촉구했다. 이후 서울중앙지검은 명예훼손 부분은 형사부, 문건 유출은 특수부에 배당 수사를 진행했다. 검찰은 "정윤회 씨가 박근혜 대통령의 비선 실세"라는 문서 내용보다 문건 유출 과정에만 집중했다.

검찰 수사 과정에서 문건 유포자로 지목된 서울경찰청 소속 최경락 경위는 자살로 생을 마감했고, 감찰보고서를 작성한 당시 민정수석실 공직기강비서관실의 박관천 행정관과 지속상관 조응천 비서관은 공무상 비밀 누설 혐의 등으로 기소됐으나 추후 무죄가 선고됐다. 검찰은 2015년 1월 초 정윤회 문건에 나오는 비선실세의 국정 개입은 허위라는 결론을 내렸다.

분단국가 한국은 경찰, 검찰, 국정원 정보기능이 막강하다. 이런 나라에서 대통령이 자기 목을 조르려 다가오는 체계적이고 조직적인 위험을 감지하지 못했다는 것은 이해할 수가 없다. '최태민', '정윤회' 등과 관계는 이미 두 차례 대선 경선을 치르면서 2007년 이명박 캠프, 2012년 대선에서 문재인 캠프로부터 정보가 수집되고 충분히 폭로된 사실이다. 2007

년 17대 대통령 선거 새누리당 경선을 앞두고 정두언 전 의원은 "박근혜와 최태민의 관계 사생활을 알면 박근혜를 좋아하던 사람들도 밥을 먹지 못할 만큼 충격이라 했다."[75] 2012년 대선에서 이런 가십이나 괴담에 어지간히 익숙했을 것으로 짐작되는 박근혜 전 대통령이 이렇게 하루 만에 무너진 것은 아무리 분석해도 이해가 되지 않는다.

▲ 박근혜 전 대통령
－그 사과에 대해 이런 충고를 하는 사람들이 있어요. 우리 사회에서는 사과를 하면 안 된다. 그냥 잘못해도 버텨야 한다. 오히려 그렇게 말하는 사람까지 있는데 저는 그렇게 생각하지는 않고요. 그렇게 사과한 것은. 태블릿 PC에서 많은 자료가 쏟아진 것은 그럴 수 없는데, 제가 도움 구한 건 연설 표현 구한 거 홍보적 관점에서 어떻게 받아들여질까 이게 전부입니다. 어떻게 많은 이야기가 될까 바로잡아야 한다 해서 바로잡고. 또 하나는 저도 몰랐던 일들이 막 나오는 것입니다. 사익을 어떻게 취했고. 이건 정말 처음 듣는 얘깁니다. 그걸 모른 것은 내 불찰 아니냐 그러시는데, 국민에 그런 심려 끼쳐 드린데 대해 사과 드려야겠다. 그런 생각을 했던 것입니다.

▲ 정규재
－결과적으로는 나쁜 쪽으로 갔다. 시인하지 않았냐. 그 이후 모두 쏟아지는 보도 사실인 것처럼 부풀려졌죠. 정윤회와 밀회하셨냐. 면전에서 드리기 죄송스러운(질문이다)….

---

75) 서울경제, 2016. 12. 23

▲ 박근혜 전 대통령

–민망스럽기 그지없는 이야기고 국가의 품격이 떨어지는 이야기입니다. 예전 같으면 '인격이 있는데 어떻게 사람이 그렇게 얘기해'라고 할 이야기를 뭔가 잘못 돌아가고 있다는 증거라고 봅니다. 답하는 것도 민망스러운 일입니다. 그런 일은 있을 수 없는 일이고 굳이 물으신다면 오래전에 취임하기 오래전에 다른 사정으로 저를 돕던 일을 그만두고 다른 일하게 됐는데 그 후에 만난 적이 없습니다. 이게 얼마나 거짓말인가. 하나를 보면 열을 안다고, 정말 이렇게 말도 안 되는 사실에 근거라 하면 깨지는 일이 이렇게 나온다는 것은 오해와 허구와 거짓말 산더미 같이 쌓여 있는가 역으로 증명하는 걸로 보입니다.(박근혜 정규재TV 인터뷰, 2017. 1. 25)

2017년 1월 25일 박근혜 전 대통령은 정규재TV 인터뷰를 통해 그녀의 마음을 마지막으로 비교적 긴 시간 드러냈다. 위 인용문을 통해 혼란스런 그녀의 내면을 볼 수 있다. 박 전 대통령은 전체 인터뷰를 통해 "사익(私益)을 취하지 않았다."는 주장을 계속한다. 하지만 이재용 삼성전자 부회장, 정호성 전 비서관, 최순실의 재판의 증언들은 이와 반대되는 내용도 많다. 헌법재판소는 2017년 3월 15일 아래와 같은 판결을 내린 바 있다.

피청구인의 행위는 최서원의 이익을 위해 대통령의 지위와 권한을 남용한 것으로서 공정한 직무수행이라고 할 수 없으며, 헌법, 국가공무원법, 공직자윤리법 등을 위배한 것입니다. 또한, 재단법인 미르와 케이스포츠의 설립, 최성원의 이권 개입에 직, 간접적으로 도움을 준 피청구인의 행위는 기업의 재산권을 침해하였을 뿐만 아니라, 기업경영의 자유를 침해한 것입니다. 그리고 피청구인의 지시 또는 방치에 따라 직무상 비밀에 해당하는 많은 문건이 최서원에게 유출된 점은 국가공무원법의 비밀엄수 의무를 위배한 것입니다.(박근혜 대통령 탄핵사건 헌법재판소 판결문 일부, 2017. 3. 15)

　핵심 쟁점이 지나가자 인터뷰는 계속 촛불집회에 참석할 것인가에 대한 질문과 촛불집회, 태극기집회에 대한 의견, 미국 트럼프 대통령의 취임, 임기 중 자신이 이룩한 업적 등을 나열하면서 약간 지루하게 마무리된다.

　박근혜 전 대통령의 마지막 인터뷰를 보다 문득 프랑스 대통령 샤를르 드 골(Charles De Gaulle)이 생각났다.[76]

　2차 세계대전 나치 독일에 저항해서 영국에 망명 프랑스 정부를 세우고 끝내 승리를 쟁취한 공화국 프랑스의 영웅, 그는 베트남 전쟁에 반대하는 1968년 5월 학생시위 도중 4명이 사망하자 "나는 프랑스공화국 대통령으로서의 직능 행사를 중지한다. 이 결정은 정오부터 발효한다." 라는 간단한 성명을 1969년 4월 28일 0시 10분 발표하고 사임했다. 시위가 전국적으로 번지자 드골은 '상원 개혁과 행정체제 개편'을 명분으로 국민투표에 부쳤다. 하지만 패했고 드골은 깨끗하게 물러났다. 2016년 겨울 박근혜 전 대통령 탄핵을 놓고 당시 야권도 부담

나치 독일에서 조국을 구한 프랑스 드골 대통령은 국민투표 패배로 1969년 깨끗이 대통령직을 던졌다. 정치 선진국에서 최고 권력자가 탄핵에서 기소, 구금까지 가는 경우는 많지 않다. 좌우 진영 논리를 떠나 탄핵은 공화국 대한민국의 미래를 위해 좋은 경험이 아니었다.
ⓒ중앙선거관리위원회 공식블로그

76) Charles De Gaulle, Memoires d'espoir, 1970

스러웠다. 헌정 역사상 탄핵으로 대통령이 구속된 적도 없었다. 이 탄핵정
국을 적절히 수습할 정치고수가 왜 그때 없었는지 의구심이 든다. 박근혜
전 대통령 주변에 있었다는 7인회[77]는 왜 역할을 하지 못했는지도 궁금
하다.

 2017년 1월 25일 청와대 상춘재에서 갑자기 진행된 정규재TV의 박근혜
전 대통령 인터뷰 전반을 보면 박 전 대통령은 그때까지도 어떤 일이 벌
어졌는지 잘 파악하지 못했다고 생각된다. 많은 심리 전문가들이 분석
했듯이 박근혜 전 대통령은 손에 꼽을 수 있는 수의 측근들과 국정을 운
영한 것 같다. 2015년 중반부터 그녀를 2012년 선거에서 밀어줬던 보수
언론들도 등을 돌리기 시작했다. 보수의 주류와 결별이 시작된 시점은
2015년 초 '정윤회 문건유출 사건' 이후로 생각된다.

 마지막으로 박근혜 전 대통령의 인터뷰를 다시 찬찬히 읽어 보면 분단
국가에서 이렇게 오랫동안 대통령 권한정지가 될 수 있었는지 탄식을 하
게 된다. 남북이 군사적으로 첨예하게 대치하는 이 한반도에서 말이다.

---

77) 박근혜 전 대통령을 자문하는 김용환, 김용갑, 최병렬, 김기춘, 강창희, 현경대, 안병훈 씨를 지칭
한다. 월간조선, 2017. 5

정규재TV-박근혜 전 대통령의 인터뷰

—2017. 1. 25 전문

정규재 지도자는 무엇인지, 민주주의는 무엇인지 국민들의 의견은 절반으로 쪼개진 것 같습니다. 탄핵 재판이 계속되고 있습니다. 전직 장관들의 놀라운 폭로전이 전개되면서 국민을 놀랍게 하고 있습니다. '상춘재'는 청와대에 있습니다. 제가 오늘 박근혜 대통령님 만나러 여기로 왔습니다. 헌재 변호인단의 소개로 인터뷰하기 위해 그리고 우리가 궁금한 것에 대해 여쭤보기 위해 왔습니다. 대통령님께서는 어떤 질문도 좋다고 이야기했습니다. 대통령님을 모시도록 하겠습니다.

정규재 안녕하세요?

박근혜 전 대통령 안녕하세요?

정규재 어떻게 지내셨는지?

박근혜 전 대통령 (웃음) 무거운 마음으로 지내고 있습니다.

정규재 며칠 전에 국립묘지에 다녀오셨잖아요? 위로 되셨나요?

박근혜 전 대통령 항상 설 전에는 참배하고 부모님께 이렇게 생전같이 말씀도 쭉 드리고 하는데 이번에는 좀… 많이 착잡한 마음으로 다녀왔고, 또 말씀도 좀 오래 드렸던 것 같습니다.

정규재 (부모님 참배하실 때) 어떤 말씀을 하셨나요?

박근혜 전 대통령 다 드릴 수 없죠. 네….

정규재 뭐가 좀 답을 얻은 것 같은 느낌입니까?

박근혜 전 대통령 그런 면도 있습니다. 예.

정규재 최근에 국회에서 어떤 국회의원이… 저는 그 국회의원의 이름도 부르기 싫지만 이상한 그림을 패러디 그림 올렸습니다. 어떻게 보셨습니까?

박근혜 전 대통령 사람이 살아가는데 있어서 그… 아무리 심하게 하려고 해도 넘어서는 안 되는 도가 선이 있다고 생각합니다. 그걸 아무런 거리낌 없이 죄의식도 없이 쉽게 넘을 수 있다는 것. 이것을 보면서 그것이 현재 한국 정치의 현주소가 아닌가 하는 생각이 들었습니다.

정규재 오늘 오전에는 유진룡 전 장관이 헌재에서 폭로를 하셨다 합니다. 부하 장관으로 같이 일을 했었는데 어떤 기분이신지요.

박근혜 전 대통령 장관으로 재직할 때의 말과 퇴임한 후의 말이 달라지는 것은 개탄스러운 일이라 생각합니다.

정규재 이제 질문을 좀 드리겠습니다. 많은 국민들이 탄핵 요구하는 촛불시위하는데, 우리 지도자가 왜 최순실 같은 급으로 놀았나. 또 우리 지도자가 혹시 판단능력이 놀랍도록 떨어지는 분이 아닌가로 분노하고 있는 거죠. 일부 언론 보도로 추동된 측면도 있지만 청와대에서 굿을 하시거나 향정신성 의약품에 중독돼 있으신 게 아닌가 하는 질문들이 있습니다. 많은 국민이 우리의 대통령에 대한 실망감을 극도로 표현하고 있습니다. 분노라고 할 수도 있고, 증오라고 할 수도 있고요. 그때로부터 3개월 지나지 않았나요. 대통령님이 느끼시기에 그중에 일부는 '인정할 수 있다'는 것도 있을 테고 '무슨 소리냐 말도 안 되는 조작'이라고 느끼는 것도 있을 것 같습니다. 조금 가다듬어 주시기 바랍니다.

박근혜 전 대통령 향정신성 약품 먹었다던지 굿을 했다던지 여러 가지 의혹이 있는데 전혀 사실이 아니고, 터무니없는 얘기입니다. 그런 약물에는 근처에 가 본 적도 없고 굿을 한 적도 없고 어마어마하게 (이야기가) 만들어졌는데, 그런 허황된 이야기들을 들으며 어떤 생각했느냐면, 대통령을 끌어내리고 탄핵시키기 위해 그토록 어마어마한 거짓말을 만들어 내야만 했다고 했다면 탄핵 근거가 얼마나 취약한 건가 그런 생각을 했습니다.

정규재 그런 거짓말과 굉장한 이야기가 만들어졌습니다. 굉장한 이야기들이 만들어지는 것은 대통령의 힘으로도 통제가 안 된 겁니까? 왜 그렇게 됐다고 느끼셨나요. 왜 통제가 되지 않았나. 예를 들어 굳이 대통령이 언론에 압력을 넣지 않아도 소송이라던지 항변이라던지 또 말하자면 수정을 요구하는 어떤 요청이라던지 반론권이라던지 이런 절차가 작동되지 않았습니까?

박근혜 전 대통령 전에도 한 번 그런 일들이 있었습니다. 그런데 그것이 이야기가 한번 만들어져서 바람이 막 불면… 그때도 수없이 '그게 아니다 하고 정정보도 요청도 하고 그게 아니다' 고 얘기도 하고 기자회견에서 얘기하고 해도. 뭐가 그건 그렇게 되야 돼 하는 프레임 밖은 받아들이지 않는 풍조가 있습니다. 그래도 지금은 이렇게 얘기라도 하지, 처음에 그런 얘기를 해도 '그건 다 아니야' 라는 바람이 우리나라는 강합니다.

정규재 일부 방송에서 최순실이라는 사람이 대통령의 연설을 어떻게 했다. '첨삭했다', '고쳤다' 라고 첫 폭로가 본격적으로 나오기 시작했을 때 바로 일부 시인하셨습니다. 기자회견을 가지고 미안하게 됐다고 말씀하시고 그것이 잘못됐던 것입니다. 지금 와서 밝혀지는 거지만 태블릿 PC 조작 가능성이 굉장히 많을 것 같다는 게 새롭게 많이 알려지고요. 그런데 대통령께서 '내가 최순실로부터 처음에 대통령 취임하고 비서진 완비되기 전에 일부 조언 받았던 적 있다.' 고 시인한 것이, 마치 그 이후에 수없이 쏟아진 이야기를 모두 시인한 것처럼 돼 버렸습니다.

박근혜 전 대통령 그 사과에 대해 이런 충고를 하는 사람들이 있어요. 우리 사회에서는 사과를 하면 안 된다. 그냥 잘못해도 버텨야 한다. 오히려 그렇게 말하는 사람까지 있는데 저는 그렇게 생각하지는 않고요. 그렇게 사과한 것은. 태블릿 PC에서 많은 자료가 쏟아진 것은 그럴 수 없는데, 제가 도움 구한 건 연설 표현 구한 거 홍보적 관점에서 어떻게 받아들여질까 이게 전부입니다. 어떻게 많은 이야기가 될까 바로잡아야 한다 해서 바로잡고. 또 하나는 저도 몰랐던 일들이 막 나오는 것입니다. 사익을 어떻게 취했고. 이건 정말 처음 듣는 얘깁니다. 그걸 모른 것은 내 불찰 아니냐 그러시는데, 국민에 그런 심려 끼쳐 드린데 대해 사과 드려야겠다, 그런 생각을 했던 겁니다.

정규재 결과적으로는 나쁜 쪽으로 갔다. 시인하지 않았냐. 그 이후 모두 쏟아지는 보도가 사실인 것처럼 부풀려졌죠. 정윤회와 밀회하셨나요. 면전에서 드리기 죄송스러운 (질문입니다)….

박근혜 전 대통령 민망스럽기 그지없는 이야기고 국가의 품격이 떨어지는 이야기입니다. 예전 같으면 '인격이 있는데 어떻게 사람이 그렇게 얘기해' 라고 할 이야기를 뭔가 잘못 돌아가고 있다는 증거라고 봅니다. 답하는 것도 민망스러운 일이다. 그런 일은 있을 수 없는 일이고 굳이 물으신다면 오래전에 취임하기 오래전에 다른 사정으로 저를 돕던 일을 그만두고 다른 일하게 됐는데 그 후에 만난 적이 없습니다. 이게 얼마나 거짓말인가. 하나를 보면 열을 안다고, 정말 이렇게 말도 안 되는 사실에 근거라 하면 깨지는 일이 이렇게 나온다는 것은 오해와 허구와 거짓말이 산더미같이 쌓여 있는가 역으로 증명하는 걸로 보입니다.

정규재 정윤회 씨를 다른 이유로 오래전에 떠났다고 하셨는데, 다른 이유는 설명하실 수 있나요. 개인적 일인가요?

박근혜 전 대통령 사람이 돕다가 떠날 수 있고… 개인적 일입니다. 거기에 어마어마한 이유를 붙여 설명할 일도 아니지 않겠습니까.

정규재 최순실 씨와 고영태 씨의 관계. 여쭙기 민망하지만 느끼셨나요?

박근혜 전 대통령 전혀… 고영태 존재조차 알지 못했습니다.

정규재 정유라가, 정유라에 대해서 허다한 소문이 있다는 거 들으셨죠. 딸이다 이런 얘기도 있습니다.

박근혜 전 대통령 그러니 자꾸 품격 떨어지는 이야기만… (웃음) 거짓말도 웬만해야죠. 거짓말 난무하는… 이게 건전한 분위기인가 하는 회의가 많이 듭니다.

정규재 정유라 씨는 대통령님께서 마지막으로 언제 보셨나요?

박근혜 전 대통령 어릴 때 봤죠. 오래전 얘기고. 정유라 보니까 이름 개명해서 불린다고. 정유연. 전 정유연으로 알고 있었어요. 유라라는 것도 몰랐어요. 개명도 이번에 알았어요. 또 최서원. 이것도 이번에 알았어요.

정규재 검찰에서는 최순실 씨와 박 대통령이 경제적 동일체다. 그래서 정

유라에게 뇌물을 건넨 것은 대통령에 건넨 것이나 마찬가지라는 논지를
전개하는데, 혹시 통장 같이 쓰신다던지….

박근혜 전 대통령 희한하게 그런 말 만들어 냈는데, 엮어도 너무 억지로 엮은
것입니다. 경제공동체라는 말은 아무리 생각해도 이상하니 특검에서도
철회했습니다. 말이 안 되는 이야기죠.

정규재 특검 얘기 나중에 하구요. 최순실 국정농단이라는 타이틀이 이번
사건에 붙어 있습니다. 김종(전 문체부 차관)이라는 이름 나오고 교문(교육문
화)수석이 누구의 천거되고… 하는 것만 보더라도. 국민들은 최순실이 뭔
가 박근혜 대통령 뒤에서 조종을 한 것 아닌가. 말하자면 청와대를 사유
하고 그런 게 아니냐는… 인정하시지요?

박근혜 전 대통령 아니요. 농단이라고 하는 게 인사 개입을 했다. 기밀을 누
설했다. 정책에 관여했다. 한 세 가지 정도로 나눌 수 있지 않겠나 봅니
다. 정책과 기밀을 알았다, 이건 아예 말이 안 되는 거고 인사 문제인데,
인사를 할 때는 가능한 많은 천거를 받아서 거기서 최고로 그 일을 잘
할 인사를 찾게 되잖아요. 그러면 이제 정식 공식 라인에서 오는 것도 있
고, 그런 수요가 많을 때는 다른 사람도 얼마든 추천을 할 수 있어요. 어
려운 건 아닌데 추천한다고 되는 건 아니죠. 추천받아도 그런 절차가 있
으니 검증해서 처리합니다. 비교해 보고 가장 잘할 것 같은 인사, 이런저
런 전문성이 있고 큰 하자가 없을 때 되는 것이기 때문에 인사는 한두 사
람이 원한다고 혹은 천거한다고 되는 시스템이 아닙니다.

정규재 언론 보도에 따르면 서너 명까지 이름이 나오고 했지만, 문화부나 문화부 소관 분야, 혹은 교육이나 기타 분야 천거 과정에서 최순실 씨의 개입이나 영향력이 혹시 있었나요?

박근혜 전 대통령 없었습니다. 문화 쪽이 좀 있었죠. 그렇다고 해도 그렇게 추천했다고 되는 건 아니고 추천할 수는 있죠. 검증 과정 거쳐서 되는 거니까.

정규재 물론 추천은 누구든 할 수 있죠. 최순실 씨가 추천할 때 혹시 대통령님께 옷 갖다 드릴 때라던가, 가방 준비하거나 해외순방 준비 일정 얘기하면서 직접 말씀드렸나요? 아니면 비서 라인 통해서 말했나요?

박근혜 전 대통령 비서관 통해서 주로 말했습니다.

정규재 국정농단을 전혀 동의할 수 없다고 하면 이번 사건 성격이 완전히 달라지게 됩니다. 쭉 지켜본 결과, 정윤회 사건이 문고리 3인방 문제로 이어졌습니다. 그러다가 우병우 사건이 튀어나왔습니다. 그러다 결정적 문제가 안 나오다가 최순실 문제가 터진 것입니다. 그러니 언론으로서는 그간 번번이 실패를 한 셈이죠. 정윤회도 아니고 문고리도 아니고, 그다음 우병우도 아니었는데 마지막에 최순실이라고 하는 황금어장이 잡힌 것이죠. 쭉 증폭되는 과정이 있었거든요. 이 중간에 옹호하는 게 끊어졌어야 하는데, 어느 지점에 끊어졌어야 한다고 느끼는 지점이 있나요. 왜 방치됐나요? 왜 대통령께서는 대통령 개인의 윤리문제에 혹시, 밖에 일부에서 보기는 개인적으로 혹시 흠결이 있을 수 있는 것에 너무 그걸 중하게 여기서서 대통령으로서 막아야 할 것을 좀 놓치지 않았나요? 개인 윤리에 충실하셨는데, 대통령이 지켜야 할 것에 조금 소홀하신 것은 아니었나요?

박근혜 전 대통령 이번에 알게 된 그 비로소 알게 된 일들을 보면서. 아, 그런 일도 있었구나. 그것은 내가 살피지 못했다면 내 불찰이고 잘못이라는 생각을 했습니다. 그 전에는 전혀 몰랐습니다.

정규재 최순실의 여러 가지 사생활의 문제라던지 사적 이익을 취하고, 회사들을 만들어 나간 것을 보면, 대통령이 혹시 알까 봐 굉장히 조심한 듯한 흔적이 있습니다. 자회사 만들고 독일회사 만들고 하는 모습을 보면 말입니다. 혹시 대통령이 눈치챌까 봐 최순실 씨가 신경쓴 것 같다는 느낌은 들지 않았나요?

박근혜 전 대통령 예.

정규재 최순실 스캔들, 지금 헌재나 특검에서 조윤선 전 장관과 블랙리스트에 대한 조사도 하고, 구속영장도 집행됐는데, 어떻게 생각하시는지요?

박근혜 전 대통령 뇌물죄도 아닌데 구속까지 한다는 것은 개인적인 생각으로 과했다고 생각합니다.

정규재 블랙리스트 자체는 예전부터 있던 것인가요?

박근혜 전 대통령 모르는 일입니다.

정규재 대통령께서 모르시는군요. 이번에 제가 칼럼도 썼지만, 소위 4대 개혁 대상인 '국회 언론노조 검찰'이 동맹군이 된 듯 대통령을 포위해 침몰시키고 있다. 왜 그렇게 됐다고 보시는지요. 개혁이 과했는가요, 모자랐는가요?

박근혜 전 대통령 너무나 많은 허황된 이야기들이 떠돌다 보니 사실이라고 믿는 사람들이 있었을 것이고, 그동안 추진해 온 개혁에 반대하는 세력도 있었을 것입니다. 체재에 반대하는 세력들도 합류한 게 아닌가… 저는 그렇게 보고 있습니다.

정규재 만일에 탄핵이 인용된다면, 대통령께서 추진해 왔던 개혁은 물론 잊혀지겠죠. 우리 정치권은 어떻게 변화해 갈 것으로 보시나요?

박근혜 전 대통령 그렇게 노력해도 안 되는 개혁이 무너졌는데, 개혁 또 할 엄두 나겠습니까. 개혁은 영원히 물 건너 가지 않을까 합니다.

정규재 이번 사건을 쭉 보면 누군가가 언론 뒤에서 자료를 주고 있거나 스토리를 쭉 만들어 가는 느낌이 있다는 주장도 있습니다. 말하자면, 굳이 음모라 말할 건 아니라 하더라도, 누가 뒤에서 관리하는 것 같다는 얘기입니다. 대통령께서는 그런 세력이 있다고 느끼시는지요. 아니면 단지 언론에 터지니까 추동된 것으로 생각하시나요?

박근혜 전 대통령 쭉 진행 과정을 추적 해 보면 뭔가 오래전부터 기획된 것이 아닌가 하는 느낌도 지울 수가 없습니다. 솔직한 심정으로.

정규재 그 기획은 '누구일 것이다' 라고 심정에 짐작 가는 사람은 있습니까.

박근혜 전 대통령 그긴 지금 말씀드리기 그렇습니다.

정규재 있긴 있군요?

박근혜 전 대통령 하여튼 (이번 사태가) 우발적으로 된 것은 아니라는 느낌은 갖고 있습니다.

정규재 대단히 죄송스럽지만 만일 탄핵이 기각되면, 혹은 인용되면, 대통령님께서 보시기에 재판 절차가 공정하다고 보시나요, 수용하실 수 있나요?

박근혜 전 대통령 재판받는 입장에서 공정한 재판이 이뤄지길 바라고 있습니다. 그 이상 말씀드리기는 어렵습니다.

정규재 (헌재에) 출석하시게 되나요?

박근혜 전 대통령 검토한 바 없습니다.

정규재 특검(조사)은?

박근혜 전 대통령 조사에 임하려 합니다.

정규재 (특검이) 청와대로 오게 되나요?

박근혜 전 대통령 일정이나 여러 부분을 조율 중입니다.

정규재 촛불시위에 대해 두 가지 주장이 있습니다. 하나는 촛불 측을 지지하는 입장. 민주주의의 활성화된 모습이라는 주장이나 대통령이 잘못 지킨 민주주의를 회복시키는 것이라는 주장이 있습니다. 또 다른 한편에서는 '무슨 소리냐 촛불시위는 광우병 연장선일 뿐이다'라는 입장이다. 말하자면 허공에 뜬 루머에 추동된 것이라는… 어떻게 생각하시나요?

박근혜 전 대통령 그러니까 둘 다 주장이 있겠지만, 광우병 사태나 이번 사태 두 가지 모두 근거가 약했다는 점에서 서로 유사한 점이 있다고 느낀다.

정규재 촛불시위에 직접 나가 보실 생각은 없나요?

박근혜 전 대통령 다 보고 있습니다.

정규재 직접 나가서 육성으로 시위대를 향해 말씀하실 계획은 있나요?

박근혜 전 대통령 없습니다.

정규재 직접 나가 보시는 건 어떻겠습니까?

박근혜 전 대통령 그런 계획은 없어요.

정규재 태극기 집회가 요즘 점점 키지고 있습니다. 최근 2주 동안에는 태극기 시위가 오히려 많아졌습니다. 인원 수도 많고 열기도 굉장히 뜨거워졌습니다. 약간 위로를 받으시는지요. 어떤 기분인가요?

박근혜 전 대통령 촛불시위(인원)의 2배가 넘는 정도로 많은 분들이 참여하신다 듣고 있는데, 그분들이 왜 눈도 날리고 날씨도 추운데 계속 나오시게 됐는가를 생각합니다. 그것은 '자유민주주의 체제를 수호해야 한다', '법치를 지켜야 한다'는 것 때문에 고생도 무릅쓰고 나오신다고 생각합니다. 가슴이 좀 미어지는 심정입니다.

정규재 촛불시위 안 가겠다고 말씀하셨는데, 혹시 태극기 시위는….

박근혜 전 대통령 그것도 아직 정해진 바 없습니다.

정규재 대통령 재임 중에 중요한 선택을 많이 하셨는데, 이런 분위기 속에서 그냥 묻혀 버린다거나 마치 최순실이 뒤에서 작동해 일어난 일처럼 거론되는 것에 대해서… 예를 들어 개성공단도 '최순실 작품이다'는 얘기도 있지 않았나요?

박근혜 전 대통령 어이가 없는 얘기입니다. 국가 정체성 수호에 기반을 다지기 위해서, 많은 노력 기울여 왔습니다. 여러 가지 한 일이 많습니다. 통진당(해산)도 있고… 그 외에도 열거하자면 많습니다. 한편으로는 우리 경제에 있어서도 재정관리도 잘하고, 펀더멘탈도 잘 관리해서 국가 신용등급이 역대 최고치를 기록했습니다. 그건 국제사회가 인정해 주는 것입니다. 국가 신용등급이 높다는 점은 유리하고 좋은 점이 상당히 많습니다. 또 하나는 지금 4차 산업혁명이 이미 진행되고 있는데, 창조경제 문화융성을 통해서 4차 산업혁명이 이뤄질 수 있는 기반을 다져왔습니다. 심혈을 기울여 왔는데, 최근 보도를 보니 블룸버그 통신이 매년 발표하는 혁신지수에서 우리나라가 4년 연속 1등을 했습니다. 국제사회도 그만큼 인정해 준다는 보람이 있었습니다. 미래를 준비한다거나 재정을 잘 관리하는 것, 그런 쪽으로 심혈을 많이 기울여 왔습니다.

정규재 탄핵 사건이나 최순실 씨가 없었더라면 지금쯤 어떤 정책에 매진하고 있었을 것 같습니까.

박근혜 전 대통령 진행되는 사안이 많습니다. 대북관계나 국제사회에서 약속한 것도 있고. 경제를 비롯해 딱 24가지를 정해서 계속 체크하고 뿌리내리게 하려는 것들에 심혈을 기울였습니다. 이제 성과가 나타나기 시작하는 일들이 여러 가지가 있습니다. 그걸 좀 뿌리내려서 마무리 잘할 수 있었으면 얼마나 좋을까 하는 안타까운 마음이 답답합니다.

정규재 사드 문제 가지고 중국이 지금 굉장히 신경질적으로 나옵니다. 중국 고위층 간부가 와서 기업들을 직접 다니면서 협박할 정도입니다. 지금은 대통령이 직무정지된 상태에 있으니 그걸 그냥 쳐다만 보고 있어야 하지 않나. 정치권 일부에서는 사드와 관련된 이상한 행동을 하는 문제가 있습니다. 그런 사드 문제는 중국과 합의 볼 수 있었던 건가 이런 식으로 가는 건가 하구요?

박근혜 전 대통령 중국과도 많은 소통을 하려고 노력을 했습니다. 설명도 하고. 그러나 사드에 대해서는 우리가 이것을 추진할 수밖에 없는 것이, 북한의 핵 미사일 위협으로부터 우리 영토와 생명을 지키기 위해서는 최소한의 방어 시스템입니다. 그걸 안 하겠다고 하면 그건 아주 잘못된 나라입니다.

정규재 내가 여쭤보는 것은 대통령의 직무정지 상태라는 게 중국의 신경질적 반응을 강화하고 있는 것인지, 대통령이 정상적 상황이었다면 저렇게까지 나오지 않았을 텐데 라고 느끼시나요?

박근혜 전 대통령 일단 내가 직접 손발이 묶이지 않았다면 내가 여러 가지를 힘을 썼을 일들이 있습니다. 그러나 이제 그런 게 정지돼 있으니 어떻게 할 수 없고. 국가가 발전한다는 것은 단순히 잘 먹고 물질적으로 잘 살고 이것만을 위해서 우리가 잘 살아 보자고 한 것은 아닐 것입니다. 물론 풍요를 누려야겠지만 동시에 그 나라를, 주권을 지키는 것을 위해서도 잘 살려고 하는 것입니다. 물질적으로 잘 산다, 그런데 주권을 지키지 못한다, 그건 아니지 않습니까. 자기 나라를 지키기 위한 방어 시스템도 가지지 못한다고 하면 주권을 지키는 나라가 아니지 않습니까. 만만하게 보이면 계속 짓밟히지 않나요. 그러면 나라도 지키지 못하잖아요.

정규재 트럼프 취임도 앉아서 봐야 하는데….

박근혜 전 대통령 그렇죠. 트럼프 시대가 열린 것. 그에 따라서 세계의 경제 안보 정책 환경이 많이 변화될 수 있다고 생각합니다. 그것에 잘 대응해 나가기 위해서 뭔가 민첩하게 노력을 해야 할 때라고 생각합니다. 지금 우리나라 환경은 별로 그에 대한 깊은 성찰이라든가 이런 동북아 환경도 막 변하는데 이걸 어떻게 잘 헤쳐 나갈까에 대한 고민 노력 그런 게 잘 안 보이는 것 같습니다.

정규재 대통령님은 정치에 들어올 때도 당시 한나라당이 위기였습니다. 차떼기 오명 쓰고 천막당사로 정계 복귀했습니다. 이번 탄핵 사건이나 최순실 사건으로 대통령님이 손발 묶여 있긴 하지만, 새누리당은 그야말로 지금 철저하게 무너지고 있는 것 같은데. 어떻게 보시나요?

박근혜 전 대통령 우리나라의 많은 단체들이 있습니다. 학교도 있고 회사도 있고, 거기서 동창을 부를 때 동지라고는 안 부릅니다. 유일하게 정당에서만 동지 여러분이라 부릅니다. 굉장히 의미 있는 일인데 다른 단체도 이념 조합이 될 수 있지만, 정당이라는 것은 같은 신념과 가치관 역사관 안보관 경제정책 이런 것에 대해서 공유하는 사람들이 모여야만 만들 수 있는, 정당이란 결사체입니다. 그게 아니라고 하면 그 정당은 허약해질 수밖에 없습니다. 외국은 그런 결사체가 잘 가는 나라들이 있습니다. 우리나라도 정당이 결사체다운 이념을 같이하는, 경제에 대해서도 사소한 개인 간 차이는 있을 수 있지만 내 안보관은 이것, 이라고 해서 힘을 갖게 되고 정당 지지하는 국민들을 대변할 수 있고, 신뢰를 갖고 더 발전하고 오래 지속될 수 있는데, 그 요건을 갖추지 못한다면 굉장히 유지하기 힘듭니다. 그 정당이 목표가 아니라, 그 정당에 가면 표를 더 많이 얻어서 당선될 수 있다든가 이해관계라든가 이런 것으로 만들어지는 정당은 힘을 쓸 수 없고, 나라 위한 역할을 하기가 어렵습니다. 이 정당이 위기라고 하면 그걸 돌아보고 어떻게 하면 지켜내고 그걸 바라는 국민들을 충실히 대변할 것인가 기본으로 돌아가야 위기를 극복할 수 있습니다.

정규재 새누리당은 어떻게 해야 될까요?

박근혜 전 대통령 거기에 맞춰서 하느냐 안 하느냐가 새누리의 앞날을 결정할 것입니다.

정규재 대선 후보도 없죠.

박근혜 전 대통령 (웃음)

정규재 어쩌다 보니 이렇게 됐습니다.

박근혜 전 대통령 그런 결사체가 되면 대선 후보도 나올 수 있지 않았나요? 둥지가 튼튼해야 합니다.

정규재 정치권은 탄핵을 기정사실로 보고 벌써 대선에 돌입한 듯한 분위기 아닌가요? 많은 국민들도 약간 피로증 같은 게 있습니다. 대통령이 탄핵을 당할 정도로 잘못한 것 같진 않지만, 기왕 저질러진 것 과거로 가고 빨리 대선해서 정치나 조용해졌으면 좋겠다고 이야기하는 분들도 있습니다. 찬성하나요?

박근혜 전 대통령 지금 거기에 대해서 이야기할 입장은 아니라고 생각합니다.

정규재 대선 후보들이 자타칭 많이 있습니다. 이번에 혹독하게 고생을 하고 있습니다. 대통령이. 그 대선 후보들에게 한마디 팁을 준다면 당신들 뭘 조심해야 한다 이렇게 말하겠습니까?

박근혜 전 대통령 (웃음) 그것도 모르고 대선 후보로 나왔겠습니까?

정규재 알고 있을 것이다. 그런데 모르는 분들도 있는 것 같습니다. 대통령이 당하는 것을 보면서도 대통령의 직무 고단함이나 복잡성이나 어떻게 적들에게 포위돼 있는지에 대해서… 혹은 포위돼 가는지에 대해서 아무 생각 없는 분들도 많습니다.

박근혜 전 대통령 (고개만 끄덕)

정규재 대통령이 소통이 잘 안 된다. 저녁에 뭐하시나. TV 드라마나 보시나. 또는 정호성 비서관의 최근 헌재 증언으로 보면 무슨 소리냐, 그분은 워크홀릭이다. 서류를 엄청나게 쌓아서 공부한다고 증언했는데. 둘 중에 뭣이 진실인가요?

박근혜 전 대통령 그렇게 드라마를 많이 볼 시간은 없고, 그런 식으로 시간을 보냈다고 그러면 지금까지 여러 일들을 해 왔는데 일들을 해 낼 수가 없었을 것입니다. 서류라는 것은, 밀린 서류들이 하루만 지나도 이렇게 쌓이고 그러는데 그건 봐야 한다고 생각합니다. 시간 날 때마다 저녁에 보고, 주말에도 보고, 보고 끝나는 것보다도 어떨 때는 그걸 갖고 물어보기도 하고, 수석실 장관실 알아보기도 하고, 결정 내려야 하는 것도 있고, 빨리 해야 하는 것도 있고, 계속 생각하면서 협의해야 하는 것도 있고, 그런 게 대통령의 일 중에서 많은 것을 차지하고 있습니다.

정규재 국회의원 걸개 그림, 성 비하적인 세월호 루머들… 7시간 동안 대통령이 뭘했느냐를 집요하게 묻는 일련의 과정, 이런 것은 일각에서는 좀 과도한 여성 대통령에 대한 관심이다. 또는 여성에 대한 비하 의식이 잠재해 있는 것이다. 더군다나 박근혜 전 대통령이 혼자인 것에 대한 집단적인 아주 짓궂은 관심이라고 하는데, 어떻게 느끼나요?

박근혜 전 대통령 네. 여성 대통령이 아니면 또 여성이 아니면 그런 비하받을 일이 없겠죠. 여성 비하라고 생각을 합니다. 우리나라에 남아 있는… 취임하고 여러 나라를 다녔는데 여성 대통령을 내지 못한 나라도 많습니다. 동북아는 유교권이고. 아직 여성 대통령을 배출을 못했는데. 그런데 어떻게 생각지도 않았던 동북아의 한국에서 여성 대통령을 낸 것에 대해 놀라워하는 평가가 많았습니다. 이번에 이런 여성 비하에 난리도 아니지 않나요? 외국에서도 다 볼 것 아닌가요? 그러면 그동안 한국에 대해서 가졌던 이미지가 많이 무너졌을 것이라 생각합니다.

정규재 혹시 여성 지도자들 중에, 이번에 미국 같은 경우에는 굉장히 터프한 남자라고 주장하는 듯한 트럼프가 여성 후보였던 힐러리를 꺾었습니다. 하지만 영국에서는 메이 총리가 터프하게 일을 잘합니다. 독일의 메르켈 총리는 말할 것도 없습니다. 비교적 관점에서 느껴지는 게 있을 텐데. 예를 들어서 내가 '메르켈류'의, 또는 '대처류'의 어떤 리더십의 모델로 생각하신 것이 있는데, 혹시 뭐 달라진 느낌이라든자…

박근혜 전 대통령 그분들도 다 훌륭한 여성 지도자고, 그렇지만 한국이라는 특수한 그 나라하고는 여러 가지 상황이 다른 나라에서 또 나 나름대로 여기서 어떤 리더십을 발휘해서 해 나가려면 나 나름대로의 노력과 고민이랄까 그런 게 또 필요하다고 생각을 합니다. 그래서 한국이라는 특수한 환경, 또 남북 대립이 돼 있는 이 나라에 맞게 국익에 도움이 되게 어떻게 리더십을 발휘해 나갈 것인가는 나름대로 고민하면서 쌓아온 것입니다.

정규재 북한이 변화 보일 것이라는 내심의 예감이 있었나요?

박근혜 전 대통령 북한과 대화도 하고 교류도 하고 문화체육을 통해 평화적으로 동질성을 회복하려는 시도도 했었죠. 하지만 그게 안 통할 때, 미사일과 핵으로 돌아온 마당에는 우리도 핵 포기시키기 위해서는 전략을 바꿔야 합니다. 압박과 제재를 통해서 북한이 자신들의 전략을 바꾸지 않고서는, 핵을 포기하지 않겠다는 생각을 했고 또 한국 혼자서 할 수 있는 게 아니잖습니까. 동맹을 비롯해 국제사회가 같이 그런 노력에 동참해서 북한이 핵을 포기하게 만들어야 한반도에 평화가 올 수 있습니다 그런 노력을 많이 했습니다. 다른 나라는 그런 관계가 돼 있지는 않습니다.

정규재 북한이 변화 올 것 같다는 예감 있었나요?

박근혜 전 대통령 국제사회가 동참해서 제재, 여러 가지 조치를 해서 북한이 압박을 받고, 여러 군데에서 이런저런 힘을 썼는데 그 자체가 영향이 가고 있는 것입니다. 하다가 그만두면 안 하느니만 못하다고, 열 길 파고 한 길 더 파면 물이 나오는데 열 길 판 게 의미가 없잖아요? 끝까지 해야 한다고 추진을 해 왔습니다. 그런데 그게 끝까지 마무리돼야 한반도에 평화가 오지 않겠나 하는 생각입니다.

정규재 탄핵이 기각되면 그동안 잘못된 것들은 바로잡혀야 되겠습니다. 그런데 예를 들어서 과잉의 문제라든가, 검찰권의 과잉, 거대하게 부풀어진 언론 보도. 물론 탄핵 기각이냐 인용이냐를 직접 당사자인 대통령에게 물어보는 것은 실례되는 말인데, '바로잡는 절차가 있을 것이다.' 라고 말씀하시겠습니까?

박근혜 전 대통령 이번에 사태를 겪으면서 많은 국민들이 '아, 우리나라가 지금 이렇게 돼 있구나.' 느끼셨을 것입니다. 예를 들면 그동안 생업에 종사하면서 열심히 살았는데 우리나라의 이런 면이 있었고 이 사람은 이랬고 저 사람은 저랬다는 게 회자되고 드러났습니다. 그런 공감대 하에서 한두 사람이 어떻게 한다기보다 국민들이 우리나라가 이렇게 건전하게 나가야겠다는 쪽으로 힘을 모아서 좀 더 발전한 나라로 만들어가지 않겠나 물론 지도자도 필요하고 있지만 그게 혼자 할 수 있는 일은 아닌데, 어떤 환경이 잘 만들어지면 더 발전해 나갈 수 있지 않을까 생각합니다.

정규재 이번 사건 원인이 됐던 최순실은 박 대통령에게 어떤 존재였나요?

박근혜 전 대통령 아까도 잠깐 말씀드린 것 같은데, 오랜 시간 알아왔고, 또 뭐 나 혼자 지내니까 뭐 이렇게 좀 소소하게 심부름도 해 주고 도와줄 일이 있는데, 그것을 충실히 도와준 사람으로 생각을 합니다. 이번에 전개되는 일을 통해서 내가 몰랐던 일들이 많이 있었었구나. 사업체를 여러 가지 어떻게 했다, 사익을 했다는 일들도 있다고 하니 그런 부분에 있어서는 참 그런 것을 몰랐던 것 그런 것에 대한 불찰(가슴을 치며)에 대해서 많이 마음이 상하고 있습니다.

정규재 마지막으로 이런 기회가 있으면 이 이야기는 꼭 하고 싶었던 이야기 중에 내가 질문 못 드린 것이 있나요?

박근혜 전 대통령 뭐 너무 질문 많이 하셔 가지고 (웃음)….

정규재 대통령께서 오랜 시간 질문에 답을 잘 주시고 화내지 않고 받아 줘서 고맙습니다. 마지막으로 국민들에게 하고 싶은 말이 있는지요?

박근혜 전 대통령 지난 선거 때 1500만이 넘는 그런 유권자 국민들이 저를 열렬하게 지지를 해 줘서 이렇게 대통령직을 수행하게 됐는데, 거기에 대해서 내가 제대로 보답을 못 드러서 죄송한 마음을 가지고 있습니다. 그것보다도 너무나 많은 어떤 허황된 이야기, 또 그 허황된 이야기가 진실이라면서 그걸 바탕으로 또 엄청난 허황된 이야기를 만들어서 '카더라'로 산더미처럼 덮여 있고 그게 사실이 아닌 것으로 밝혀지면 아니면 말고 그게 일상이 됐습니다. 아무도 책임질 필요가 없는 사회가 됐습니다. 너무나 많은 허구 속에서 오해를 받고 있는 게 속상하기도 하고 힘들기도 하지만, 그것도 내 잘못이 아닌가 받아들입니다. 국민들이 이런 와중에도 지지를 보내 주고, 응원을 해 주는 것에 대해서 제가 힘들지만 힘이 납니다. 앞으로도 저도 뭐 나라라는 것을 생각하는 그때부터, 철들 때부터 어떻게 하면 나라에 도움이 되고 국익을 더 신장하고 국민들이 안전하고 편안하게 지낼 수 있는가 그것만 생각하고 살았는데 앞으로도 그것만이 어떤 저의 생의 목표라고 생각하고 살아가려고 합니다. 지금 즐거운 명절 보내십쇼 하는 것도 이게 적합한 인사가 될까 하는 생각도 듭니다. 하도 무거운 이야기도 많이 나누고 그러나 설이 내일모레니까 국민 여러분께서 오붓한 분위기 속에서 즐거운 명절 보내기를 기원하겠습니다.

대신 쓰는 반성문

우리는 2016년에서 2017년까지 보수 대 몰락의 진행 과정을 살펴보았다. 어떤 사람들은 좌파의 조직적 음모가 숨겨져 있었다고 주장하지만, 붕괴의 시작은 이미 박근혜 전 대통령 취임과 함께 시작됐다.

아무리 좋게 평가하려 해도 박근혜 전 대통령은 한 나라를 다스릴 능력이 처음부터 없었던 것 같다. 2012년 대통령 선거 당시 새누리당과 선거대책본부에서도 묵시적으로 알고 있었다. 하지만 그 알량한 권력을 위해 그 많은 실수, 그 복잡한 최태민 목사와의 루머들을 애써 눈감고 있었을 따름이다. 그 권력의 그늘, 음습한 공간에 '최순실'이란 독버섯이 자랄 동안 누구도 워치 독(Watch Dog)이 되려 하지 않았다. 오히려 김기춘, 우병우 등 정치검사들은 이들과 권력을 나누며 공생했다. 이 정도면 나라가 망하지 않은 게 다행이다.

경제 규모 세계 11위 대한민국 권력의 정점, 대통령이 탄핵되었고 구치소에 영어(囹圄)의 몸이 됐지만 그녀를 앞장세워 권력을 즐기던 누구도 진지한 반성을 했다는 이야기를 들은 적이 없다. 아니 처음부터 권력자들은 대한민국, 이 나라 미래엔 별 관심이 없었는지 모른다.

2016년 4월 국회의원 총선거 직전 새누리당이 제작한 '반다송(반성과 다짐의 노래)' 뮤직 비디오를 본 적이 있는가? 이 유치한 동영상은 '진박 감별'과 공천파동으로 악화된 민심을 무마하기 위해 급히 제작된 것 같이 보인다. 유튜브에도 있으니 꼭 보시기 바란다. 이 영상을 보면 당시 새누리당의 후안무치(厚顔無恥)와 이 정도 해도 어리석은 국민들은 다시 표를 몰아줄 것이란 안이함이 느껴진다. 이 '국민 모욕 동영상'에 새누리당의 진면목이 숨겨져 있다고 해도 과언이 아니다.

2016년 4월 '반다송(반성과 다짐의 노래)'은 한국 정당 역사상 가장 웃기고 슬픈 노래로 기억될 것이다.
ⓒ헤럴드경제

'반성과 다짐의 노래(반다송)' 가사 전문.
지금 국회 모습 보면 가슴이 참 답답해요/알바도 이렇게 하면 지금 바로 잘려요/정신 차려요(차릴게요)/싸우지 마요(안 싸울게요)/일 하세요(일 할게요)/잘하세요(잘할게요)/국민은 갑이요 국회는 을/편 갈라서 싸워 대니 모두 다 화가 났어요/한발씩만 물러나서 다시 한 번 힘차게

지금 글을 쓰는 시점(2017년 11월 6일)에 '바른정당' 9여 명의 국회의원들이 다시 '자유한국당'으로 돌아갈 채비를 마쳤다는 보도를 보았다.[78] 불과 10개월여 만에 친정으로 돌아가는 것이다. 바른정당을 창당하며 새누리당을 탈당했을 때 김무성 의원은 탈당을 주저하는 유승민 의원을 설득해서 같이 나온 것으로 기억한다. 그러던 김무성 의원이 오히려 날짜까지 정하고 바른정당을 나오도록 다른 의원들 등을 미는 것이다. 혁신하

---

78) 오마이 뉴스, 2017. 11. 6

겠다는 사람들 태도가 이 정도니 남아 있던 친박 의원들이나 자유한국당은 오죽하랴… 그동안 바른정당을 지지하여 입당한 2만여 명의 청년 대학생들에게 부끄럽지 않을까? 국민들이 그 과정을 다 잊었다고 생각할까? 버티다 보면 문재인 정권이 실수하게 되고 그 공백을 딛고 기사회생(起死回生)할 수 있다고 착각하는 건 아닐까? 국민들 시선도 싸늘했다. 리얼미터의 조사에 따르면 바른정당을 탈당한 8인의 국회의원들의 자유한국당 복당(復黨)에 반대하는 여론이 61%로 찬성 여론을 압도하고 있는 것으로 나타났다.[79]

필자는 정치인이 아니다. 반성의 주체가 되지 않는다. 하지만 보수 진영이 오늘날 어이없이 무너진 원인을 살피면 다음을 거론하고 싶다.

첫째, 소위 보수는 박정희 정신을 왜곡하고 이미지만 이용했다.

박정희 전 대통령 공과에 여러 가지 의견이 있을 수 있다. 박근혜 전 대통령이 박정희, 육영수 부모님 이미지를 선거에 지겹도록 이용했던 것도 사실이다. 일 년 365일 꼭 해야 하는 '올림머리'는 육영수 여사를 연상시키려는 이미지 전략이란 것, 국민들은 잘 안다. 하지만 이미지만 남고 핵심은 빠졌다.

박정희 전 대통령 정신의 핵심은 시대에 대한 반항(反抗)이고 혁신이었다.

그는 청소년 시절부터 책벌레, 모범생이라기보다 반항아였다. 조혼(早婚)이란 굴레로 자신을 얽어 버릴 조선의 낡은 구습(舊習)에 반항했다. 부모가 강제적으로 맺어 주려는 여인을 버리고 결국 그는 세 번이나 결혼했다. 나라를 빼앗기고도 대항조차 못하는 무기력한 조선의 폐습(弊習), 그 갑

79) 아시아경제, 바른정당 탈당-한국당 복당…'반대' 61% '지지' 25%, 리얼미터, 2017. 11. 9

갑함에 반항하기 위해 일본군(만주군) 장교가 된
것은 아니었을까? 그의 청소년기 1930년대 이미
조선은 자기 힘으로 독립하긴 틀린 시절이었
다. 일본 동화정책과 문화통치로 조국이란 개
념조차 희미해지고 있었다. 그는 어떤 이념, 철
학을 바탕으로 반항하기보다 자기를 그렇게
왜소하고 비참하게 만든 가난과 폐습, 조선의
봉건적 무기력을 향해 본능적으로 달려들었다.

청년 박정희의 모습은 가난과 궁
핍한 조선에 대한 반항이었다. 그
의 친일적 행동도 이런 그의 성격
과 무관하지 않다.
ⓒ한겨레

청년 박정희는 큰형 박상희(朴相熙, 1906. 9. 10~1946. 10. 6) 씨의 영향을 크게 받
았다. 가난한 가정에서 박정희 전 대통령 말고 집안에서 구미보통학교를
나온 유일한 인물이다. 박상희 씨는 독학으로 중학 과정 이수, 동아일보
선산지국을 운영하며 지방 지식인으로 활동했다. 1930~40년대 러시아혁
명과 소련의 등장의 영향을 받아 좌익 지식인들과 많은 교류를 가졌다.
그 와중에 일경(日警)의 감시와 핍박을 당하기도 했다. 1945년 해방 된 후
건국준비위원회 구미지부를 창설하였고, 1946년 '민주주의민족전선' 선
산군지부 사무국장을 맡아 활동했다. 대구 10.1사건 중 경찰 총격을 받
고 사망했다. 그의 딸 박영옥 씨는 훗날 김종필 전 국무총리(전 신민주공화
당 총재)과 결혼했다. 다시 말해 박상희 씨는 김종필의 장인이다.

그와 건국동맹에서 같이 일한 황태성(黃太成, 1906~1963)은 월북하여 북한
무역성 부상까지 올랐다. 황태성은 5.16 쿠데타 후 박정희 장군을 회유
하기 위해 남파되었다가 체포되어 1963년 12월 14일 서울교도소에서 총
살형으로 형장의 이슬로 사라졌다.

큰형의 영향으로 장교 시절 박정희는 남로당 군사부장으로 활동하다

1948년 11월 체포되어 사형을 선고받지만 만주군 선배들의 구명운동과 군부 내 남로당원 숙청 수사에 협조한 대가로 무기징역을 언도받았다. 이후 15년으로 감형되어 군에서 파면되었다. 1950년 6월 25일 전쟁이 발발하자 소령으로 복귀했으며, 1958년 3월 1일 소장으로 진급했다.[80]

친일파로 알려진 박정희 전 대통령이 일본인들에게 고분고분했느냐면 그렇지 않다. 대구사범을 졸업하고 문경 보통학교 교사 시절 일본인 교장은 민족 편견이 대단히 강했고 박정희 교사를 늘 못 마땅히 여겼다. 교사 박정희는 교내 조선어 사용 금지를 무시하고 조선인 선생들과는 늘 조선말을 썼고 전시 삭발령(削髮令)을 무시하고 머리를 길렀다. 보통학교 교사 부임 2년째 되던 해, 총독부 장학관의 검열이 있었다. 교장실에 불려 들어간 박정희는 거듭 삭발 지시를 받았다. 검열이 끝나고 저녁 회식 자리에서 장학관이 다시 박정희의 장발에 대해 잔소리를 했다. 박정희는 술잔을 던지고 자리를 박차고 나갔다고 전해진다. 일제강점기 일본인들이 시조신 '아마테라스 오미카미(天照大神)'를 학교나 집에 걸어두고 그 앞에서 절하고 손뼉 치며 기도하게 했다. 교사 박정희는 당직이었는데 그걸 때려 부쉈다. 일본인 교장 '아리마'가 이튿날 발견하고 소사를 불러 추궁하니 "(총채로) 먼지를 털다가 떨어뜨렸다."고 둘러대서 박정희 교사를 보호했다는 증언도 있다.[81]

5.16 쿠데타 이후 경제개발을 어떻게 할지 쿠데타 주체 세력과 경제 전문가들 사이에 논쟁이 심했다. 당시 학계와 전문가들은 자급자족 농업 중심 경제를 지향해야 한다는 주장이 대세였다. 당시 국민도 지도층도 자유시장경제를 몰랐고 경험한 바 없었다. 오죽하면 제헌헌법에 제87조

---

80) 두산백과, 2016
81) 월간조선, 2017년 1월호

에 '중요한 운수, 통신, 금융, 보험, 전기, 수리, 수도, 가스 및 공공성을 가진 기업은 국영 또는 공영으로 한다. 공공필요에 의하여 사영을 특허 하거나 또는 그 특허를 취소함은 법률의 정하는 바에 의하여 행한다. 대 외무역은 국가의 통제 하에 둔다.'라고 규정할 정도였다. 민간중심 시장 경제가 아닌 국가통제 사회주의 경제관이었다.

박정희는 수출 주도형 개방형 경제, 2차 산업 제조업을 핵심으로 하는 경제 시스템으로 방향을 잡았다. 의외였다. '민족문제연구소'가 제작한 동영상 '프레이저 보고서'를 보면 이 결정이 미국의 지도를 맹목적으로 따른 것으로 나온다. 이 주장은 역사를 대단히 단순화시킨 것이다. 백번 양보해 미국의 일방적인 간섭과 지도가 있었더라도 한번 내려진 경제정책 을 지속적으로 유지할 수 있는 것은 국가 경영의 리더십이 있었기 때문이 다. 공산주의 확산을 막기 위해 미국은 자유중국, 자유베트남, 필리핀, 이 란 등 아시아 국가들을 지원했다. 하지만 지원을 받은 국가들이 다 성공 을 거둔 것은 아니다. 자유중국은 장개석 정부가 대륙의 영토를 포기하 고 타이완으로 도망갔고 자유베트남은 공산화되어 아예 지도에서 사라 졌다. 이란은 이슬람 신정국가가 됐다.

결론적으로 박정희 정신의 핵심은 '반항'이고 더 나아가 '혁신'이었다. 부작용도 있었지만 변화를 위한 몸부림이 1차 농업사회, 그 가난한 한국 을 지금의 2차 제조업 중심 국가로 변화시켰다. 한국인들은 박정희 전 대 통령 시대에 기틀을 잡은 전자, 조선, 화학, 건설, 정밀기계, 자동차 산업 으로 지금과 같은 살림을 살고 있다. 변화를 위해 혁신을 실현하는 과 정에서 미래에 대한 상상력과 국민 에너지의 결집도 있었다. 부익부빈익빈 빈부 격차의 확대, 민주화 후퇴 등 부작용도 있었지만 그 시대를 살아간 사람들의 체험적이며 긍정적 평가도 무시할 수 없다.

하지만 지난날 박근혜 전 대통령과 소위 보수 세력에게서 정치와 국가 혁신에 대한 간절한 소망은 보기 어렵다. 박정희 정신의 핵심은 놓치고 그 껍질, 이미지만 매번 치러지는 선거에 이용한 것이다.

2016년 탄핵정국에서 대다수의 중산층 보수 성향 국민들도 박근혜와 친박에게 등을 돌린 이유가 거기에 있다. 대략적으로 전체 유권자들의 20~25%가 보수 정치에 대한 지지를 접었다. 이 국민들은 보수가 혁신하는 진정성을 보여 줄 때 다시 돌아올 것이다.

박정희 전 대통령의 1963년 국가혁신이 1차 산업국가를 2차 산업국가로 변화시켰다면 2017년 지금의 2차 산업국가를 4차 산업혁명을 선도하는 국가로 만들기 위해 시스템을 변화시키는 혁신이 필요하다. 단순히 관주도(官主導) 기술개발이나 벤처산업 육성하는 차원이 아니다.

'4차 산업혁명'의 시대 한국이 세계사를 주도하기 위해 지금까지 보지 못한 사회를 대비하기 위해 산업화 시대 낡은 규제를 벗어 던져야 한다. 농업경제를 바탕으로 한 성리학 유교적 사회관계가 공장 제조업 살림살이를 기반으로 한 사회와 같을 수 없다. 이와 같은 사회의 변화를 한국인들은 지난 50년 간 압축적으로 경험했다.

미래를 준비하기 위해 무엇보다 세계적 변화와 동떨어진 '갈라파고스 (Galapagos Islands)' [82)]와 같은 한국 관료 권력이 수구 정치권과 같이 쉬지 않고 만들어 낸 규제를 혁신하지 않고는 4차 산업혁명 사회로 들어가 보지도 못하고 좌절하게 된다.

문재인 대통령은 2017년 11월 28일 "김영삼 정부 때 세계화를 하면서

---

82) 동(東)태평양 남아메리카 에콰도르령(領) 제도, 아메리카 대륙으로부터 1,000km 떨어져 있어 대륙과 다르게 생물 진화가 이루어지지 않았으며 이 현상은 찰스 다윈 진화론에 영향을 준 것으로 유명하다.

규제완화를 논의한 이후 20년 가까이 지났는데 아직도 (규제완화) 안 되고 뒤처진 이유가 무엇이냐."며 "새로운 산업에서 규제가 더 문제다. 법에 없으면 하면 되는데 오히려 못하게 한다."고 말했다.[83] 이날 청와대에서 열린 '혁신성장전략회의'에서 발표된 5대 선도 사업에 대해서 "앞으로 적절한 시기에 점검회의를 열어 선도 사업들이 어떻게 진도를 내고 있는지 확인하겠다."며 직접 챙길 뜻도 보였다. 왜 규제개혁이 되지 않을까? 문재인 대통령은 정말 몰라서 물어보는가? MB는 '전봇대를 뽑겠다.'고 하고 박근혜 전 대통령은 확대회의를 주재하여 '손톱 및 가시를 뽑겠다.'는 등 정권 초 규제개혁을 슬쩍 내비치다가 슬그머니 사라지는 이유가 무엇인가?

조선 시대 아전들이 장사치들을 곤장 치면 뭔가 나오듯 강력한 규제를 가져야 재계가 꼼짝 못하고 말 듣기 때문은 아닐까? 든든한 규제를 가지고 있어야 업계의 두려움의 대상이 되고 산하기관이나 협회에서 노후도 보장받는 공무원들이 있기 때문은 아닐까?

규제개혁은 정권 초기에 항상 슬쩍 등장하다 이내 사라진다. 국가의 미래만 잊는다면 '규제가 곧 권력'이라는 사실을 잘 알기 때문이다. 사진은 청와대 혁신성장전략회의(2017. 11. 28)   ⓒ정책브리핑

83) 한국경제, 2017. 12. 28

19세기 말 대한제국이 일본 제국주의에 무릎을 꿇을 수밖에 없었던 이유는 2차 산업혁명의 세계에 적응하지 못했기 때문이다. 조선은 도덕적 명분론과 철학이 약해서가 아니고 일본이 가진 첨단 소총과 대포가 조선 관군, 의병의 화승총, 활보다 (숫자로) 사거리가 길고 살상력도 컸기 때문이다. 조선은 18세기 이후 사회 혁신을 거부한 채 안동 김씨, 풍양 조씨 세도정치에 매몰되었다. 꼭 지금 2017년 (보수) 정치권과 같다.

둘째, 보수 정치에 인간미는 없었다.

2017년 10월 16일 박근혜 전 대통령은 구속 6개월 연장에 반발해 사실상 재판 거부를 선언했다. 박 전 대통령은 16일 서울중앙지법 형사합의 22부 심리로 열린 80번째 공판에서 재판에 대한 박 전 태통령 자신의 소회를 말했다.[84] "검찰이 6개월 동안 수사하고, 법원은 다시 6개월 동안 재판했는데 다시 구속수사가 필요하다는 결정을 저로서는 받아들이기 어려웠다."고 말했다. 그리고 "정치적 외풍과 여론의 압력에도 오직 헌법과 양심에 따른 재판을 할 것이라는 재판부에 대한 믿음이 더는 의미가 없다는 결론에 이르렀다."고 덧붙였다. 자신의 공판이 시작된 이후 처음 연 입에서 흘러나온 말이다.

박 전 대통령이 공판에 앞서 변호인단 일부에게 "형량이 20년형이든 30년형이든 개의치 않는다. 이 나라를 바로 세우는 게 중요하다."고 말했다고 전해진다. 박 전 대통령은 앞으로 이재용 삼성전자 부회장과 김기춘 전 대통령비서실장 등 국정농단 사건 주요 관련자들의 선고를 앞두고 "책임이 나에게 있다."는 내용의 '옥중 메시지'를 공개할 방침이라는 사실도 알려졌다. 박 전 대통령은 "법치의 이름을 빌린 정치 보복은 저에

---

84) 문화일보, 2017. 10. 16

게서 마침표가 찍어졌으면 한다."며 "이 사건의 역사적 명에와 책임은 제가 지고 가겠다."고 말했다. 이어 "모든 책임은 저에게 묻고 저로 인해 법정에 선 공직자들과 기업인들에게는 관용이 있기를 바란다."고 말했다.

변호인단도 거들었다. 7명의 변호인단도 전원 사임했다. 유영하 변호사는 변호인단 사임 사실을 밝히며 "무죄 추정과 불구속 재판 원칙이 무너지는 현실을 목도하면서 어떤 변론도 무의미하다는 결론을 내렸다."며 "추가 구속영장 발부는 사법 역사의 흑역사로 기록될 것"이라고 주장했다.

앞서 자유한국당은 당론으로 박근혜 전 대통령의 불구속 재판을 결정했다.[85] 사법적 판단의 문제를 공당이 당론으로 정해야 하는지 의문이 들지만 자유한국당 의원 누구도 반론을 제기하는 사람은 없었다. 조원진 대한애국당 공동대표는 무기한 단식에 들어간다고 한다. 이상한 반전은 서울구치소에서 드러났다. 박근혜 전 대통령은 유영하 변호사가 전달한 친박계 국회의원 편지를 뜯어 보지도 않고 돌려보냈다.

여러 가지 정황을 종합하면 인간 박근혜를 정치적 목적이 아니고 인간적인 애정과 교감으로 대한 사람은 드문 것 같다.

YS는 '민주산악회'를 통해 동지들과 격의 없는 소통을 했다. 정치적 목적 이전에 인간적인 소통과 교감을 나눈 것이다. DJ 동교동계의 보스에 대한 충성심도 대단했다. 군사독재 시기 이들은 한 구치소, 교도소, 법정에서 목숨을 건 동지애를 나누었다. 문재인 정권의 핵심 학생운동권 586도 방향이야 어찌됐건 같은 정서, 철학을 갖는 이유도 생사의 기로에서는 현장감, 그 긴장과 기다림의 경험을 공유했기 때문이다.

지금의 보수 정치(친박)에는 리더와 동지들이 가지던 친밀도를 찾아볼

---

85) 뉴시스, 2017. 10. 11

수 없다. 최순실 게이트를 면밀히 관찰하면 친박 국회의원이라 해도 박근혜 전 대통령과 허심탄회하게 의견과 정서적 교감을 나눈 사람은 드물었던 것 같다. 따라서 위기의 상황에선 모래성같이 무너졌다.

여자 정치 리더라 해서 다 똑같은 것은 아니다. 독일의 '메르켈(Angela Dorothea Kasner)' 수상, 일본의 '도이 다카코(土井 多賀子)' 당수는 그렇지 않았다. 두 사람 모두 바닥에서 자기의 힘으로 정상을 오른 여인들이란 점이 박근혜 전 대통령과 다르다.

그러고 보면 친박이라 불리는 정치집단은 알 수 없는 점이 많다. 첫째, 친박의 범위가 어디까지인지 모호하다. 그래서 '친박', '진박', '진진박', '원박', '돌박', '가박' 등 많은 돌연변이들이 생겼다. 둘째, 친박이라 해도 수장인 박근혜 전 대통령과 깊은 교감이 있어 보이지 않았다. 자기 정치생명을 위해 충성하는 척하고 박근혜 전 대통령은 그들에게 권력을 주는 척했을 뿐이다. 막상 위기가 닥치자 동시에 신기루 같이 없어졌다.

만일 자유힌국당이 당론으로 석방을 주장하지 않고, 태극기 집회도 극렬 시위를 자제하며 국민 여론에 호소했다면 박근혜 전 대통령은 석방되어 불구속 상태에서 재판을 받을 수 있었을 것이다. 하지만 잔인한 정치권은 끝까지 인간 박근혜를 정치적 목적으로만 이용한 것은 아닐까?

셋째, 보수 정치에 소통은 없었다.

소위 보수정당엔 소통이 없다. 일방적 지시와 굴종의 복종만 있다. 토론도 싫어하니 언로가 막힐 수밖에 없다. 리더의 권위는 있어야 하지만 권위주의는 당연히 있어야 할 소통을 막는다.

세상은 사람과 기계의 소통에서 기계와 기계의 소통 즉 사물인터넷(IoT)

으로 발전하지만 소위 보수정당에선 뉴미디어 소통에 대해 관심도 없다. 미래 뉴미디어 세상은 진보좌파가 점령했다. 소통을 귀찮아하는 보수 진영 정치인들이 인터넷 검색, 팟캐스트 다운로드 같은 간단한 동작은 할 수 있는지 궁금하다.

소통이 약하다 보니 보수 정치인들은 말을 잘 못한다. 박근혜 대통령의 베이비 토크(Baby Talk)를 비판하는 사람들이 많다. 대표적인 사람이 전 한나라당 대변인 전여옥 작가다.[86] 그녀는 "박근혜는 늘 짧게 대답한다. '대전은요?', '참 나쁜 대통령' 등. 국민들은 처음에는 무슨 심오한 뜻이 있겠거니 했다. 그러나 사실 아무 내용이 없다. 어찌 보면 말 배우는 어린 애들이 흔히 쓰는 '베이비 토크'와 다른 점이 없다."고 주장한다.

최근 박근혜 전 대통령이 비교적 길게 대화한 것은 2017년 1월 25일 정규재 한국경제 주필과 인터뷰 그리고 2017년 청와대 신년 기자 간담회였다.

박 전 대통령의 말투를 분석하면 첫째, 대명사가 지나치게 많고 대화 중에 적합한 명칭과 인물을 적시하지 못한다. 이런 말은 상대방에게 중언부언으로 들릴 수 있다. 둘째, 박근혜 전 대통령은 자기주장을 강조하기 위한 단어나 때로 의성어를 많이 쓰는데, 예를 들어 '뭐', '이렇게', '굉장히', '탁', '확' 같은 말인데 이런 습관은 표현의 품격을 낮게 한다. "이게 얼마나 거짓말인가. 하나를 보면 열을 안다고, 정말 이렇게 말도 안 되는 사실에 근거라 하면 깨지는 일이 이렇게 나온다는 것은 오해와 허구와 거짓말 산더미 같이 쌓여 있는가 역으로 증명하는 걸로 보인다." 지난 1월 25일 정규재 한국경제 주필과 인터뷰 중 대화 내용이다. 대부분 비문(非文)이고 문장 사이 논리적 연결도 낮다.

---

86) 헤럴드 경제, 2016. 10. 27

왜 이럴까 생각해 보면 아무 말이나 막 해도 심복들이 알아서 맹종하는 관계가 너무 오래 계속해 온 것이다. 때때로 구체적 사실관계를 연결하기 어려운 '혼', '우주', '에너지' 같은 단어를 쓰기도 했다. 재벌 총수들은 말을 잘 하지 못한다. 눌변이다. 이건희 삼성 회장[87], 정몽구 현대차 회장[88] 등이 그렇다. 태어나 성장하는 과정에서 남을 설득해야 할 이유가 별로 없는 사람들이다. 박근혜 전 대통령도 마찬가지다. 소통이란 아랫사람이 나를 설득시키거나 나에게 보고하는 것으로 이해하기 때문에 언어 능력도 자연스럽게 퇴화된 것으로 추정된다. '펭귄의 날개'와 같이 말이다.

소통 없는 군대식 하향 문화는 소위 보수정당의 리더들의 행동을 보면 잘 알 수 있고 이같은 불통은 청년층의 지지를 깎아내리는 데 결정적 역할을 한다.

김무성 의원의 노룩 패싱(No Look Passing), 한국의 '갑질'과 '개저씨'라는 말을 국제적으로 알린 사건이다.[89] 김무성 의원이 2017년 5월 23일 김포공항으로 입국하면서 보좌진으로 보이는 이에게 자신의 캐리어를 던지듯 밀어줬는데, 받는 사람도 안 쳐다봤다. 보지도 않고 '던지듯 밀었기' 때문에 상대방의 인격을 무시하는 인상도 줬다. 이 영상은 유튜브(YouTube)를 통해 전 세계에 확산됐고 한국

'노 룩 패스(No Look Pass)'는 SNS를 통해 전 세계에 알려지고, 많은 연예인들의 패러디가 이어졌다. 사진은 방송인 유병재의 패러디.
ⓒenews24

---

87) 동아일보, "몇 년 정신 안 차리면 금방 뒤처진다", 2012. 1. 26
88) 시사저널, "'요람에서 왕좌까지' 선택받은 그들 재벌 3세 '경영 전쟁' 막 올랐다", 2009. 12. 30
89) 데일리안, "김무성 노룩패스로 세계에 알린 '개저씨 갑질'", 2017. 05. 27

정치문화, 특히 보수 정치문화를 세계인들이 알게 하는 계기가 됐다.[90]

네티즌이 특별한 영상은 정지화면이 이어지는 소위 '움짤' 형식으로 만들어 소셜 네트워크 서비스에 공유한다. 김무성 의원 영상도 미국의 '레딧' 같은 사이트에서 움짤로 공유됐는데 인기 포스트 1위에 오르는 등 화제를 모았다. 댓글이 천 개가 넘게 달렸고, 이 영상은 다시 다른 해외 사이트로 옮겨지며 수백만 건의 조회 수를 기록했다.[91]

보수가 소통을 무시한 태도는 곳곳에서 볼 수 있는데 2015 한일위안부협정에서 뚜렷이 드러난다. 일본군 위안부 문제는 반인륜범죄가 핵심이다. 하지만 일본 언론은 한국 측이 과도하게 '돈 문제'를 부각시키면서 협상을 어렵게 하고 있다는 점을 국제사회에 부각시켰다. 협상에서 가장 큰 관심사는 위안부 피해에 대한 일본의 책임 문제였다. 일본 정부는 지난 1965년 한일청구권협정 체결로 일본군 위안부 문제에 대한 법적 책임은 덜었다는 입장이었다.

일본 우익 산케이(産經)신문은 "한국 측이 일본에 20억 엔(약 194억 엔)을 낼 것을 요구"했다고 전하며 결국 위안부 문제 핵심은 돈 문제라는 식의 보도를 계속해 왔다.[92] 하지만 박근혜 정부 문제는 위안부 문제의 최종 당사자인 위안부 출신 할머니들에게는 어떤 의견도 구하지 않았다. 이제 고령에 여생이 얼마 남지 않은 할머니들이 그렇게도 돈에 집착하겠는가? 이 역시 마찬가지로 국민의 일반정서를 알아보려는 노력조차 하지 않은 소통의 문제다.

불통이란 점에서 보수 정치권과 보수 논객들도 난형난제(難兄難弟)다. 논

---

90) 한국경제TV, "김무성 '노룩패스', 상상초월 패러디 홍수… 유튜브도 '쏘 핫'", 2017. 5. 25
91) 부산일보, 2017. 5. 24
92) YTN, 2015. 12. 28

리와 논평이 매서운 것은 아니고 쌈닭 같은 막말, 터무니없는 고소, 고발이 무섭다. 언어폭력, 핏발선 눈, 상대방의 인격을 난도질하는 거침없는 독설, 일반인들은 쳐다보기조차 부담스럽다. 대다수 국민들은 외면한다. 그들이 오히려 자유민주주의 세력의 정치적 확산과 결집을 막고 있다. 대한민국이 지켜야 할 신뢰도 땅에 떨어지게 한다.

넷째, 이념은 없다.

보수 정치의 행동양식은 이기적이고 동지적 교류도 약하다. 비슷한 연배끼리도 그러니 다음 세대 청년층에 대한 배려는 턱없이 부족했다.

2017년 4월 30일 '더불어민주당' 문재인 후보 이해찬 공동선대위원장은 충남 공주 유세에서 "극우보수 세력을 궤멸시켜야 한다."고 주장했다. 그는 "이번에 우리가 집권하면 몇 번 집권해야죠."라며 "저 극우보수 세력을 완전히 궤멸시켜야 합니다."라고 말했다.[93] 진보좌파 진영에는 안희정, 이재명, 박원순, 송영길 같은 대권 예비군이 있다는 말이다. 하지만 자유보수 진영에는 이런 소장 그룹이 없다. 그때그때 인재를 소모품 같이 사용하고 사람을 키우지 않았기 때문이다.

YS 때부터 소장파라고 불리던 남원정(남경필, 원희룡, 정병국)은 환갑을 눈앞에 둔 지금도 소장파다. '공천과 자리를 유통하는 정치 협동조합'에서 '국가 미래를 기획하는 지사(志士)집단'으로 체질이 바뀌지 않는 한 보수의 궤멸은 눈앞에 있다. 한식에 죽으나 청명에 죽으나 마찬가지다. 뿌리를 바꾸는 개혁도 인적 쇄신이 필요하다.

박근혜 대통령 석방을 외치는 태극기 집회에 나가 보면 40대 이하를 보기 어렵다. 소위 구(舊) 보수 세력은 청년을 집회동원 인원이나 국회의원

---

93) KBS, 거칠어지는 선거전…막말 난타전, 2017. 5. 1

수발하는 경호원 정도로 여기기 때문이다. 청년들이 바보가 아닌 다음에 자기를 이용만 하는 '꼰대'들 분위기를 모를 리 없다.

구(舊) 보수 세력이 철저할 정도로 이권 계산에 집착하고 이기적인 이유는 무엇일까? 사람에게 충성하는 문화 때문이다. 지속가능한 이념(理念)과 사상이 없기 때문이다. '한자리 차지해서 대대로 잘 먹고 잘사는 것'은 이념이 아니다. 선거 한철의 이권이다.

자유민주주의가 지향해야 하는 가치는 다수의 위력이 아닌 개인 창의성 존중, 산업과 기술의 가치 우대, 개인 재산 소유권 중시, 개인 정체성과 가족의 가치 존중, 시민에 의한 자발적 안보와 같은 철학이다. 이념 중심의 시스템 정치가 아닌 누구누구 유력자에게 줄 서는 정치가 만연해 있기 때문이다. 이를 극복하기 위해서는 한두 사람의 교체가 아닌 철저한 인적 쇄신이 필요하다.

특히 공천 대가로 한몫 챙기는 문화는 철저히 근절돼야 한다. 연합통신 보도에 따르면 공천 대가성 정치자금 수수 혐의로 1심에서 실형을 선고받은 전 새누리당 의원이 항소심에서 혐의를 모두 인정하며 선처를 호소했다.[94] 그는 수원지법 형사항소5부(부장판사 이민수) 심리로 열린 정치자금법 위반 혐의 항소심 공판에서 "부덕의 소치로 중죄를 저지른 데 대해 깊이 뉘우치고 반성한다."며 "부디 선처해 달라."고 말했다. N 전 의원은 2014년 지방선거를 앞두고 경기도 광주시장 선거 새누리당 후보 경선에 나선 양모(68) 씨로부터 1억 2,500만 원 정치자금을 받은 혐의로 구속기소돼 지난 9월 1심에서 징역 1년 6월의 실형을 선고받았다. N 전 의원은 1심 당시 "8,500만 원을 빌렸다가 갚았을 뿐, 공천 헌금이나 공천 대가로 받

94) 연합뉴스, 2016. 11. 25

지 않았다."며 혐의를 부인했다. 1심에서 징역 2년을 구형한 검찰은 이날 "피고인의 항소를 기각해 달라."고 재판부에 요청했다.

N 전 의원 변호인은 "1심에서는 일부 공소 사실에 대해 재판부 판단을 받아 보고 싶은 마음과 커다란 난관에 부딪힌 상황에서 방어하고 싶은 마음에 지푸라기를 잡는 심정으로 혐의를 부인했지만 지금 피고인은 모든 것을 인정한다."고 했다. 이어 "피고인은 이제 정치계를 떠나 국가와 사회, 이웃에 봉사하는 삶을 살려고 한다."며 "피고인이 돈을 요구하지는 않은 점과 돈을 받을 당시 법을 위반한다는 인식이 크지 않았던 점, 수감생활로 나빠진 건강 등을 고려해 실형만은 면하게 해 달라."고 선처를 구했다.

진보좌파 진영은 사람을 기른다. 국회의원 정치인을 중심으로 광범위한 정치 생존 생태계가 만들어진다. 진보좌파가 사람에게 투자하고 생태계를 만든다면, 보수우파는 아랫사람을 언제든지 버릴 수 있다며 충성만 강요한다. 그러니 2016년 탄핵정국과 같은 위기의 순간에 뭉치지 않는다. 돈으로 연결은 됐는지 모르지만 마음으로 동지가 되지 못한다.

일본 총리를 지낸 다나카 가쿠에이(田中角榮)는 "정치는 머릿수이고, 머릿수는 힘이며, 힘은 돈이다: 政治は数であり˝数は力˝力は金だ"라는 말을 남겼다.[95] 정치, 특히 보수 정치는 돈으로 시작해 돈으로 끝난다는 사실을 역사로만 남겨 두면 얼마나 좋겠는가? 언제까지 국민들이 거꾸로 정치를 아니 정치인을 걱정해야 하는가?

---

95) 이데일리, 2017. 1. 29

2016년 10월 촛불집회로부터 1년여가 지난 상태에서 적폐의 범위는 '최순실, 박근혜'에서 '보수 세력 전체'로 확대되고 있다. 2017년 10월 리얼미터 여론조사에서 '적폐청산'과 '정치보복' 중 전자에 더 공감한다는 의견이 훨씬 많았다.[96] 이러한 추세라면, 이해찬 의원이 대통령 선거전에서 말한 대로, 민주당 20년 장기집권과 '보수 완전 궤멸'의 길도 멀지 않았다.

소위 보수 정치집단의 행동은 이기적이고 정당과 조국보다 정파 이익이 우선되었다. 국민들 특히 청년층은 그런 모습에 이제 염증을 느낀다. 조직력이란 것도 돈으로 지지를 산 것을 의미하지는 않는가? 21세기도 17년이나 지난 지금 1950년대 식 정치행태가 허용되는 이유는 남북분단 현실 때문이다. 아무리 정치에서 깽판을 쳐도 반공이란 주술(呪術) 앞에 국민들은 표를 준다. 이러니 혁신할 필요도 개혁할 이유도 없다. 그냥저냥 오늘까지 그렇게 왔고 대통령을 탄핵시키고도 아무도 반성도 개혁의 의지도 눈에 보이지 않는다.

개혁하라는 외부의 주장과 우려 자체가 지금 보수 정치인들에게는 매우 순진하게 들릴 것이다. 하지만 이젠 아니다. 대한민국 자체를 부정하고 저주하던 자들도 버젓이 권력의 전당에서 활보하고 있다. 지금의 위기는 정파의 위기가 아니라 대한민국이란 국가 존립의 위기다.

---

96) 신동아, 심층기획ㅣ文과 李의 적폐전쟁, 2017. 10. 29

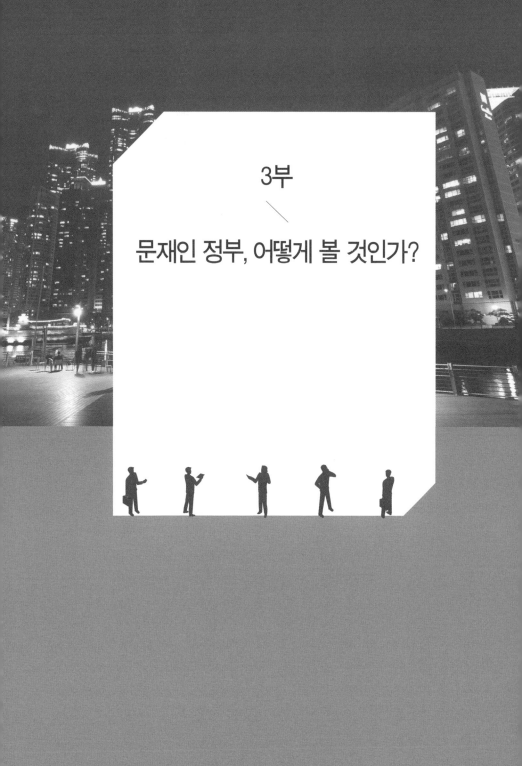

3부

문재인 정부, 어떻게 볼 것인가?

1940 프랑스, 2018 대한민국

2차 세계대전 초 프랑스는 독일에 대패했다. 연합군이 해방시켜 줄 때까지 4년을 나치 독일군이 프랑스 국토를 유린했다. 상식적으로 독일군이 병력, 무기에 월등했으리라 짐작하지만 사실은 아니다. 히틀러는 독일 국방군(Wehrmacht)이 세계 최강이라 국민들을 세뇌시켰지만, 절대 그렇지 않다는 것은 히틀러도 잘 알고 있었다. 베르사이유 조약에 의해 축소된 독일의 군사력은 객관적으로 방어는 할지언정 먼저 공격 개시할 수준은 절대 아니었다.[97]

따라서 독일의 승리는 물리력 차이가 아닌 지도력과 국가전략, 국민 정신력 차이가 원인이었다. 당시 1차 대전 승전국 프랑스, 영국에는 반전(反戰)·염전(厭戰) 사상이 압도적이었다. 문학계에도 병사들의 참전기가 봇물을 이루었지만, 대부분 1차 대전의 비참한 상황을 묘사했을 뿐 전쟁 승리를 찬양하는 책은 거의 없었다. 프랑스, 영국인들은 결과에 관계없이 무조건 평화를 원했다. 프랑스에서는 소위 평화투표(Peace Ballot)가 있었고

---

97) Weinberg, L. R., World War II, 2014

압도적인 숫자가 평화를 주장했다. '전면적인 군축을 지지하느냐?'는 질문에 92.9%가 찬성했고 반대는 7.1%밖에 되지 않았다. 영국 명문 옥스퍼드 대학생들은 "학생들은 더 이상 왕과 국가를 위해 싸우지 않을 것이다."라고 결의도 했다.[98]

치욕적인 항복에 원인을 제공한 주인공 중 하나는 프랑스 수상 에두아르 달라디에(Édouard Daladier, 1884~1970)였다. 급진사회당(Parti Republicain Radical et Radical-Socialiste) 내각에 입각한 후 1938년 4월 10일에 프랑스 수상으로 취임했다.

1938년 9월, 독일이 체코슬로바키아의 슈다텐 지방 할양을 요구하자 달라디에는 체코슬로바키아와 상호조약에 따라 프랑스 군에 동원령을 내렸다. 그러나 다시 세계전쟁이 일어날 것을 우려한 영국, 프랑스, 독일, 이탈리아 4개국 정상들이 모여 뮌헨회담을 개최했다. 달라디에 수상은 독일에 유화정책을 추진한 영국과 협조하고 체코슬로바키아 슈다텐 지방의 할양을 인정하는 협정에 조인했다. 프랑스의 군 동원령은 해제되고 귀국한 달라디에는 전쟁을 막은 수상으로 국민의 열광적 환영을 받았다. 영국 체임벌린 수상이 비행기를 내리며 히틀러와 만든 조약 문서를 흔드는 사진은 세계사적 기록으로 유명하다.

히틀러와 뮌헨협정을 체결하고 협정문을 공항에서 흔드는 영국 체임벌린 수상. 불행히도 그 평화협정은 1년 가지 못하고 2차 세계대전을 일으키는 원인이 되었다.

98) 경향신문, 베트남전쟁의 교훈, 1983. 12. 6

프랑스 좌익 정부는 지지 기반인 노동자들을 위해 일자리를 정책의 우선 과제로 삼았다(지금과 비슷하다). 1930년대 세계 대공황의 영향이 아직 가시지 않았기 때문이었다. 복지정책에도 큰 관심을 기울였다. 유급 휴가를 세계 처음 국가정책으로 실현하였다. 주 40시간 노동제, 은행과 철도와 군수 산업의 부분적 국유화, 노사분규의 강제적 중재, 사회복지 정책의 실시 등 사회 입법을 프랑스 의회에서 연달아 통과시켰다.

하지만 대외정책에 있어 '전쟁만 막아야 한다.'는 유화정책은 오히려 히틀러의 야욕을 키워 주는 결과를 낳았다. 당시 프랑스 외교는 전쟁 거부, 집단 안보, 군비 감축의 3가지 원칙을 지켰다. 1차 세계대전의 악몽에서 벗어나지 못한 프랑스인들은 정치인들에게 독일에 대한 유화책을 취하도록 강요했다.

불행하게도 평화의 바람은 프랑스에만 불고 있었다. 마지노선만 믿는 방어전략밖에 없는 프랑스는 사실상 체계적인 전쟁 준비가 안 된 상태였다. 1939년 9월 1일 새벽, 독·소 불가침조약을 맺은 독일 국방군은 폴란드 국경을 침범하고 2차 세계대전은 시작됐다. 독일보다 많은 병력, 탱크를 가진 프랑스군은 전의를 상실했기 때문에 33일 만에 무너졌다. 그리고 파리를 '무방비 도시'로 선언해 전투 없이 독일군에게 내줬다.

다시 2018년 한국으로 돌아오면 북한 핵, 미사일 문제에 문재인 정부는 국제적으로 '나홀로' 평화를 외치고 있다.[99] 일본이 '준전시 상황'으로 보고 있는 상황에서도 북한이 괌 사격을 예고한 뒤 미국이 '무력 응징론'을 폈을 때도 대통령은 "전쟁만은 막을 것"이라고 했다. 이런 전략은

---

99) 뉴시스, 정부 모든 것 걸고 전쟁만은 막을 것, 2017. 8. 15

프랑스 달라디에, 영국 챔벌린 수상이 히틀러에게 '전쟁을 일으켜도 큰 문제가 없다'는 위험한 메시지를 주는 것과 흡사하다. 자칫하면 미국, 일본으로부터 외면당하고 북한에서 조롱당하는 결과를 낳을 수 있다. 평화는 전쟁을 인정하지 않고 평화를 목표로 한다고 가질 수는 없다. 긴 인류 역사는 전쟁의 시간에 더 익숙하다. 평화란 그저 전쟁이 없는 휴지기에 불과하다. 한국인들은 안전한 한미동맹으로 그 휴지기가 영원히 계속될 같이 착각하고 살아왔다. 이제 그 안이함의 결과를 우리는 북한 핵실험과 미사일 실험 발사 후 TV 특보를 통해 보고 있다. 더 암담한 사실은 그것을 막을 수 있는 시간도 그리 많지 않다는 사실이다.

트럼프 대통령, 김정은의 말 폭탄도 가관이다. 2017년 9월 23일 김정은은 조선민주주의인민공화국 국무위원장 자격으로 발표한 성명에서 트럼프 미국 대통령이 세계의 면전에서 자신과 국가의 존재 자체를 부정하고 모욕했다고 비난했다. 그러면서 이에 맞선 고강도 보복도 다짐했다. "우리 공화국을 없애겠다는 역대 가장 포악한 선전포고를 해 온 이상 우리도 그에 상응한 사상 최고의 초강경 대응조치 단행을 심중히 고려할 것이다."[100] 김정은은 망발의 대가를 반드시 받아낼 것이라며, "무엇을 생각하든 그 이상의 결과를 보게 될 것"이라고 경고했다. 이 성명은 이보다 나흘 전 유엔총회에서 트럼프 대통령이 "미국은 강력한 힘과 인내심을 갖고 있지만, 미국 스스로와 동맹국들을 방어해야 한다면 어쩔 수 없이 북한을 완전 파괴할 것"이라며 "로켓맨이 북한에 군사적 행동에 나설 수 있음"을 강력히 경고했다. 그 와중에 문재인 정부는 800만 불을 인도적 차원에서 지원하기로 했다. 통일부는 9월 21일 800만 달러(약 91억 원) 규

---

100) 연합뉴스, 2017. 9. 22

모의 첫 대북 인도적 지원 방침을 최종 결정했다.[101] 뜬금없는 일이다.

이런 일련의 사실을 보면 김정은은 대남 공작 경험이 없고 전략이 부족하다. 핵폭탄 개발을 계속 반대한다고 김정은이 암살시켰다고 추정되는 김양건 전 노동당 비서 겸 통일전선부장[102]이 살아서 2017년 문재인 정권이 들어서는 것을 보았다면 북한의 대외전략은 지금과 많이 다를 것이다. 노련한 김양건은 2017년 대한민국을 보면 호주머니에 이미 반쯤 들어가 있는 물건으로 생각할 가능성이 크다. 지난 시기 대남통일 전선사업의 역사를 모르는 김정은은 쓸데없는 핵실험, 미사일 발사로 자기 명만 짧아지게 하고 있다.

2015년에 죽은 김양건이 아직 살아 있다면 굳이 그런 모험하지 않아도 대한민국 아니 남조선은 체제가 불안하고 자기들끼리 갈등이 심해져 제 발로 굴러들어올 가능성도 보이인다고 생각할 가능성도 크다. 남한(남조선)은 자기 체제를 부정하는 정치 세력이 생각보다 강하기 때문에 미국·북한 간 평화협정 움직임만 언뜻 보여도 남한에서는 동북아 평화운동이 전개되어 전쟁 반대 분위기를 조성하고, 국정원 등 정보기관 기능을 스스로 마비시킬 것이고, 국가보안법을 무력화시키고, 미군 철수 운동이 단계적으로 벌어지고 이 와중에 경제까지 망가지면 결국 남한도 북한과 가난으로 민족 동질성을 회복할 텐데 뭐가 급해서 돈 써서 핵과 미사일을 쏘고 난리인지 모르겠다고 생각할지도 모른다.

해산된 통합진보당의 강령 및 규약, 조직에서 대한민국의 정체성을 부

101) 정책 브리핑, 2017. 9. 21
102) YTN, 김양건, 핵실험 반대하다가 암살당해, 2016. 1. 26

인하는 듯한 내용이 담겨 있다는 주장도 있다.[103] 통합진보당 강령에는 "제국주의를 반대하고 일하는 사람이 주인 되는 '자주적 민주정부'를 세우겠다."는 부분은 역설적으로 대한민국이 '자주적 민주정부'가 아니라는 생각이 깔려 있는 것 아니냐는 추론을 가능케 했다. 통합진보당은 주요 행사에서 애국가를 부르지 않았다. 대신 대표적 운동 가요인 '임을 위한 행진곡'을 불렀다. 다른 당에서 '사무처'로 통용되는 실무조직은 진보당에선 '사무총국'으로 불린다. 북한의 '정찰총국'이나 '경비총국' 등을 연상시켰다. 통합진보당은 2013년 9월 10일 TV조선에 반론 보도를 요청했는데 TV조선이 2013년 9월 7일, 통합진보당이 당 회의에서 찬반 표시를 하거나 발언 신청을 할 때 투표를 하거나 손을 드는 대신 이름이 크게 적힌 당원증을 들어 올린다고 보도했기 때문이다. 통합진보당은 이 보도가 사실과 다르다고 정정 보도를 요청하기도 했다.

통합진보당의 정신을 이어받은 민중당은 2017년 12월 19일 오전 11시 청와대 분수대 앞에서 헌재의 통진당 해산을 규탄하고, 이석기 전 의원 등 수감된 통진당 관계자들의 석방을 촉구하는 기자회견을 열었다.
ⓒ서울경제

청년기에 정립된 사고의 틀은 평생을 간다. 문재인 정권의 청와대, 내각에 어설픈 좌익은 없는지 궁금하다. 보천보 전투 영웅 '김일성'을 찬양

103) 한국경제, 北노동당 연상 강령⋯회의 때 당원증⋯조직엔 '총국', 2012. 5. 18

하고 위수김동(위대한 수령 김일성 동지)이라 받들고 대한민국은 탄생하지 말았어야 할 사생아라고 자학하던 80·90년대 운동권식 사고방식이 부활하지 않는지도 궁금하다. 그들에게 북한에 왜 평화적 정권교체가 없었고 3대 세습이 진보적이냐고 묻는 질문에 그들의 대답은 없다.

골수 공산당이 가장 가볍게 생각하는 것이 이런 어색한 '좌파' 다. 그들은 혁명전화 적화 과정에서 철저히 이용당하다 끝내 숙청·폐기된다. 일제강점기 끝까지 공산주의 사상을 지킨 국내파 남로당 박헌영도 생각난다. 그는 형무소에서 자기 똥을 먹는 등 광인(狂人) 행세를 해서 감시를 벗어나 일제 형무소에서 나오고 일경의 감시망도 피해 나갔다. 해방공간에서 조선노동당을 부활시키고 월북한 이후 6.25 전쟁 끝난 뒤 김일성에게 철저히 이용당하다가 사형당했다(맹견(猛犬)들에게 물려 뜯겨 죽었다는 설도 있다).[104] 김일성에게 잔인하게 숙청당한 연안파, 소련파, 국내파 등 공산 독재의 냉혹함 잔인성은 상상을 초월한다. 그 피맺힌 숙청의 역사도 '패션 좌파' 들은 꼭 기억하면 좋겠다. 2017년 9월 28일 KBS에서 김정은 집권 과정과 성격에 대한 다큐멘터리를 방송하였다. 심리학자, 정치 커뮤니케이션 전문가들의 일치된 의견은 김정은은 모험가이며 히틀러, 무솔리니, 스탈린과 같은 냉혈 독재자 기질을 가문으로부터 받았다는 것이다.

'문정인', 문재인 대통령 통일외교안보 특보다. 그의 또 다른 직함은 연세대학교 명예 특임교수다. 문 특보는 계속 '튀는' 발언으로 청와대와 정부 관계자들을 난처하게 만들고 있다. 2017년 9월 26일에는 "문재인 정부의 남북군사회담 제의에 미국이 엄청나게 불쾌해했고 당시 틸러슨

---

104) 안재성, 박헌영 평전, 실천문학사, 2009

미 국무장관이 강경화 외교장관에게 강력히 항의했다."고 말했다. 그러자 정부 고위 관계자는 "항의라는 표현에 동의하지 않는다."며 반박했다.[105]

문 특보는 2017년 9월 27일에는 "최근 B-1B(미 전략폭격기)가 정부와 충분한 논의 없이 NLL(북방한계선)을 비행하고 온 건 상당히 걱정된다."고 했다. 청와대 대변인이 "한·미 간 긴밀한 공조 속에 이뤄진 작전"이라고 공식 발표한 깃과 내용은 사뭇 다르다.[106]

논란의 중심에 있으면서 문정인 특보 발언 횟수, 강도는 점점 세지고 있다. 송영무 국방장관과의 갈등 때 청와대가 문 특보 손을 들어주면서 문 특보에게 힘이 더 실렸기 때문"이라고 보고 있다. 문 특보가 송 장관의 "참수부대 운영 계획" 발언 등을 비판하자, 송 장관은 국회에서 "(문정인 특보는) 상대해서는 안 될 사람"이라며 공개적으로 반발했다.[107] 그러자 청와대는 "발언을 사려 깊게 해 달라."며 송 장관을 질책했다. 정부·군·정치권 관계자들은 일제히 '파워게임(Power Game)'에서 문 특보가 이긴 것이라 판단하고 있다.

국민 입장에서 송영무(국방장관)가 이기던 문정인(특보)이 이기던 별 관심 없다. 청와대 권력비사까지 알아야 할 여유도 없다. 하지만 수소폭탄을 미사일로 날릴 수 있고 자기를 손수 키워 준 고모부도 이복형도 잔인하게 죽일 수 있는 김정은이 수도 서울에 불과 차로 40분 거리에서 공격할 수 있는 것은 잘 안다.

---

105) 조선일보, 2017. 9. 29
106) 월간조선, 2017. 10. 28
107) 국민일보, 2017. 9. 18

문재인 정부에 주요 직책에 교수 출신이 많다. 그것도 전체 이력서 경력에 그저 대학 이름들만 있는 순수학자 출신들이 많다. 이력서에 을(乙)의 위치에서 세상을 볼 수 있던 직장 경력은 아주 없다. 교수의 특징 중 하나가 을(乙)의 문화를 모른다는 것이다. 국내외 대학원에서 박사학위를 따고 강단에 서면 바로 갑(甲)의 위치가 된다. 갑의 위치는 어떤 일이 성사되는 과정에서 빛과 그림자가 공존한다는 사실, 또 그 그림자에 역사의 전면에서 볼 수 없는 애환이 숨겨져 있다는 진리를 모른다는 것이다. 그래서 교수 출신들이 공직에서 실수를 계속하게 되는 것이다. 대학의 의사결정 구조는 간단하고 조직 간 갈등도 약하다. 하지만 현실세계는 빼앗고 뺏고 죽고 죽이는 살벌한 갈등이 상존한다. 교수들은 이런 첨예한 갈등을 경험해 본 적 없다. 그래서 갈등이 서로 부닥치며 역사를 만드는 과정에 관찰자, 연구자로 남는 것이 국민에게도 자신에게도 좋다.

선진국에서 정부가 문정인 특보 같은 대학교수를 상세한 실무훈련도 하지 않고 공직에 앉히는 경우는 없다. 더구나 국기 안위와 직결되는 외교, 안보 분야에서는 말할 필요가 없다. 문정인 특보 이력서 어디를 봐도 외교실무를 익힌 흔적은 없다. 유명한 미국 전 국무장관 키신저도 하버드대 교수에서 바로 중요 결정을 내릴 수 있는 국무장관직에 앉은 것이 아니다.

평창 동계올림픽에 북한이 참석하겠다고 김정은이 2018년 1월 1일 신년사에서 밝혔다. 전통적인 통미봉남(通美封南)에서 통남봉미(通南封美)로 바뀐 것이다. 삼엄한 UN 경제제재를 남한을 통해 풀어보고 군사훈련을 무력화시키는 등 한국과 미국 사이의 동맹관계를 이간시키겠다는 전략도 보인다. 김정은의 속내에는 문재인 정부는 쉽게 데리고 놀 수 있는 수준이라고 보는 것은 아닐까? 좋게 말해 다양하고 사실은 허약한 대한민국 체제는 또다시 분열로 흔들릴 것이다.

북한 대남공작부에는 상당한 경력을 가진 베테랑들도 많다고 한다. 한국은 정보 관련기관은 정권이 바뀔 때마다 물갈이되어 경험이 쌓일 수 없는 것과는 대조적이다. 북한의 평화공세 그리고 남한의 국론분열, 문재인 정부 아래시 안보 불안은 안팎에서 계속될 가능성이 크나.

블랙리스트, 페이퍼냐 사이버냐

MB 방송·문화계 블랙리스트(Black List)가 일파만파(一波萬波)를 일으키고 있다. 지난 MB 정부, 2010년 1월 만든 '문화예술체육인 건전화 사업 계획' 문건에 개그우먼 김미화, 방송인 김제동 등을 퇴출 대상으로 지목, '방송사 간부, 광고주 등에게 주지시켜 배제하도록 하고 그들의 비리를 적출해 사회적 공분을 유도해야 한다.'고 저시했다.[108] 2010년 8월 만들어진 '좌파 연예인 활동 실태 및 고려사항' 문건에 '포용 불가 연예인은 방송 차단 등 직접 제재 말고 무대응을 기본으로', '간접 제재로 분량 축소', '각 부처나 지자체, 경제단체를 통해 대기업이 활용 안 하도록 유도'라는 내용이 포함되었다. 국정원은 공작 차원에서 블랙리스트 연예인 퇴출방법과 시점까지 자세히 계획하였다. 가수 윤도현은 국정원 문건이 작성된 시기에 MBC 라디오 프로그램에서 하차했다.

이미 최순실 게이트 수사 과정에서 박근혜 청와대의 문화계 블랙리스

108) 연합뉴스, 2017. 9. 30

트도 문제가 됐다. 재판부는 직권남용 혐의로 기소된 김기춘 전 비서실장은 징역 3년, 조윤선 전 문화부장관은 징역 1년에 집행유예 2년을 선고받았다.[109] 같은 건으로 기소된 김소영 전 청와대 교육문화비서관은 징역 1년 6개월에 집행유예 2년, 김종덕 전 문체부 장관은 징역 2년, 정관주 전 문체부 1차관은 징역 1년 6개월, 신동철 전 청와대 정무비서관 역시 징역 1년 6개월을 선고받았다. 재판부는 김 전 실장이 블랙리스트 작성을 지시하고 보조금 지급에 관여한 사실이 인정돼 직권남용 혐의가 적용된다고 봤다. 반면, 조 전 장관에 대해서는 블랙리스트 작성 및 관리에 적극적으로 관여했다고 볼 증거가 부족하다고 봤다. 국회 위증 혐의만 유죄로 판단됐다.

박근혜 정부로부터 시작된 블랙리스트는 이명박 정부까지 확대되고 있다. 이명박·근혜 보수정부 문화·미디어 정책에서 드러난 문제는 자유민주주의 신념도 없고 문화·예술행정에 대한 전문성도 없었기 때문이다. 첫째, 문화예술인 행정에 전문성이 없었다. 언론·미디어, 문화·예술계를 향한 정책이 답답할 정도의 공무원 마인드에서 공작 중심으로 진행되었다. 어떤 정권도 문화·예술계와 완전히 친할 수 없다. 문재인 정권에 용비어천가(龍飛御天歌)를 부르는 언론인, 문화인, 연예인들도 정권의 시한이 반(Half)을 지나면 언제 그랬냐는 듯 서서히 등을 돌리고 마지막에 비판 세력이 된다. 반면 대중에게 보여지는 것을 중요하게 생각하는 사람은 탄압도 '고마운 훈장'으로 생각한다.

정말 피를 흘리고 투쟁하던 전두환 군사독재 시절 정치활동이 없었거나 세상사에 무관심했던 사람들이 어느 날 개념 문화인이 된 재미난 경우도 있다. 문화·예술인들이 진짜 두려운 것은 고문·탄압보다 망각의

109) YTN, 2017. 7. 26

늪으로 사라지는 것이다. 실력 부족으로 대중의 기억에서 사라질 사람들
도 이명박근혜 정권이 '탄압 이미지'란 절대반지를 끼워 줘서 기사회생시
킨 경우는 있지 않을까?

　박근혜 정권에서는 역시 질(質)보다 양(量)과 형식으로 승부했던 것 같다.
블랙리스트도 수천 명이나 관리했다는 사실은 이 리스트로 구체적인 행
정조치를 하기보다 공무원들이 나름 열심히 충성한다는 모습을 김기춘
전 대통령 실장이나 박근혜 전 대통령에게 보여 주려 한 것 같다. 군이 프
린트해서 명단까지 관리한 사실도 관료주의의 슬픈 단면을 보여 주는
것이다. 페이퍼 없는 사무실을 지향하는 현대 조직에서 군이 그런 명단
을 프린트까지 해서 관리했다니 어이가 없는 일이다. 그 종이 한 장 한 장
이 다른 정권에서 하나하나의 비수로 날아오리란 생각은 왜 하지 않았을
까? 종이 위의 이름들보다 인터넷, 모바일로 간접적으로 관리되는 리스트
가 더 무섭다는 사실은
왜 몰랐을까? 특정 연예
인이나 예술인의 정치성
향은 프린트한 리스트보
다 인터넷 검색으로 간단
히 찾을 수 있는 시대가
지금이다.

김기춘 전 비서실장은 1970년대 사고방식으로 2010년대의 문화예
술계를 통제하려 했다. 그 결과는 구속수감이라는 비극적인 결말
로 끝나고 있다.
ⓒ세계일보

　둘째, 이명박, 박근혜
정부 언론 핵심인사들은
미디어 환경 변화에 대한 인식도 지식도 부족한 것 같다. 지상파 TV, 종

이신문 시대 의식에 갇혀 아직도 1970년대 언론탄압·저항 수준에서 사고 방식이 벗어나질 못한 것 같다. 그 과정에서 불필요한 구시대적 영웅들이 등장했다. 올드 미디어(Legacy Media) 영향력은 생각보다 크지 않다. 급격히 낮아지는 조중동(朝鮮·中央·東亞) 종이신문 영향력, 날로 떨어지는 공영방송 시청률… 시대에 어울리지 않는 탄압으로 시대에 어울리지 않는 영웅들의 탄생도 가능했다.

셋째, 지난 보수정권은 모두 민주주의에 대한 신념도 부족했다. 철학이 빈곤하면 모든 문제에 답을 원하고 사소한 것 중요한 것에 대한 구분도 어렵게 된다. 청와대가 영화, 드라마 배역, 스토리에까지 신경을 곤두설 필요는 없었다. 언론·문화 콘텐츠에 재갈을 물려 얻는 정권의 쾌감보다 역효과와 반발이 더 크다. 그래서 민주주의는 (어찌 보면) 비생산적이고 시간이 많이 들어가는 것이다. 언론계 문화계 친화성 측면에서 보면 차라리 하나회 출신 노태우 전 대통령보다 더 세련되지 못했다. 박근혜 전 대통령은 자기와 비슷한 개그맨도 TV 출연 못하게 했다니 한심한 일이다.

반면, 문재인 정부 미디어, 문화예술계 장악은 매우 세련되게 전개될 것이다. 문(文) 정권도 언론과 허니문 기간이 끝나 다급해지면 권력의 맨살과 주먹을 드러내겠지만 당분간 젠틀한 모양새를 유지할 것 같다. 첫째 통제가 직접방식에서 간접방식으로 바뀔 것이다. 이명박근혜 정권이 경찰, 검찰, 국정원을 동원한 것은 그들의 언론관을 현장에서 실천할 실무진이 없었기 때문이다. 통제방식은 너무나 올드(Old)해 자발적으로 나서는 언론인, 문화인들이 많지 않았다. 하지만 문재인 정권은 친문 성향의 노조가 존재하기 때문에 군이 직접 얼굴과 주먹을 드러낼 필요가 없다. 대통령 탄핵이란 미증유의 2016년 촛불시위를 통해 현 권력과 노조 양자가 협력할 경우 어느 정도 결과까지 얻을 수 있는지 경험했다. 지금 문재인 정부를 탄생시킨 최대 주주는 노조다. 얻을 것 많은 동맹이기 때문에 쉽게 깨지지 않을 것이다. 하지만 공영방송국도 엄연한 기업이고 법인이다. 공영방송 모두 시청률이 급감하고 있다. 공정성 이전에 뉴미디어를 통해 정보와 뉴스를 받을 곳, 보고 느낄 곳이 더 많아졌기 때문이다. 이제 방송은 정권에 의한 탄압보다 신기술 때문에 곤란을 느낄 가능성도 더 크다.

둘째, 문화예술계 '분위기 편승 진보좌파'가 많이 나타날 것이다. 대한민국 가치를 파괴하고 있다는 것도 모르고 좌경적 발언을 하고 뜬금없이 시위에 나서야 방송, 연예계에서 출연도 비례해서 많아지는 현상이 확산할 것이다. 너도 나도 '진보좌파' 해 보겠다고 나설 가능성도 크다.

한반도 남쪽에서 벌어질 과정을 비관적으로 상상하면 '적폐청산', 'SOFA(한미행정협정) 개정', '한반도 평화정착', '국가보안법 폐기', '北(朝)美 평화협정', '미군 철수'가 단계적으로 진행된다면 우호적인 여론 조성을 위해 연예인들도 대중 동원에 얼굴마담으로 등장할 것으로 예상된다. 문자폭탄, 악성댓글, 인격모욕 전화 등이 체계적이고 조직적으로 전개될 수도 있다. 이미 여러 조직들이 인터넷 미디어 통제에 앞장서고 있다. 심지어 온건한 친문계 인사들도 문재인 대통령 또는 문재인 지지자들에게 부정적 발언을 했다가 치명적인 공격에 시달린 경우가 적지 않다.

예를 들어 가수 전인권 씨는 18대 대선에서 문재인 후보 지지 선언하는 등 진보계열 예술인으로 불렸으나 19대 대선 직전 안철수 '국민의 당' 대선 후보에게 호감을 갖고 있다는 내용이 보도되면서 이들로부터 집중 공격 대상이 됐다. '적폐 가수'로 낙인찍혔고, 예정돼 있던 콘서트를 앞두고 티켓 환불사태가 벌어지기도 했다.[110] 진보매체로 분류되는 '한겨레'는 문재인 대통령 취임 후 영부인 김정숙 여사를 '김정숙 씨'로 표기했다가 역시 온라인 테러를 당했다.[111] 청와대가 박형철 변호사를 반부패 비서관에 임명하자 민노총은 "박 비서관은 노조 파괴 사측 변호사였다."고 비난했다. 그러자 문 대통령 지지자들이 민노총을 '귀족 노조'로 규정 "민노총은 청산해야 할 적폐인데 벌써 정부 흔들기에 나섰다."며 인터넷과 SNS에 비난 글을 집단으로 올렸다.[112]

권력을 잡으면 언로(言路)의 맥(脈)을 잡고 싶고 언론으로부터 용비어천가도 듣고 싶고 적대적으로 나오는 놈들 망신 주고 제압하고 싶을 것이다. 하지만 지금이 바로 언론을 권력의 손아귀로부터 놓아 줄 시기다. 이명박근혜 정권 문제점은 모바일 인터넷, 소셜 네트워크 서비스 시대에 종이신문 시대 언론관으로 통제했다는 것이다. 하지만 문재인 정권도 방송법 개정을 주저했을 정도로 언론 장악의 선악과(善惡果)는 달고 매력 있다. 공영방송 이사 및 대표이사 사장 선임과 추천 여야 비율을 공정성에 의심 가지 않는 선에서 개정해야 한다. 이사진에 대한 대통령 추천권은 삭제해야 한다. 대표이사 사장 추천도 국회 선진화법과 같이 2/3 이상 찬성을 받아야 한다.

2017년에는 영화 〈택시 운전사〉가 흥행몰이를 했다. 관객수는 누적 12,186,327명, 역대 9위다. 또 다른 천만 관객 영화가 됐다. 광주민주화 운동을 소재로 한 영화는 상당히 많았다. 대표적인 것이 〈화려한 휴가(2007)〉, 〈오월愛(2011)〉, 〈26년(2012)〉이다. 광주민주화 운동의 역사적 의미를 묻는 거창한 담론과는 좀 다르게 〈택시 운전사〉는 80년대를 살았던 평

---

110) 스포츠경향, 2017. 4. 20
111) 미디어오늘, 2017. 6. 22
112) 헤럴드경제, 2017. 5. 17

범한 사람들의 일화를 통해 역사를 되돌아보게 한다. 사우디에서 돈을 벌었지만 아내를 병으로 잃고 다 낡은 택시 한 대가 전 재산으로, 홀로 초등생 어린 딸을 키우는 서울의 평범한 택시운전사 '김만섭'(송강호). 그는 월세를 갚기 위해 묷돈 택시비로 벌기 위해 80년 5월 광주에서 무슨 일이 벌어지고 있는지 모른 채 외국 손님을 태워 광주로 향한다. 극중 김만섭의 택시를 탄 사람은 일본에서 80년 혼돈과 폭력의 한국을 취재하러 온 독일인 기자 '위르겐 힌츠페터(피터, 토마스 크레취만)'이다. 이미 계엄령으로 진입이 어려운 광주를 천신만고 끝에 들어간 두 사람에게 광주는 시위의 혼란과 계엄군의 폭력이 난무하는 아수라장이었다. 아무것도 모른 채 힌츠페터 기자를 광주에 데려간 김 기사 아저씨, 하지만 계엄군의 폭력과 이에 대항하는 광주의 대학생, 시민들에게 점차 동화되어 간다. 그는 엄청난 역사의식과 시대적 소명감을 가진 사람이 아니다. 그저 택시비를 받았으니 손님을 목적지까지 태워야 한다는 소시민들이 갖는 작은 사명감만 가졌을 따름이다. 하지만 시간이 지나감에 따라 이러한 소박한 발상이 고립된 광주에서 벌어지고 있는 일을 세상에 알려야 한다는 사명감으로 발전한다. 영화 내내 등장하는 인물들도 첨예한 운동권 논리와 10.26 이후 한국 민주화를 걱정하는 사명감보다 그저 매일매일 상식에 의해 살아가는 사람들이다. 가장이자 아빠인 소시민 택시 운전사 '황태술(유해진)'과 평소 운동권도 아니고 대학가요제에 나가기 위해 대학을 간 대학생 '구재식(류준열)'도 평범한 사람이다. 그러나 양심과 상식, 인간의 도리라는 면에서 이들은 자기가 할 수 있는 일을 한다. 비장한 사명감이나 신념보다 사람으로 해서는 안 되는 일에 대항하다 보니 광주라는 시대의 비극과 마주치게 된 것이다.

지금 왜 이 시점에 광주민주화운동 영화인가? 문재인 대통령이 영화 〈택시 운전사)를 관람했다는 사실이 영화가 가진 가치를 정치적으로 해석하게 해서는 무리가 있다. 영화를 포함한 예술은 과거를 해석하고 상처를 씻기고 내일을 상상하게 하는 역할이 있다. 그래서 예술인은 평범한 사람과 다르다. 광주의 그 혼란과 학살이 자행된 지도 벌써 37년이 흘렀다. 그해 태어난 아기가 있다면 벌써 중년으로 접어들어 초등생 아이들도 있을 만큼 시간은 흘렀다.

그동안 우리 사회에서 금기어늘이 있다. 아니 그 금기에 대항하는 것이 투쟁으로 보여지던 때도 있었다. 군사독재, 전두환, 김대중, 노무현 그리고 광주 이젠 그 굴곡에서 벗어나고 싶다. 문재인 대통령은 "아직 광주의 진실이 다 규명되지 못했다."면서 "우리에게 남은 과제이다. 이 영화가 그 과제를 푸는 데 큰 힘을 줄 것 같다. 또한 광주민주화운동이 늘 광주에 갇혀 있다는 생각이 들었는데 이제는 국민 속으로 확산되는 것 같다. 이런 것이 영화의 큰 힘이 아닐까 생각한다."고 말했다.

최근 한국 영화에 천만 흥행공식은 '재벌(베테랑)', '일본놈(군함도)', '군사독재(택시 운전사)'를 까는 것이었다. 재미있는 사실은 '재벌' 까면서 재벌들이 건축한 상영관은 독점한다는 것이다.

우리 문화 환경에는 과거의 질곡에서 벗어나 미래를 상상하게 할 공상과학(SF)영화는 제작할 수 없을까?

YS 김영삼 대통령은 "정치는 보여 주는 것", 즉 쇼(Show)라고 했다. 영국의 윈스턴 처칠 수상이 늘 물던 시가 담배, 존 F. 케네디의 기름 바르지 않은 헝클어진 머리, 박정희 대통령의 선글라스 안경 … 모두 그 보여 주는 '소품'들이다.

누구나 경험하지만 어릴 때 알던 친구, 먼 친척 이름은 생각나지 않아도 얼굴 모습은 기억난다. 뇌(腦)의 인식, 기억 메커니즘 때문에 이미지는 글보다 기억하기 쉽고 자극도 강하다. 뇌는 이미 만들어진 내용을 강화하는 것을 좋아한다. 뇌라는 기관은 게을러서 새로운 정보로 에너지를 소비하는 것을 싫어한다. 그래서 포맷이 정해진 스토리텔링을 좋아한다.

하지만 이미지는 이미지일 뿐. 이미지가 고픈 배를 부르게 하거나 몸의 상처를 낫게 할 수 없다. 잠깐 삶에 활력을 줄 순 있어도 현실의 문제해결은 할 순 없다.

문재인 대통령은 취임 후 처음 정부 세종청사를 2017년 8월 25일 방문했다. 기획재정부·금융위원회·공정거래위원회와 정책토의가 예정돼 있었다. 하지만 보건복지부를 먼저 찾았다. 지난 1월 휴일 근무 중 과로사한 워킹맘 공무원을 애도하기 위해서이다.[113]

문 대통령은 과로사한 김모 사무관이 일하던 자리를 찾았다. 문 대통령은 한참 동안 그녀의 빈자리를 응시했다. 그녀가 일하던 기초의료보장과는 기초생활보장, 취약계층 지원 등을 담당해 업무량이 타부서보다 많다. 보건복지부에서도 기피부서 중에 하나다.

문 대통령은 "세종시에 업무보고를 받으러 내려오는 길에 김 사무관 자리를 둘러보고 싶어 왔다."며 "그때 너무 마음이 아파서 페이스북에 추모하는 글도 남겼다. 아이도 셋이 있고 육아하면서 주말에 토요일에도 근무하고 일요일에도 근무하다가 그런 변을 당한 게 아닌가, 그걸 보면서 많은 생각을 했다."고 말했다. 문 대통령은 또 "복지 공무원들이 일은 많은데 복지를 담당하는 공무원들의 복지가 필요하다. 복지 공무원 수도 적다."고 강조했다.

문 대통령은 "특히 기초의료보장과는 건강보험 보장성 강화를 담당

---

113) 서울경제, 2017. 8. 25

하고 기초생활보장과는 부양의무자 기준완화를 하고 있는데, 이는 새 정부에 초석을 까는 일이다. 여러분들에게 짐으로 남지 않을까 미안하기도 하고 고맙기도 하다."고 우려하고 마지막으로 "아직도 일반적인 사고가 공무원 수를 늘리는데 대한 거부감이 있다."며 공무원 증원을 반대하는 야당을 비판했다.

미안한 말이지만 문 대통령과 더불어민주당 정치인들 특징 중 하나가 '영원한 피해자' 이미지다. 정부는 여당과 대통령의 독점물이 아니다. 야당도 정치의 책임, 정책의 책임이 있다. 김 사무관이 과로사하던 그 당시 2017년 1월 국회 과반은 '더불어민주당' 이었다. 다수당이었다. 왜 그들은 상임위나 정책입안 과정을 통해 문제점을 거론하지 않았나? 언제까지 피해자로 일관할 것인가?

서민과 공무원들 정치와 거리가 있는 사람들을 홍보에 이용하는 것은 피했으면 한다. 지난 '100일 대국민보고대회'나 복지부 방문이나 사후정책 조치가 없는 홍보는 그 자체가 일방적이다. 행정부 수반은 국무총리와 대통령이다. 크게 봐서 대통령이 시키는 일을 공무원은 수행하는 것이다. 이제는 일하는 방법을 혁신해서 일을 쉽게 체계적으로 하는 길을 대통령은 보여 줘야 한다.

특히 청와대 수석들이나 국회 상임위는 보지도 않을 자료들을 요구하는 경우가 많다. 이런 쓸데없는 요청이 있을 때마다 해당 부처의 실, 국, 과는 비상이 걸린다. 국감 이후 공무원 과로사가 다반사다. '불통 대통령' 이후 이젠 너무 친절한 대통령이 나와 국민들은 어리둥절하다. 하지만 소통이 '쑈통'이 되지 않기 위해 보여 주기가 아닌 시스템으로 일하는 정부가 되어야 한다.

역시 한여름 밤 일요일 쇼(Show)는 끝났다. 2017년 8월 20일 문재인 대통령의 취임 석 달간 국정 운영 성과를 알리는 '대국민보고대회'가 국민인수위원 200여 명이 참석한 가운데 청와대에서 열렸다. '국민인수위원회'가 가장 많이 제안한 일자리 문제에 대해 문 대통령은 좋은 일자리 늘리기가 새 정부 가장 중요한 국정 목표이고, 국민 세금을 가장 보람 있게 사용하는 길이라고 강조했다. 저 출산 문제에 대해 근로시간 주 52시간제를 확립하고, 연차 휴가를 다 쓰도록 해서 부모가 함께 아이를 키울 여유를 갖도록 하는 게 해법이라고 밝혔다. 문 대통령은 정치가 잘못할 때 국민이 직접 촛불을 들었던 것처럼 집단 지성과 함께 나가는 게 국정 성공의 길이라며 소통을 거듭 강조했다. 문재인 대통령 취임 100일 국민보고 대회다.[114] 문재인 대통령의 행위를 쇼맨십이라 욕할 순 없다. 이전 이명박, 노무현, 김영삼 더 거슬러 올라가면 노태우 대통령도 같은 행사를 했었다. 국민들은 4, 5년 너무도 소통을 거부했던 박근혜 전 대통령만 보았기 때문에 당연히 하는 일도 낯설게 보인다.

2017년 8월 20일 청와대에서 100일 기념 국민인수위원회 대국민보고대회인 '대한민국, 대한국민' 행사가 열렸다. 적극적인 소통은 반길 만한 일이지만 내용 없는 쇼는 식상하기 쉽다. ⓒ헤럴드경제

보고대회는 국민인수위원들이 주제별로 질문하면 청와대와 정부 측이 답변하는 형태로 진행됐다. 임종석 비서실장은 "문 대통령의 8·15 경축사가 가장 기억에 남는다."며 "보훈은 대한민국 정체성을 담고 나라다운 나라를 위한 출발로 봤다."고 덧붙였다.

보기 면구스러운 장면은 장하성 정책실장이었다. "며칠 전 문 대통령이

114) 아시아경제, 2017. 8. 20

기자회견에서 '주머니에 남아 있는 정책이 많다.'고 하셨는데, 요즘 대통령 주머니를 채워 주느라 잠을 이루지 못하고 있다."고 나름대로 재치를 부렸다. 학자 출신으로 더구나 안철수 캠프에 참여했던 전문가로 권력에 허리를 숙이는 모습이 못내 안타깝기도 하다. 서울대 교수 출신 조국 민정수석은 발언을 하지 않았다.

보고대회는 전반적으로 예능 프로그램같이 가벼웠다. 국민의 생명과 안전이 달린 이슈 '북핵과 ICBM', '살충제 계란파동'에 대해 일체 언급이 없었다. 영리한 청와대 홍보팀이 난감한 사안을 큐시트에 넣으리라 기대 않았지만 좀 오래 앉아 있어야 하는 소위 '국민인수위원'들이 못내 안타깝게 느껴졌다. 서민들은 또 저렇게 정치인들의 홍보에 이용당하는구나! 연민의 감정도 막을 수 없었다.

문재인 대통령 정부는 정상적인 헌정 과정의 시간표에서 탄생한 정부가 아니다. 정권 인수위도 거치지 않았다. 이 정부의 성격을 어떻게 형상화할지 아직 진행형이다. 어떤 이들같이 '종북'이다 '용공'이다 하며 거칠게 정의하기엔 아직 이르다. 한국의 정당·정파들은 철학이 없고 어떤 경우에도 손해 볼 짓을 하지 않는다. 따라서 정치 선진국 정강 정책을 통해 정파의 성격을 이해하기 어렵다.

하지만 문재인 정부의 속살을 드러낼 리트머스 시험지가 몇 가지 있다. 첫째, '4차 산업혁명' 대응 정책이다. 어찌 보면 동떨어진 것 같지만 4차 산업혁명을 제대로 대비하기 위해서 제조업 시대의 규제개혁과 노동 유연화가 선행되어야 한다. 노조와 손잡고 권력을 잡은 문재인 정권이 제대로 이 정책을 수행할 수 있을까? 둘째, 공무원 연금, 군인연금 개혁을 포함한 공공기관 개혁이다. 문재인 정부가 들어서서 공무원 연금개혁과 공공기관 성과연봉제 모두 물 건너간 상태다. 이미 2016년 정부 재무제표상 부채가 무려 1,433조 1,000억 원으로 전년 대비 139조 9,000억 원이 불어났다.[115] 공무원, 군인연금 충당부채가 주원인이었다. 두 연금의 충당부채만 92조 7,000억 원이나 증가했기 때문이다.[116] 여기서 공무원 증원까지 될 경우 재정적자는 눈덩이같이 불어날 것이다. 셋째, 김정은의 핵·미사일 협박에 대한 대응이다. 핵 동결(폐기가 아니다)에 대한 김정은의 요구는 상상할 수 없는 액수의 '현찰'일 가능성이 크다. 안보를 돈으로 주고 사는 국가의 말로를 중국의 송(宋)나라를 보면 된다. 경제와 문화에서 선진국이었으나 싸우고자 하는 의지가 없었다. 평화를 돈으로 사려 했지만 배부른 돼지가 허기진 늑대에게 사지가 찢겨 나가듯 북방 금나라와 몽골에게 철저히 유린당했다.

---

115) 2016년 재정수지결산, 기획재정부
116) 서울경제, 복지시한폭탄, 국가부채, 2017. 6. 21

문재인 정부에서 성장은 가능할까?

문재인 정부의 '4차 산업혁명위원회'가 2017년 10월 11일 출범했다. 위원장에는 40대 장병규 씨가 임명되었다. 10월 23일 중소벤처기업부 장관에 전 국회의원 홍종학 씨를 임명했다. 홍종학 전 국회의원은 혁신기술이나 4차 산업혁명과 거의 무관한 경력을 가지고 있고 거의 대부분 경제 문제는 재벌 탓이란 소위 '재벌 원죄론자'로 보인다. 이 두 사람이 싫건 좋건 문재인 정권 전반부의 혁신성장을 주도할 것으로 보인다.

문재인 대통령은 후보 시절 안철수 후보로부터 4차 산업혁명에 대해 공격당한 기억이 있다. 당시 안 후보는 "1·2·3차 산업혁명 때처럼 '대통령 직속 4차 산업혁명위원회'를 만들겠다는 건 아주 옛날 사고방식"이라며 "국가가 연구를 주도하는 건 바람직하지 않고, 민간과 과학계에서 먼저 계획을 세우면 국가가 지원하는 역할을 해야 한다."고 주장한 바 있다.[117] 문재인 대통령은 후보 시절 '3D$^{(Three\ D)}$'를 '삼디'로 읽는다고 상대 후보나 언론으로부터 수모도 당했다.[118] 그의 후보 공약에서 총리급

---

117) 동아사이언스, 2017. 4. 18
118) 동아일보, 2017. 4. 12

인사를 청와대 직속 '4차 산업혁명위원회'의 위원장으로 하겠다는 공약도 했다. 하지만 지금 임명된 장병규 씨는 40대 벤처사업가 출신으로 필자의 눈이 이상한지 총리급으로 보이지는 않는다.

한국의 4차 산업혁명에 대한 사회적 공감대와 준비는 대단히 낮다. 문화일보 2017년 10월 13일자 보도에 따르면 2017년 세계경제포럼(WEF) 조사 결과 한국의 4차 산업혁명 준비 수준은 비교 대상 국가 가운데 최하위인 25위였다.[119] 주요 이유는 노동 생산성이 떨어지는 등 산업구조 변화에 따른 적응이 늦다는 것이다. 전체 산업에서 서비스업 비중을 10% 포인트 정도 높인 싱가포르는 2003~2013년 연평균 6.3%의 성장률로 과거 고성장을 유지했다. 반면 한국의 연평균 성장률은 1992~2002년 6.5%에서 이후 10년(2003~2012년)간 3.8%로 떨어졌다.

김주훈 한국개발연구원 수석이코노미스트는 '제4차 산업혁명과 한국 경제의 구조개혁'이란 주제의 간담회에서 "세계경제포럼(WEF)은 한국을 비교 가능 국가 25곳 중 4차 산업혁명 준비가 가장 부실한 나라로 꼽았다. 경제시스템 전환을 위한 유연성이 결여됐다는 평가를 받았기 때문"이라고 밝혔다.[120] 그는 소프트웨어와 창의력, 개방적 구조, 유연성 확보 등 4가지를 4차 산업혁명 시대의 경쟁력 기반으로 꼽았다.

더 큰 문제는 신산업 진출을 막는 정부규제다. 한국의 규제완화 순위는 OECD 35개국 가운데 30위로 역시 하위권이다.[121] 문재인 정부가 들어서면서 기업규제는 더 많아지고 또 강해질 것으로 예상된다. '공정거래위원회 기업규제', '법인세 인상', '세액공제 폐지', '최저임금 인상', '근로시간 단축' 등이다. '탈원전 로드맵'은 장기적으로 산업전기 요금인상으로

---

119) 문화일보, 2017. 10. 13
120) 한겨레, 2016. 10. 26
121) 한국경제, 2017. 10. 20

이어질 것으로 예상된다. 권력 핵심인 운동권 출신들의 반기업 정서가 반외국기업, 반외국자본 정서까지 확산된다면 경제는 악화일로(惡化一路)를 면하지 못할 것이다. 구글과 페이스북이 아예 서비스를 하지 못하도록 막았던 사회주의 중국을 예로 들며 "중국의 배짱을 배워야 한다."는 국회의원도 있다.[122] 그런 한심한 정치인들과 21세기를 같이 살아야 하는 곳이 한국이다.

19세기 중기 내연기관 기술과 이를 통한 산업혁명, 이러한 세계적 변화를 알지도 준비하지도 못한 조선의 정치권, 우리 조상의 비극은 정치와 윤리의 문제가 아닌 기술과 산업의 문제였다. 이를 만회하는데 무려 100년 세월이 흘렀다. 식민지 아픈 경험을 한 채 말이다.

과거제도는 고려 광종 9년 왕권강화책 일환으로 후주(後周)의 쌍기(雙冀)의 건의에 의해 실시되었다. 처음에는 그 절차가 단순했으나, 국가 기반이 잡히고 관료체제가 정비되어 감에 따라 과거는 더욱 중요시되었다. 이제 그 역사가 1,000년을 훌쩍 넘었다.

생물에도 유전자(DNA)가 있듯이 문화에도 문화 유전자 밈(Meme)이 있다. 오랫동안 축적된 유교적 관료제의 문화는 쉽게 떨쳐 낼 수 없다. 언제부터인가 대한민국도 관료 공화국으로 돌아가고 있다. 유교적 관료 문화의 문화 유전자가 혁신경제의 발목을 잡고 있다.

2000년대 정보화 혁신 이후 한국 경제에 혁신(Innovation)이 일어나지 않는 이유 중 가장 큰 것은 정부규제가 발목을 잡고 있기 때문이다. 1962년 1차 경제개발 5개년 계획시행 이후 한국은 50년간 수출 드라이브 정책을 통해 압축 성장을 해 왔다. 이 급격한 성장 과정에서 정책금융, 수출지

---

122) 한국경제, 2017. 10. 20

원 같은 관주도 성장정책과 대기업 중심의 성장지원 정책은 일본의 전략과 흡사하다. 관 주도 경제성장은 자연스럽게 정부규제를 양산하고 민간 창의성은 상당한 제한을 받아 왔다.

한국에선 기피 대상이지만 가까운 일본, 아베신조(安培晋三) 수상은 4차 산업혁명 시대에 경쟁력을 높이기 위해 혁명적 조치를 취하고 있다. 그는 취임 초부터 강력한 규제개혁을 원하고 있지만 생각만큼 성과가 나타나지 않았다. 일본 관료들의 두터운 장벽은 한국보다 더 하기 때문이다. 규제개혁에는 도쿄(東京都), 오사카(大阪府), 아이치현(愛知顯) 즉 일본의 핵심지역을 중심으로 법인세 인하, 해외 유명 대학(학교) 유치, 각종 행정규제 대폭적인 철폐를 포함하는 국가전략특구(國家戰略特區) 설치를 추진했다.

잃어버린 20년의 터널을 지나 일본 경제가 아베 수상의 '아베노믹스'로 다시 살고 있다. 실업률이 4%대에서 2.7%로 하락했다. ⓒ데일리시큐

박정희 대통령 시절 무역자유지역과 같이 한국의 연구개발특구가 혁신적인 기능을 다 했다면 우리는 4차 산업혁명의 세계적 조류에 안심하고 대비할 수 있을 것이다. 하지만 지역특구에 가 보면 한심하단 말밖에 나오지 않는다.

유교적 관료주의가 낳는 폐단 중 하나는 관료가 심판 역할을 하는 것이 아니고 직접 선수로 뛰는 것이다. 예를 들어 공무원들이 벤처 사업을 진흥할 때 규제완화와 단지 조성과 같은 인프라와 정책 조성에 머물지

않고 각종 진흥사업을 직접 벌이기 때문에 문제가 생긴다. 더 큰 문제는 낙하산 인사다. 얼마 전까지 한 나라의 미래, 4차 산업혁명을 준비해야 하는 기관장의 자리에 경쟁에서 밀려난 고위 공무원들이 차지했다. 그곳은 다음 자리를 위해 숨 고르는 환승역 역할을 한다. 수년 전 모 기관장은 행사장에서 민간 기관장들과 자리배치를 어떻게 하느냐를 놓고 추태를 보였다는 말도 있다.

국가 비진을 세울 수 없는 무능력한 정치권은 이런 관료들과 야합한다. 유교 관료형 국가를 21세기형 4차 산업혁명 강국으로 만들 구상은 생각나지 않고 관료들이 들고 오는 규제법안 통과시키고 새로 만들어진 사업이나 기관에 측근이나 선거 공신들 심기에 바빴다. 이것은 여(與), 야(野), 소위 보수, 진보 가리지 않았다. 문재인 정권도 마찬가지다. 근원적 적폐가 거기 있는 것이다. 문화 유전자 밈(Meme)의 측면에서 본다면 학파가 정파가 되고 특정 사림 세력이 요직을 점령하는 조선 시대의 전통은 지금도 사라지지 않았다. 조선 시대 중인계급 격인 상공인, 이공계(理工系) 출신들이 문재인 정권에서도 주요한 결정을 하는 자리에 등용되지 못하는 것도 조선의 영향이 깊이 뿌리 박혀 있기 때문은 아닐까?

문재인 대통령이 2017년 10월 11일 '4차 산업혁명위원회'의 출범식에서 한 연설 내용을 분석하면 패러다임 전환과 한국 역사에서 규제에 대한 고찰, 그리고 개혁 의지가 보이지 않는다. 달랑 '샌드박스(Sand Box)'에 하나에 대해 거론하고 있다. 신(新) 산업에 대해 한시적으로 '샌드박스' 제도를 통해 규제를 완화해 준다는 것은 세계적인 추세에서 보더라도 늦었다. 하지만 이마저 한국 관료체계는 체계적으로 거부할 가능성도 크다.

관료들 입장에서는 새 대통령, 쎈 권력의 요구이니 하는 척은 해야 할 것이고, 신(新) 산업이란 무엇이고 어떤 사업 유형에 적용할 것인가만 놓고 절차적으로 짧으면 2년, 길면 3년 걸릴 것이다. 국회 통과까지 1년이 더 걸릴 것이고 그 중간에 관료들은 챙겨야 할 것들을 정치권과 같이 나눌 것이고 처음 전문가들의 구상은 누더기가 돼서 정권 말이나 법제화되면 다행일 것이다. 처음부터 혁신성장보다 '사람'이 먼저인 문재인 정권이 성장전략을 끈질기게 밀어붙일 것 같지도 않다.

야당과 국민의 우려와는 달리 문재인 대통령은 홍종학 전 국회의원을 중소벤처기업부 장관으로 임명했다. 청문회 과정에서 그는 소위 '내로남불(내가 하면 로맨스 남이 하면 불륜)의 전형을 보여 줬다. 후보자로 지명된 후 홍 장관은 많은 의혹에 시달렸다. '재벌 저격수'로 이름 날리던 그가 장모로부터 아파트와 건물을 상속받아 30억 원 가량 재산을 늘린데 있어 아직까지 국민들이 납득할 만큼 해명은 되지 않았다.[123] 후보자 중학생 딸이 초등학생이던 2015년 외할머니로부터 8억 원 상당의 건물을 증여받았다. 그가 비난하던 재벌 편법상속을 그대로 보여 줬다.

인도 힌두교에 창조의 신 '브라마(Brahma)', 유지(維持)의 신 '비시누(Vishnu)', 파괴의 신 '시바(Shiva)'가 있다. 홍종학 장관의 경제철학을 굳이 이 힌두 신(神)들에 비유하자면 '브라마' 쪽에 가깝다고 할 순 없다. 그가 초선 비례대표 국회의원으로 했던 입법활동을 보면 알 수 있다. 홍종학 장관의 '내로남불' 인생관보다 더 걱정되는 것이 그가 한국 미래 4차 산업혁명의 주무를 맡은 장관이란 점이다. 그가 축적해 온 정치적 에너지는 '재벌 때리기'다. 교수 출신으로 문재인 정부에서 핵심 역할을 하는 '고려대 장하성', '한성대 김상조', '가천대 홍종학'으로 '재벌개혁 삼각편대'가 완성됐다는 보도도 있다.[124] 진흥보다 규제에 무게가 더 실렸다는 말이다.

---

123) 중앙일보, 2017. 10. 30
124) 연합뉴스, 2017. 11. 21

2017년 11월 21일 취임사에서 홍종학 장관은 "대기업의 기술 탈취나, 납품단가의 일방적 인하 등 불공정행위는 반드시 뿌리 뽑고, 사전 감시와 사후 처벌을 강화하는 등 촘촘한 감시를 통해 구조적으로 근절 체계를 마련해 나가겠습니다."라고 말했다. 그가 최근 기자 간담회에서 발언한 보도 내용을 종합하면 '진흥'보다 '규제'에 무게 있는 것 같고 '중소기업은 선(善), 대기업은 악(惡)'이라는 이분법적 사고방식도 느껴진다. 그의 편향된 시각에 우려가 되는 점이다.

우여곡절 끝에 홍종학 전 국회의원이 중소벤처기업부 장관으로 취임했다. 그의 취임사를 보면 진흥보다 기업규제에 무게를 둔 문재인 정권의 경제관을 볼 수 있다.
ⓒ브릿지경제

오랜 사농공상(士農工商) 문화 유전자(Meme)를 가진 한국 사회에서 신기술로 창업하고 대기업까지 성장한다는 것은 '낙타가 바늘귀로 들어가는 것' 같은 어려움이 있다. 지난 20년 간 정부는 창업을 지원한다 했지만 별 성과는 없었다. 창업을 통해 대기업으로 성장한 케이스는 게임 산업 이외에는 보기 어렵다. 한국 부자들은 대부분 상속에 의해 부를 대물림받았는데(63%) 이 비율은 미국, 일본, 중국의 두 배에 가깝다. 창업을 통한 경제의 선순환 구조가 막혔다는 것을 말한다. 당뇨병으로 발이 썩고 있으면 외과에서 외상을 고치기 전 내과에서 당뇨병 자체를 고쳐야 한다. 헌법 체계를 바꾸지 않는 한 공무원 충원으로 청년 실업문제를 해결할 수 없다. 옛 동구권같이 긴 줄 끝에서 일자리를 배급받는 것이 아니라 '4차 산업혁명'을 통한 새로운 일자리, 신기술을 통한 창업으로 청년들을 유도해야 한다. 기성세대가 신세계를 보여 줘야 한다. 요즘 스타트업 창업자들은 정부로부터 큰 지원을 기대하지 않는다. 정부 돈이 들어간 벤처캐피털 자금은 받지 않겠다는 창업자들도 있다. 그들이 전반적으로 가장 바라는 것은 규제개혁이다. 신기술을 가지고 경쟁에서 승리하고 해외에까지 나가겠다는 그들의 비전을 좌절하게 하는 것이 규제다.

이명박 정권에서는 규제의 '전봇대를 뽑겠다.' 박근혜 정권에서 '손톱 및 가시를 뽑겠다.'고 장담했지만 아직도 산업현장에서 피부로 느껴지는 규제개혁의 성과를 들어보기 어렵다. 한국의 산업구조는 정부규제라는 관점에서 관료들의 틀을 벗어나기 어렵기 때문이다. 지금과 같은 4차 산업혁명의 진입기(進入期)에 중소벤처기업부 장관은 일본에서 시행하는 '샌드박스(Sand Box, 신제품, 서비스가 출시될 때 일정 기간 기존 규제를 면제, 유예시켜 주는 제도)'와 같은 획기적 규제혁신부터 선도해야 한다.

우리 언론에서 크게 다루고 있지 않지만 지난 5월 말 일본 아베(安倍晉三) 정부가 4차 신업혁명 시대에 국가 경쟁력을 높이기 위해 기술 관련 분야 규제를 일시적으로 동결하기로 했다. 일본 정부는 법과 규정을 순차적으로 개정해서는 급변하는 세계를 따라가기 어렵다고 판단한 것이다. 메이지(明治) 시대 이후 일본 근대화는 군(軍)과 관료가 이끌어 왔다. 2차 세계대전 패전 후 군의 역할이 사라진 공백을 관료가 메꿔 왔다. 따라서 일본 공무원은 힘이 세다. 아베 수상의 이런 특단 조치는 공무원들이 만들어 놓은 규제에 일일이 대응하다가 미국이 주도하는 4차 산업혁명에서 이길 수 없다는 결단에서 나온 것 같다.

근세 이후 유럽 제국주의 열강의 서세동점(西勢東漸)에 대응하는 일본과 조선의 상이한 전략은 두 나라의 운명을 바꾼다.

시마바라(島原)에서 일어난 1637년 기독교도 반란을 진압한 일본 막부 정권은 배후로 의심되는 포르투갈인들을 추방해 버렸다. 이에 앞서 막부는 '데지마(出島·でじま)'라는 인공 섬을 나가사키에 개발했다. 면적 13,000제곱미터, 바다를 메워 부채꼴 모양 부지를 조성하고 숙소, 창고 13동을 막부 정부가 건립하는데 은(銀) 300관이나 투자했다. 막부는 데지마에서 포르투갈 세력을 추방하고 그 자리를 네덜란드 상인들로 채웠다. 명분상 쇄국은 했지만 일본은 서구 과학기술을 흡수하기 위한 탯줄은 유지하는 상인적이고 계산적인 선택을 했다.

불행히도 조선의 책략은 많이 달랐다. 대원군이 서양인을 배척하기 위해 전국에 세웠던 척화비(斥和碑)에는 "洋夷侵犯 非戰則和 主和賣國(서양 오랑캐가 침입하는데, 싸우지 않으면 화친하자는 것이니, 화친을 주장함은 나라를 파는 것이다)"라는 주문(主文)을 큰 글자로 새기고, "戒我萬年子孫(우리들의 만대자손에게 경계하노라)"라고 작은 글자까지 새겼다. 서양에 개방하겠다는 자는 그 영혼까지 잘라 내겠다는 생각… 같은 시기 일본에 비해 이념적이고 다분히 종교적이다. 오늘날의 한국인의 정신, 특히 북한의 정신구조와 비슷하다.

당시 서양에서 시작된 산업혁명을 수용하는 태도도 일본과 조선은 '하늘과 땅'이었다. 일본에는 네덜란드(和蘭)를 통해 서구 학문·기술을 배우는 이른바 난학(蘭學)이 유행했다. 이 학파는 나가사키(長崎) 지방을 중심으로 실증적, 비판적인 정신으로 발전해 히라가 겐나이(平賀源内)나 시바 코오칸(司馬江漢) 같은 탁월한 학자들을 배출했다. 조선과 다른 점은 막부(幕府)는 난학을 실학(實學)으로 장려하고 이를 비방하는 유학자들은 탄압까지 했다. 이런 전통은 메이지(明治) 시대에 자연스럽게 영국을 공부하는 영학(英學), 서양 문물 전체를 연구하는 양학(洋學)으로 발전하였다. 하지만 조선은 서양 학문에 관심도 없었고 서양 서적을 읽을 수 있는 지식인도 없었다. 그로부터 약 50~100년 후 일본은 전함 야마토, 제로 전투기, 항공모함을 생산하여 태평양전쟁 직전에는 미국 군사력을 압도하는 능력을 가졌고. 노벨 과학상 수상자들을 많이 배출했다. 같은 시기 한반도는 일본 제국주의 식민지로 넘어가 근대화의 뿌리는 처참하게 말라 버렸다. 격랑의 세계사적 변화에 눈은 감고 '우리 민족끼리'를 외치다 벌어진 이념 중심 사고방식의 비극적 결말이다. 짐작컨대 문재인 정권에서는 '성장'보다 '분배', '자유'보다 '규제'가 강조되고 유럽형 복지사회와 사민주의(社民主義) 경향이 지배적일 것으로 예상된다.

즉 2017년 이후 문재인 정부는 한국 사회를 '데지마'보다 '척화비'쪽으로 끌고 간다고 생각하면 무리일까?

며칠 전 '4차 산업혁명' 자료를 살펴보다 웃음이 터지는 경험을 했다. 무인 항공기 '드론'을 날리기 위해 '조종사 준수사항' 9가지가 있는데 그중에 '음주비행' 금지가 있다. 물론 술 먹고 드론 띄우면 안 되겠지만 아무리 살펴봐도 이런 세심하고 웃픈(웃기고 슬픈) 규제는 드론 날려 보지 않은 공무원들이 옛날 항공법을 가지고 책상에서 만든 것이 틀림없다. 그 준수사항을 다 지키면 대한민국에서 드론 날릴 수 있는 곳은 거의 없다. 4차 산업혁명 시대 물류, 국방, 농업, 교통에 중요한 드론 분야… 전문가들은 한국은 중국에도 이미 10년 뒤처져 있다고 진단한다.[125]

5월 말 일본 아베(安倍晋三) 정부는 4차 산업혁명 시대에 경쟁력을 높이기 위해 혁명적인 조치를 취했다. 니혼게이자이신문(日本經濟新聞)은 31일 "일본 정부가 '성장미래계획' 초안에 기업이 제기한 요구를 받아들여 기술개발 관련 규제를 일시 동결하는 방안을 시행하기로 했다."고 보도했다. 법과

---

125) 한국경제, 2017. 4. 26

규정을 순차적으로 개정해서 치열한 기술 경쟁을 따라가기 어렵다 판단한 것이다. 아베 정부는 '건강의료', '이동혁신' 등 다섯 가지 전략 분야에서 성장전략을 발표했다. 첨단기술에 의한 새로운 서비스를 개발하는 기업에는 규제를 일시 동결하고 신속한 시험을 가능하게 하는 제도도 도입하기로 했다. 전국 10곳 이상 도로에 무인주행 버스의 자동 운전 실험이 가능하게 하고 정보통신(IT) 기반 원격진료와 간호 로봇 활용이 가능하도록 관련법령 개정도 연말까지 완료하기로 했다. 아베 총리가 특히 강조한 제도는 문재인 대통령도 언급한 '샌드 박스(Sand Box)'다. 아이가 모래밭에서 노는 것 같이 규제에 얽매이지 않고 자유로운 발상에서 젊은이들이 새로운 사업을 펼치라는 것이다. 일본에서 자율주행 자동차는 '샌드 박스' 제도를 통해 개발을 가속화하고 2022년까지 상업화할 예정이다. 드론도 2018년에는 산간에 짐을 배송하고 2020년에는 도시 배송을 본격화할 만큼 기술개발을 추진한다. 메이지(明治) 시대 이래 일본 근대화는 군(軍)과 관료가 이끌어 왔다. 2차 대전 패전 후 군이 사라진 공백을 관료가 메꾸어 왔다. 그래서 일본 공무원은 힘이 세다. 아베 수상의 이번 특단의 조치는 '규제 왕국 일본' 공무원들이 만들어 놓은 규제 지뢰밭에 일일이 대응하다가 미국이 주도하는 4차 산업혁명 전쟁에서 한 뼘도 전진할 수 없다는 절박함에서 나온 것이다.

문재인 대통령은 2017년 6월 12일 국회에서 시정연설을 했다. 일자리 추경을 위해 호소하는 대통령이 안쓰럽다. 지금 2017년 예산은 작년 박근혜 전 대통령이 세운 예산이다. 국정농단 주범, 최순실 덕분에 5월에 선거를 해서 2017년 남은 기간에 새 대통령이 자기 생각대로 예산을 쓰고 싶은 생각이 있는 것은 당연하다. 대부분 추경예산은 공공부분 일자리에

쓰일 것이라 한다. 지금 공무원 취업에 대한 기대로 대학가에 공시(공무원 시험) 열풍이 불고 있다. 문 대통령 재임 5년 안에 꼭 공무원이 되겠다는 학생들로 노량진 학원가는 넘친다. 공교롭게 2018년은 지방선거가 기다린다. 20·30세대 표를 의식한 정치적 포석일 수 있다고 짐작된다.

당뇨 합병증으로 눈이 멀어 가면 안과에 갈 것 아니고 내과에서 당뇨병 먼저 고쳐야 한다. 우리 정치경제 체제를 사회주의로 바꾸지 않는 한 공무원 충원으로 실업문제를 해결할 수 없다. 옛날 공산 동구권같이 긴 줄을 서서 일자리를 배급받는 것이 아니라 '4차 산업혁명' 창업으로 젊은 피가 끓는 청년들을 유도해야 한다. 기성세대가 과감한 규제철폐로 신세계 비전을 보여 줘야 해야 한다. 청년 창업을 위해 규제를 동결하는 일본, 공무원 자리 나누어 주는 한국 … 10년 뒤 두 나라는 어떻게 변해 있을까?

2017년 6월 27일 'KBS 시사기획 창'은 '일본이 돌아왔다'는 다큐멘터리를 방영했다. 아베신조(安倍晉三) 수상의 경제혁신 정책 '아베노믹스'로 일본은 20년 장기불황에서 탈출하고 있다. '아베노믹스'는 크게 3개 전략(재정, 금융, 성장)으로 구성돼 있는데, 아베 수상은 이를 경제침체라는 괴물을 향해 쏘는 세 개의 화살(安倍3つの矢)이라 한다. 이중 우리가 가장 두려워 해야 할 전략이 세 번째 규제개혁을 통한 성장전략이다. 2013년 4월 일본은 산업경쟁력회의를 통해 국가전략특구(國家戰略特區) 설치를 추진했다. 도쿄(東京都), 오사카(大阪府), 아이치현(愛知縣) 즉 일본의 핵심지역을 중심으로 법인세 인하, 해외 유명 대학(학교) 유치, 각종 행정규제 대폭적인 철폐를 포함한다.

한국은 50년간 수출 드라이브 정책을 통해 압축 성장을 해 왔고 성장

과정에서 정책금융과 수출지원 같은 관주도 성장정책과 대기업 중심의 성장지원은 일본의 전략과 흡사하다. 이러한 경제성장은 자연스럽게 정부규제를 양산하고 민간 창의성은 상당한 제한을 받아왔다. 하지만 한국 경제의 원조인 일본에서도 구체제를 탈피하기 위한 국가적인 노력이 결실을 거두고 있다. 국가 주권 일부를 제한할 수 있음으로 특구정책은 개혁 추진에 정부의 의지를 판단할 수 있는 중요한 바로미터가 된다.

일본과 같이 적극적 대외개방과 규제철폐로 경제회생의 전기를 마련해야 하는 한국에서 연구가 필요한 분야가 일본의 아베노믹스 국가전략특구 정책이다. 한국에는 지금 특구가 너무 많아 뭐가 과연 특별한 것인지 모르지만, 일본도 한국과 마찬가지로 나눠 먹기 식 '무늬만 특구'가 존재했었다. 일본의 이전 특구정책 정책과 지금이 다른 점은 첫째, 총리가 중심이 되어 주관하는 특구자문회의의 설치를 통해 중앙정부가 총지휘하는 시스템을 구축하였다는 점, 둘째, 내각부 특명담당인 특구담당 장관(特區擔當大臣) 임명을 통해 이전에 지방자치단체에서 정책추진을 중앙으로 집중시켰다는 점, 셋째 특구자문회의는 관계부처에 대한 조치 요구를 할 수 있도록 하여 경제산업성, 문부과학성과 같은 행정부처와 직접적인 정책연계를 할 수 있는 장치를 마련하였다는 점이다.

아베신조 수상이 가장 존경하는 메이지(明治) 유신 시대의 요시다 쇼인(吉田松陰), 그는 한반도를 침략하자는 정한론(征韓論)을 주장했다. 요시다 쇼인의 제자가 유명한 이토 히로부미(伊藤博文)다. 불쾌하지만 역사는 반복된다.

전략 특구의 창의적 운영과 전문성은 기관장을 통해서 볼 수 있다. 한국의 경제자유구역과 연구개발 특구의 기관장은 형식상 공모에도 불구하고 공무원 출신이 대부분이다. 공무원 출신 기관장은 기관의 운영에 있어 공무원·관료사회로부터 자유롭지 못하다. 반면 일본의 경우 국가전략특구의 운영과 전략을 실제로 주도하는 자문회의 전원이 민간 전문가들로 구성되어 있고 일본 정치가 내각 책임제임을 감안하면 장관들도 정치인이어서 한국에 비해 공무원·관료 사회의 영향력으로부터 자유롭게 장기적인 관점에서 국가전략을 추진할 수 있다.

법령, 조례, 규정, 규칙, 감사조치, 행정지도, 협찬, 관 주도 진흥사업까지 합쳐 대한민국은 과잉규제 공화국이라 말해도 과언이 아니다. 촛불시민혁명으로 탄생한 문재인 정부에 거는 국민적 기대는 높지만 공약을 관통하는 철학은 '성장'보다 '분배'인 점이 우려가 된다. 실질적 지원정책은 규제완화임에도 집권 여당 기류는 '4차 산업혁명'의 세계적 조류와 배치되고 일부 여당 의원들은 기업경영을 '악(惡)'으로 보는 듯하다.

아베신조 일본 수상이 가장 존경하는 인물이 메이지(明治) 개항기의 선각자 요시다 쇼인(吉田松陰)이다. 그는 일본의 번영을 위해 한반도를 정벌해야 한다는 정한론(征韓論)으로 유명하다. 요시다 쇼인의 제자가 유명한 이토 히로부미(伊藤博文)다. 듣기 괴롭지만 역사는 반복될 수 있다.

세상은 역시 빠르다. 2016년 공문서 페이지, 페이지마다 '창조' 혹은 '창조경제'란 단어가 빠지지 않았다. 하지만 1년도 지나지 않아 죄(罪) 없는 단어 '창조'는 대한민국 관공서의 금기어가 되어 가는 것 같다. 그 자리를 '4차 산업혁명'이 차지하고 있다. '녹색성장', '창조경제'… 지난 10

년의 국가 비전은 구호로 시작하고 물거품같이 사라졌다. 돌아보면 집권층조차 처음부터 슬로건으로만 생각했고 혁신에 대해 고민은 있었는지 의심도 든다.

2012년 말, 2013년 초, 아베신조 일본 총리와 박근혜 대통령은 거의 같은 시기 집권했다. 두 정치인의 국가경제 혁신전략에 어떤 차이가 있었는지 보는 것도 '4차 산업혁명'이 또 다른 유행어인 지금 반면교사가 될 수 있을 것이다.

첫 번째 두드러진 차이는 전략 로드맵이다. 아베 정부는 2013년 집권하자마자 '국가전략특구법'을 제정하고 2014년 이후 매해 정책을 강화·확대하는 등 개혁 시리즈를 시리즈로 내놓은 반면 박근혜 정부에서 이와 유사한 '규제 프리존 특별법'을 발의한 것이 2016년 5월, 최순실 국정농단 게이트 터지기 4개월 전이다. 이때는 '최순실'이 아니더라도 5년 단임제 대통령의 영향력을 행사하기 어려운 시기였다. 미루어 보면 박근혜 표 '창조경제'에는 세계적 기술 변화를 분석하고 치밀한 전략과 로드맵을 통해 집권 중 하나의 성과라도 만들어 보자는 의지가 부족했다고 생각된다. 박근혜 정부에서 출범한 '창조경제혁신센터'는 전국 각 지역마다 대기업이 참여하고 관리에 참여하는 기이한 구조를 가지고 있다. '기이' 하단 뜻은 한국 재벌·대기업과 중소·벤처가 지금까지 어떤 생태계에서 살아왔는지 아는 필자로서는 실효성에 의문을 가질 수밖에 없다는 뜻이다. 박근혜 대통령은 대구의 삼성, 대전의 SK, 광주의 현대차와 그 지역 벤처 창업자들이 기독교 성경에서 말하는 '사자와 어린양이 함께 뛰노는' 것 같은 선순환 생태계를 만들어 낼 것이라고 믿은 것 같다.

두 번째 차이는 정부 역할이다. 일본은 중앙정부가 적극적으로 정책을 추진하며 총리 중심의 특구자문회의의 설치를 통해 중앙정부가 총지휘하는 시스템을 구축하고 특명 특구담당 장관을 통해 지방자치단체의 정책추진을 중앙으로 집중시켰다. 일본 특구자문회의는 관계부처에 대한 조치 요구를 할 수 있도록 하여 민간의 요구사항이 빠른 시간 안에 반영할 수 있도록 했다. 반면 한국의 경우 지방정부의 요청에 따라 관련 산업을 진흥하는 심하게 말해 지역 중심으로 알아서 하라는 식이었다. 늘 문제가 됐던 정부 역할에 대한 혁신도 부족했다. 정부가 진흥사업까지 영향력을 행사하면서 감사, 행정지도 때문에 오히려 사업이 지연되는 종래의 문제점도 달라지지 않았다. 공무원 권력이 강한 한국 사회에서 이런 개혁방식은 늘 5년 단임제의 짧은 시간표 안에서 좌절돼 왔다. 권력의 시간표는 공무원의 편이었다.

세 번째 공익·사익을 섞어 버린 박근혜 전 대통령 특유의 문제점이다. 작년 9월부터 '최순실 게이트'를 통해 하나하나 세상에 폭로되어 왔다. 박근혜 전 대통령은 한국에 꼭 필요한 개혁 과제와 측근과 재벌의 사적 이익을 섞어 버림으로 개혁 이슈가 조롱의 대상이 되거나 담론의 방향이 기술에서 이념으로 변질되는 결과를 가져왔다. 예를 들어 '규제 프리존 특별법'도 일본의 유사한 '국가전략특구법'을 참조하면서 혁신 포인트는 놓친 채 '최순실', '정유라'와 연관된 삼성, SK가 개입될 개연성만 문제로 남아 국회 문턱도 넘지 못했다. 혁신기술에 의한 신사업 육성은 '신자유주의' 비판 같은 이념논쟁과는 그 궤가 다르다. 탄핵, 구속, 재판으로 고초를 겪는 전 대통령을 손가락질하고 싶지 않다. 하지만 최순실 게이트와 같은 저급한 사건을 '창조', '융합' 같은 혁신 이슈와 섞음으로 한국이 미래에 가야 할 진입로마저 막아 버린 점은 박근혜 대통령이 심각하게 비판받아야 한다. 미래를 위한 종자마저 망가뜨렸기 때문이다.

이제 세계는 '4차 산업혁명'이란 엄중한 현실이 기다리고 있다. 쓰나미 같이 몰려오는 세계사의 변화에 어떤 태도를 취하느냐에 따라 나라의 미래는 달라진다. 일본과 조선의 선택같이 극단적인 결과를 낳을 수 있다. 하지만 집권을 희망하는 정치권에서 세계사적 변화에 대응하는 전략을 듣기 어렵다. 가장 시급한 것이 규제 혁파다. 지금까지 설립된 소위 '특구'들은 제 구실을 못하고 그 비전과 실천 전략도 일본의 '아베노믹스' 특구전략에 비해 턱없이 부실하다. 한국의 특구정책은 나눠 먹기식으로 전국이 특구화되고 각 특구 수장은 퇴임 공무원들이 자리 차지하는 전형적 관료주의 행정이다. 우리에게는 4차 산업혁명을 준비하는 미래지향적인 '데지마(出島)'가 필요하다. 남은 시간이 그리 많지 않다.

미국도 트럼프 정부 출범 이후 기업규제완화와 법인세 인하 등 경제개혁정책을 추진하면서 제조업이 다시 부활하고 있다. 중국 역시 '중국 제조 2025'라는 로드맵에 따라 산업 고도화를 위한 규제를 혁파하고 있다. 청년들의 미래를 위해 규제개혁에서 특단의 조치를 취하는 선진국, 공무원 일자리를 배급하겠다는 한국… 5년, 10년 뒤 우리는 어떻게 변해 있을까 두려움이 앞선다. 취임 초 90% 이상의 지지를 받던 김영삼 대통령은 IMF사태로 역사의 무대 뒤로 쓸쓸히 물러났다. 또 다른 경제 위기를 문재인 정권이 몰고 오지 않기만 빌 따름이다.

문재인 정부 감별법

　임종석 씨는 문재인 정부 초대 대통령 비서실장이다. 박근혜 전 대통령 비서실장들은 대부분 노령이었지만 1966년생 임종석 씨는 임명 당시 51세였다. 문재인 대통령이 김기춘 전 비서실장의 아들 뻘 되는 임종석 전 의원을 초대 비서실장으로 임명한데는 다 이유가 있을 것이다. 아무튼 임종석 실장과 뗄레야 뗄 수 없는 전대협(전국대학생대표자협의회)과 함께 그의 생각을 분석해 보는 것도 문재인 정부를 이해하는데 도움이 될 것 같다.

　폭압적 전두환 정권이 들어선 것은 1980년이다. 1983년 12월 12일 학원 자율화 조치가 시작되기 전 약 4년간은 학생운동권에 암흑기였고 어떤 사소한 활동에도 죽음을 각오해야 했다. 1982년 9월 전남대 총학생회장 박관현은 옥중에서 5·18 진상규명을 요구하고 단식하던 중 운명했고[126], 성균관대 이윤성, 고려대 김두황 등 수많은 대학생들이 강제 징집당한 후 소위 '보안사 녹화사업'으로 의문의 죽임을 당했다.[127]

---

126) 경향신문, 2017. 5. 18
127) 한겨레, 2014. 4. 20

84년 이후 국제적인 주목을 받는 88올림픽 개최 때문에 느슨해진 독재권력 아래 언론의 주목을 받는 '패션 좌파' 학생운동가들이 나타나기 시작했는데 히어로급으로 부상한 사람이 임종석, 김민석 등이다.

임종석 실장은 전남 장흥 출신으로 한양대 총학생회장을 지내던 1989년 전대협 3기 의장을 맡았다. 전대협은 1987년부터 1993년까지 존재했던 학생운동 단체다. 전대협은 1989년 '임수경 밀입북 사건'과 1991년 '강기훈 유서대필 사건' 등을 겪으며 비난을 받았고 1993년 3월 대의원 총회를 통해 해체를 결정했다.

어떠한 단체의 성격은 강령을 통해 알 수 있는데 전대협 강령(綱領)은 다음과 같다.

1. 미국을 반대하고 모든 외세의 부당한 정치·군사·문화적 간섭과 침략을 막아 내고 목숨보다 소중한 민족의 자주권을 회복하여 조국의 자주화를 이룩한다.
1. 친미 군사 정권의 식민지 파쇼통치를 철폐하고 민중의 창조적·자주적 생활을 보장하기 위한 완전한 사회민주화를 실현한다.
1. 조국의 영구분단을 막아 내고 자주·평화·민족대단결의 원칙 아래 조국의 통일을 이룩한다.
1. 학원 내 온갖 반민족적·반민주적 교육과 억압적 제도를 청산하고 학문과 사상의 자유를 쟁취하여 학원의 민주화·자주화를 이룩한다.
1. 노동자, 농민을 비롯한 기층민중과 모든 애국적 교사, 언론인, 종교인, 정당정치인, 군인 등을 망라한 각계각층과 굳게 연대하여 싸워 나간다.

1. 학원과 사회에 존재하는 여성에 대한 모든 억압적·비인간적 제도와 문화를 청산하고 여성의 자주적 권리와 이익을 옹호한다.
1. 민족의 생존을 위협하는 전쟁과 핵을 반대하고 순결한 조국 강토를 길이 보전하기 위해 환경오염과 파괴를 방지한다.
1. 백만 학도의 단결과 연대를 도모하는 한편 북녘의 청년학도와 전면적이고 자주적인 교류를 실현하여 청년학생이 민족의 화해와 단합을 위해 앞장선다.
1. 백만 학도의 부문별·계열별 조직 활동을 적극 지지·지원하여 학우들의 다종다양한 이해와 요구를 실현한다.
1. 제국주의를 반대하고 평화를 사랑하는 전 세계 청년학생과의 친선과 단결을 도모하고 인류의 평화와 자유를 위해 공동 노력한다.[128]

사람의 사상은 바뀌기 힘들다. 특히 감수성 강한 청년기에 형성된 사상은 평생 도박 끊기보다 힘들다. 교도소를 다녀와도 고문을 당해도 사상은 바뀌지 않는다. 레닌, 모택동, 로자 룩셈부르크, 카스트로 등 혁명가들과 전 세계 혁명사를 보면 알 수 있다. 하지만 이런 신념을 가진 사람들이 문 대통령 면전에서 한미동맹을 말하고 국가 안보를 좌지우지할수 있다는 것이 대한민국의 한계이자 위기다.

전대협이 등장하고 소멸했던 역사를 살펴보면 1기는 1987년 8월 19일 충남대에서 출범했고 의장은 이인영(고려대, 현 더민주 국회의원 구로갑)이었다. 전대협 2기는 1988년 8월 13일 연세대에서 시작됐고 의장은 오영식(고려대, 전국회의원)이고 두드러진 활동은 6.10 남북학생회담을 북측에 제안하고 '조국의 평화적 통일을 위한 특별위원회(조통위)'를 구성하여 6.10, 8.15 남북

---

128) 황재일, 1980년대 이후 민족해방계열 학생운동 변화 연구, 서강대학교 석사학위 논문, 2012

학생회담을 준비했다. 3기는 1989년 5월 13일 충남대에서 출범했고 임종석(한양대)이 의장이었다. 제13차 평양축전에 임수경(전 의원)을 대표로 파견한 것으로 유명했다. 4기 전대협은 1990년 2월 21일 전남대에서 시작됐고 송갑석(전남대, 노무현 재단 운영위원)이 의장이었다. 주요 활동은 반민자당 투쟁, 광주항쟁 10주년 행사, 제1차 범민족대회(연세대) 참가였다. 5기는 1991년 6월 부산대에서 출범했고 의장은 김종식(한양대, 현재 녹색당원)이었다. 그 기간에 강경대 사망과 분신정국, 전국 145개 대학 동맹휴학, 외대 정원식 총리 사건이 일어났다. 마지막으로 6기 전대협은 1992년 4월 시작됐고, 태재준(서울대)이 의장이었다. 총선투쟁, 대선투쟁 92년 범민족대회에서 범민족청년학생연합(범청학련)을 결성했다. 전대협은 7기에 이르러 1993년 3월 경희대에서의 대의원 총회를 통해 전대협을 해체하고 '한국대학 총학생회연합 건설 준비위원회'를 발족하기로 결의했으며 1993년 5월 '한국대학 총학생회연합(약칭 한총련)'으로 재발족된다.

임 실장은 당시 임수경 밀입북 사건의 배후로 지목돼 국가보안법 위반 혐의로 징역 5년형을 선고받고 3년 6개월을 복역했다. 그는 석방 후 '청년정보문화센터' 소장, '푸른정치 2000' 공동대표 등으로 활동하며 청년시민운동을 주도했다. 2000년 김대중 대통령의 '젊은 피 수혈' 방침에 따라 전대협 출신 이인영, 우상호와 함께 새천년민주당에 입당했다. 16대 총선에서 한양대 부근 서울 성동구(성동을)에서 국회의원 후보로 나서 34세 최연소 의원으로 정계에 입문했다.

정계 입문 후 임 실장의 의정활동은 '국가보안법 폐지', '북한인권법 제정 반대', '대북 교류사업' 등에 초점이 맞춰진다. 2000년 7월 임종석 실장은 국가보안법 관련 국회 토론회에 참석해 "국가보안법을 폐지하고 보완책으로 간첩죄에 대해 형법상 처벌을 강화하면서 대북 접촉, 통신

교류에 대해선 '남북교류 협력법'을 통해 규제하면 된다."고 주장했다. 2004년 7월 '국보법 폐지를 위한 간담회'를 열었고, 같은 해 8월 당시 여당 열린우리당 국보법 폐지 입법추진위원모임에서 "국가보안법은 위헌적이며 반(反)민주 악법의 상징이기에 폐지해야 한다."는 주장을 폈다. 2004년 12월에는 국보법 연내 폐지를 촉구하는 의원단에 이름을 올리기도 했다.

1990년 5월 19일 전남대 대운동장에서 대학생 3만여 명이 전대협 4기 출범식을 열고 있다. 지금의 학생운동사는 전두환 독재에 항거하고 투쟁한 역사와 대한민국 정체성을 부정하는 반역 활동이 뒤섞여 있다. 이것은 엄격히 구분해서 기록해야 한다. ⓒ한겨레

임 실장은 2016년 20대 총선에서 서울 은평을 지역구에서 현재 강병원 국회의원과 더불어민주당 지역구 경선에서 패배했다. 강병원 의원은 새누리당 친이계 이재오 의원을 이겨서 금배지를 달았다.

여기에서 임종석 실장이 2016년 3월 12일 '한강타임즈'와 가진 상당히 긴 인터뷰를 중심으로 그가 가진 생각을 분석해 보고자 한다. 그의 생각은 1980년대 말 운동권 출신으로 문재인 정부에 요직을 차지하고 있는 소위 586들의 생각도 대변한다고 생각한다. 아래는 인터뷰 내용이다.

얼마 전 한 언론사의 조사를 보고 놀랍고도 슬펐다. 이민을 생각한 청년이 90%에 달했다. 노력해도 비정규직일 수밖에 없고 불평등이 고착된 현실이 청년들의 희망을 빼앗았기 때문이다. 박근혜 정부 들어 청년 공식실업률은 10.2%, 체감실업률은 21.8%에 달한다. IMF 이후 최

악의 상황이다. 청년 고용율도 40% 정도로 OECD 국가 중 가장 낮다. 상황이 이런데도 박근혜 정권과 새누리당은 야당이 발목을 잡아 그렇다며 야당 탓만 하고 있다. 청년 일자리 창출, 반값등록금 실현, 국가장학금 확대 등 어떤 공약도 지키지 않고 있다. 청년들의 희망이 사라져 나라 전체가 암울하다. 청년은 청년대로, 부모는 부모대로, 조부모는 또 조부모대로 걱정뿐이다. 지금 대한민국은 청년실업, 희망퇴직, 노인빈곤의 신음 가득한, 99%의 '헬조선'이다. 그런데도 박근혜 정부는 가진 자들의 기득권을 지키기 위해 청년들과 부모들의 삶을 끝까지 쥐어짜고 있다. 특히 인생에서 가장 빛나고 찬란해야 할 청년들이 너무 아프고 고단하다. 청년실업 110만, 알바생 60만이다. 기성세대 정치인의 한 사람으로서 너무나 책임감이 크다.

진보좌파의 주장은 항상 '분노하라! 부터 시작한다. 국가보안법 위반으로 감방 갔다 온 좌파 성골부터 운동권 언저리에서 시민운동이나 선거운동을 도운 좌파 진골까지 '왜 분노해야 하는가?'로 논리를 시작한다.

임 실장이 주장하는 이민을 생각한 청년이 90%에 달했다는 형태의 질문은 매우 주관적이다. 2017년 2월 15일 취업포털 인크루트와 두잇서베이의 설문조사에 의하면 90%가 아니고 48%가 '이민 갈 의향이 있다고 한다.'[129] 시장조사 종합리서치기업인 마크로밀엠브레인의 트렌드모니터가 2015년 2월 한국의 성인 남녀 1,000명을 대상으로 설문조사한 결과 20~30대 젊은층의 90% 이상이 이민을 고려하고 있는 것으로 나타났다.[130] 하지만 같은 회사 마크로밀엠브레인에서 2016년 3월 남녀 1000명을 대상으로 실시한 설문조사에는 76.9%로 나타났다.[131]

---

129) 인사이트 인용보도, 2017. 2. 15
130) 불교신문, 2017. 6. 1
131) 세계일보, 2016. 3. 27

특히 임 실장이 문제삼은 2016년 설문조사에서 설문결과의 인용 이전에 위와 같이 '이민 가고 싶으냐?'의 질문은 사전에 '다시 태어나면 한국에 태어나고 싶으냐?'라는 유도성 질문을 하고 시작해서 객관성도 떨어진다. 결론은 임 실장이 선동적으로 활용할 만큼 신뢰성 있는 설문방법과 결과는 아니라는 것이다.

'헬조선' 한국이 지옥이란 말이다. 사람 살지 못할 지옥이라면 외국인도 살지 못할 곳이 한국이어야 한다. 2017년 11월 15일 행정안전부가 통계청의 인구주택총조사 자료(2016년 11월 1일 기준)를 활용해 발표한 '2016년 지방자치단체 외국인 주민 현황'에 따르면 국내에 거주하는 장기체류 외국인과 귀화자, 외국인 주민 자녀는 모두 176만 4,664명으로 파악됐다. 이는 전년도 같은 조사 때보다 5만 3,651명(3.1%)이 늘어난 것이며, 외국인 주민 조사가 시작된 2006년(53만 6,627명)에 비해서는 3배 이상 증가한 수치다. 외국인 주민 수를 17개 시·도 인구수와 비교하면 전남도(179만 6,017명)보다는 적지만, 충북도(160만 3,404명)보다는 많은 수준이다. 외국인들 은

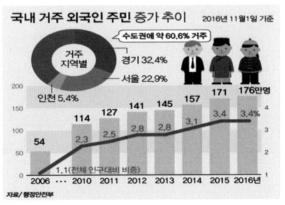

〈국내 거주 외국인 주민 증가 추이(행정안전부 2016년 11월 1일)〉

'Hell(지옥)'에서 살 수 있는 체질인지 모르겠다. 임 실장 같은 접근방법은 불만 세력을 규합해 표 모으는 데는 직방일지 모르지만 정책을 통한 진지한 문제해결에는 절대 도움이 되지 않는다.

한국에 이주한 외국인 주민들은 무엇을 하는지 알아보면 다음과 같다. 기능원·기계조작 및 조립종사자(39.0%), 단순노무 종사자(31.7%), 서비스·판매종사자(12.6%), 관리자·전문가 및 관련종시자(10.8%)순이다.[132] 즉 자기가 태어난 조국을 헬조선이라 부르는 청년들 중 일부가 원래 가야할 일자리 대부분을 외국인 근로자들이 차지하고 있는 것이다. 원래 단순노동을 해야 할 사람들에게 필요 없는 대학교육을 강요하는 소위 과잉교육 전반을 손보지 않는 한 '헬조선' 타령은 앞으로 계속될 것 같다.

청년실업은 문제다. 그 현상에 대해 임종석 실장의 주장에 동의한다. 하지만 그렇게 된 과정에는 여야, 보수진보 할 것 없이 기성세대, 특히 정치권의 공동 책임도 있다. 최근 청년실업이 급증한 최근 원인은 어찌 보면 단순하다. 정년을 연장했기 때문이다. 60세를 정년으로 법제화한 것은 2013년 4월이다. 국회는 '고용상 연령차별 금지 및 고령자 고용 촉진에 관한 법률(정년연장법)' 개정안을 통과시키면서 사업주는 근로자의 정년을 60세 이상으로 정하도록 의무화했다. 2017년 1월부터 300인 미만 기업은 강제규정이 적용되고 있다. 이 법안은 당시 여야 할 것 없이 찬성했다. 그러면서도 임금 피크제는 노사(勞使) 간에 제대로 협상이 되지 않고 있다. 기업체로서는 당연히 신규채용을 막을 수밖에 없다. 전 세계적으로 제조업에서 고용은 늘어나기 어렵다. 선진국 공장은 더 싼 인건비를 쫓아 동유럽, 남미, 동남아시아로 자리를 옮기기 때문이다. 설사 일감이 늘어나도

---

132) 2016년 외국인 고용조사 결과, 2016. 10. 20, 통계청

로봇과 자동화 시스템이 새로운 일자리를 차지한다. 이런 고용환경에서 '서비스산업'과 '4차 산업혁명'은 대단히 중요한 역할을 한다.

청년 실업해소가 중요하다고 외치는 '더불어민주당', 지난 대선에서 청년들 얼싸안고 "얼마나 힘드냐고?" 쇼하던 정치인들은 '서비스산업발전기본법', '규제프리존특별법'에 반대한다. 국회엔 지금 일자리를 대거 만들어 낼 수 있는 여러 개의 법안이 길게는 5년 10개월 계류돼 있다. '서비스산업발전기본법'만으로도 5년간 약 35만 개의 일자리 창출이 기대되지만, 국회의원들 반대에 막혀 있다. 원격진료를 가능케 할 의료법은 더불어민주당이 야당 시절부터 "대기업과 대형병원에 특혜를 주는 법안"이라며 반대해 먼지만 쌓여 있다. 구체적으로 재벌 현대, 삼성계열 '아산병원', '삼성병원'이 싫다는 것이다. 이들은 각종 시위에서 청년, 대학생들에게 "얼마나 살기 어렵냐고 분노하라."고 주장한다. 사람 잡아먹고 우는 이집트 나일 강 '악어의 눈물'을 보는 것 같다. 세계 최고 수준의 규제로 빅데이터 산업의 일자리를 막고 있는 '개인정보보호법', 유전자 분석 가능 범위를 지나치게 좁게 규정해 줄기세포 연구를 가로막는 '생명윤리법'. 사물인터넷·자율주행차 등을 지역별로 육성하는 내용의 규제프리존특별법을 막는 더불어민주당과 문재인 대통령의 청와대 등 정치권이 이념의 명분만 버리면 청년실업은 생각보다 효과적으로 해소될 수 있다.

또 하나 '헬조선'의 근거로 내세우는 빈부 격차에 대해 알아보자. 빈부 격차는 흔히 지(기)니계수(Gini Coefficient)로 나타낸다. 이 지표는 빈부 격차와 계층 간 소득의 불균형 정도를 나타내는 수치로, 소득이 어느 정도 균등하게 분배되는지 보여 준다. 지니계수는 0부터 1까지의 수치로 표현

되는데, 값이 '0'(완전평등)에 가까울수록 평등하고 '1'(완전불평등)에 근접할수록 불평등하다는 것을 나타낸다. 지니계수는 로렌츠곡선과 완전균등선(대각선)이 이루는 불평등 면적과 완전균등선 이하의 면적을 대비시킨 비율로 작성된다(참고 그림). 로렌츠곡선이란 인구의 누적 비율과 소득의 누적 비율 사이의 관계를 그래프로 표현한 것으로,

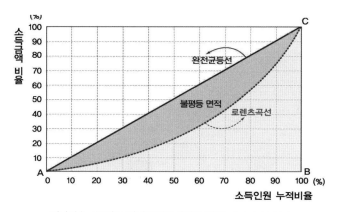

지니계수=(불평등 면적)/(ABC삼각형 면적) 출처: 시사상식사전

로렌츠곡선이 직선에 가까울수록 소득이 평등하게 분배되는 것을 나타내며 곡선이 많이 휠수록 소득의 분배가 불평등함을 보여 준다.

정규재 한국경제 논설고문은 그의 칼럼 '소득 불평등: 장하성 vs 이병태(2017. 7. 11)'에서 청와대가 '재난적 양극화'를 경고하자 이병태 KAIST 교수가 즉각 발표한 반론에 대해 언급했다. 이병태 교수는 소득 분위 간 양극화가 심화된 것처럼 보이는 것은 소득이 전혀 없어 지니계수 계산에서 빠져 있던 실업자에서 저소득 취업자로나마 진입에 성공한 신규 취업자의 증가 때문이지, 최하위 구간의 절대소득이 감소했기 때문은 아니라는 점을 주장해 왔다.

예를 들어 4명 일하는 사회에서 경력단절 여성 1명이 하루 4시간 일하면서 새로 취업전선에 복귀하면, 이제 5명이 일하는 사회에서 추가된 1명의 낮은 임금이 '장하성(청와대 정책실장)류'의 통계 착시를 불러올 수 있다. 특히 근로사업이 복지정책으로 많이 시행되는 한국의 경우 복지 혜택이 늘어날수록, 특히 노인복지 사업이 늘어날수록 역설적으로 지니계수는 통계적으로 악화된 형태로 보여질 가능성이 크다는 것이다.

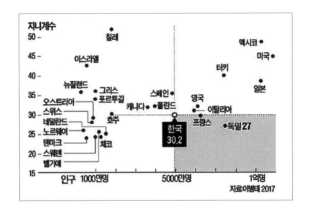

위 그림은 KAIST 이병태 교수[133]가 특정 국가의 인구(가로축)와 지니계수(세로축)를 한 장의 도면에 보인 것이다. 이 그림을 보면 인구 5,000만 명 이상 되는 큰 국가 중 한국보다 소득이 평평한 나라(오른쪽 하단)는 독일 하나밖에 없다는 사실을 알 수 있다. 프랑스는 한국과 비슷하다. 흔히 복지 모범국으로 알려져 있는 북유럽 국가 등은 인구 규모가 1,000만 명대에 불과해 왼쪽 아래에 대부분 모여 있다. 지니계수가 가장 낮은 슬로베니아는 인구 200만 명에 불과하다. 인구가 한국보다 적은 나라 중 그리스, 이스라엘, 칠레, 포르투갈, 캐나다, 폴란드, 뉴질랜드 등은 한국보다

---

133) 정규재, 소득 불평등: 장하성 vs 이병태, 한국경제, 2017. 7. 11

소득분포가 불평등하다. 미국, 일본, 멕시코, 터키, 이탈리아는 인구가 한국보다 많으면서 소득분포도 더 불평등하다. 인도와 중국은 불평등이 더 심하다. 한국은 어느 기준으로 보더라도 소득 불평등으로 소위 '헬조선'이란 주장은 지나치고 과장되어 있다.

다음은 임종석 대통령 비서실장이 지난 2016년 총선을 앞두고 가진 언론 인터뷰 내용으로 돌아가 그의 생각을 진단해 본다. 아래 인터뷰에서 그가 언급한 내용을 보면 남북 경제협력을 통해 잠재성장률이 1% 증가하고 남북 단일 경제권으로 세계 12위의 경제규모를 전망한다는 구체적이고 계량화된 청사진도 주장하고 있다.

대한상공회의소가 한 여론조사에서 국내기업 87%가 "통일이 되면 대북사업을 추진하겠다."고 응답했다. 경제 분야에서 남북이 통일을 이루면 우리 내수 규모는 단번에 8천만이 된다. 경제적으로 안정된 북한에 베이비부머가 생기면 저출산 문제도 해소될 수 있다. 한반도 단일 경제권 형성 시너지 효과를 보면 중장기적으로 잠재성장률이 약 1%가 높아진다. 2050년 통일 한국은 1인당 GDP 7만 달러 시대가 된다. 실질 GDP 약 5조 3천억을 달성하고 세계 12위권의 경제규모를 전망한다. 여기에 중국과 러시아 경제권과 결합한 동북아 경제권이 형성되면 중장기적 잠재성장률이 1.5% 높아진다. 2050년 통일 한국 1인당 GDP 9만 2천 달러, 실질 GDP 약 6조 9천억 달러에 이르게 된다. 중국, 미국, 인도, 브라질, 일본, 러시아에 이어 세계 7위 수준의 경제대국이 된다. 청년들의 일자리도 매년 5만 개가 늘어난다. 일자리 5만 개는 정부가 매년 최소 5조 원을 재정지출을 해야 가능한 숫자다. 대한민국제2의 기적은 남북 간 협력에 있다.[134](한강타임즈 2016. 3. 12).

먼저 2016년부터 2017년까지 사드(THAAD) 국내 반입으로 중국에서 우리 기업이 얼마나 큰 피해를 당했는지 묻고 싶다. 물론 현 집권층은 사드를 국내에 들여온 박근혜 정권의 '적폐'라고 주장하고 싶겠지만 우리가 지금 따져야 할 점은 그 과정에서 드러난 중국 공산당의 전근대적인 경제 운용과 사회주의 국가의 기업관이다.

중국 현지 롯데마트의 2017년 매출이 2016년 대비 약 7,500억 원 줄어든 것으로 나타났다. 2017년 한해 피해 규모는 약 1조 2,000억 원에 달할 것으로 전망된다. 국회 '산업통상자원 중소벤처기업위원회' 국감에서 발표된 '중국 사드 보복으로 인한 롯데 피해 현황'에 따르면 지난 1월부터 8월까지 중국 롯데마트의 매출은 전년대비 64.7% 감소한 4,100억 원에 그쳤다. 2017년 10월 현재 중국 내 롯데마트 점포 99개 중 77개 점포가 문을 닫았으며 10곳은 임시휴업 중이다. 겨우 12곳만 정상적으로 운영되고 있다. 신세계 계열의 이마트는 이미 중국에서 적자를 감당하지 못하고 철수했다.

문재인 정부 주요 인사들은 유난히 중국에 대해 관대하다. 에드가 스노우 '중국의 붉은별', 리영희 선생 '8억인과의 대화'에서 받은 80년대식 긍정적 중국관(觀)이 계속된다고 할까? 불행히도 2016년부터 2017년까지 중국이 보여 준 행태는 전형적인 국가자본주의 개발독재 국가의 경제 운용 방식이었다. 특히 '소방법 위반', '불매운동' 등 관(官)과 당(黨)이 주도하는 치밀한 공작을 보면 그들에게서 현대 국가의 자율적 시장경제, 정경 분리 원칙을 눈을 씻고도 찾아보기 어렵다.

---

134) 한강타임즈, 2016. 3. 12

국제적으로도 부끄러운 사실은 중국의 언론규제 또한 만만치 않다는 것이다. 중국은 페이스북(Facebook), 트위터(Twitter) 등 세계적으로 통용되는 소셜 네트워크 서비스를 막고 있다. 일반 미디어에 대한 검열과 규제도 심각하다.

2017년 8월 중국 인권옹호 뉴스 사이트 비신문(非新聞) 운영자인 루위위(盧昱宇, 38세)가 '소란선동' 혐의로 징역형을 선고받았다.[135] 중국 당국은 2017년 1월에 2017년 1월 22일, 2018년 3월 31일까지 전국 통신망 서비스 제공업체들을 대상으로 규제를 강화하겠다고 밝혔다. 중국 정부는 '사이버 공간의 정보보안관리 강화'를 이유로 허가받지 않은 방법으로 해외 사이트에 접속하는 것을 금지한다고 밝힌 바 있다. 이른바 중국 정부의 인터넷 만리장성 '그레이트 파이어월(Great firewall)'을 우회하여 차단된 해외 사이트에 접촉하는 행위도 원천 봉쇄한다. 이른바 '그레이트 파이어월'은 만리장성과 같이 접속 가능한 웹사이트를 제한하고 이메일, 문자, 게임과 같이 모든 정보를 검열한다.

국민 재산을 보호한다는 면에서 친문(親文) 인사들 시각도 우려를 금할 수 없다. 2017년 9월 29일 언론 보도에 의하면 노영민 주중 대사는 사드로 인한 반한 감정 때문에 중국 내 기업과 교민들이 어려움을 겪고 있는 것은 사실이지만 기업의 경영 악화가 사드 보복 때문만은 아니라고 말했다. 노 대사는 이마트의 중국 철수를 언급하며 "사드와는 아무 관계가 없다. 사드가 터지기 전에 이미 철수가 결정됐고 매각을 위해 노력한 것"이라고 설명했다.[136] 이어서 "기업은 기본적으로 외부 환경을 극복하려는 스스로의 노력이 우선된다."며 "환경 탓만 하고 있으면 죽자는 얘기다.

---

135) 뉴시스, 2017. 8. 4
136) 국제신문, 2017. 9. 30

기업들이 억울한 일 당하지 않도록 하는 건 우리(정부) 몫이지만 스스로의 자구적 노력은 기업의 몫이다."라고 덧붙였다.

국민 재산권 보호가 정부의 기본적 책무라고 할 때 노영민 대사 발언은 매우 실망스럽다. 노영민 대사의 경력을 살펴보면 연세대학교 경영학과를 졸업하고 충청북도에서 환경운동 시민단체에서 활동하다 '열린우리당' 충북도당에서 정치 경력을 쌓고 17, 18, 19대 국회의원에 당선된 경력을 가지고 있다. 노영민 대사의 3선의 상임위 활동도 외교·국방과 거리가 멀다. 그가 자발적으로 20대에서 공천을 포기한 이유는 이른바 '시집 강매' 사건이다. 그는 자신이 쓴 시집을 강매했다는 논란으로 더불어민주당 윤리심판원에서 사실상 총선 공천 배제형인 당원자격정지 6개월 처분을 받았고 20대 총선에서 불출마를 선언했다.

다행스럽게 모든 문제가 풀려 남북경협이 실현된 경우 투자가 이루어진 공장이나 시설의 관리와 운영은 누가 하게 되나? 세습에 의해 김정일이 김정은으로 독재자만 바뀌었지 북한 체제의 근본은 바뀐 것 같지 않다. 북한과 같은 독재 국가는 사유재산이 인정하지도 않고 자유로운 자본의 유입과 유출은 더더욱 기대할 수 없다.

경제 환경이란 측면에서도 북한 경제가 제대로 돌아가기 위해 도로, 항만, 에너지, 철도 등 사회간접자본 즉 인프라가 갖춰져야 하는데 여기에도 막대한 비용이 들어가게 된다. 북한 철도, 도로, 항만, 공항 등 교통부문에 해당되는 사회간접자본은 투자가 제대로 이뤄지지 않아 양적, 질적으로 문제가 많다. 북한은 화물 수송의 90%, 여객 수송의 약 62%를 철도가 담당하는 철도 중심의 수송체계로 이뤄져 있다. 북한의 대부분의 철도 노선은 단선이고 시설이 노후화돼 운행 속도가 시속 40~60㎞로 매우 느리다.[137] 북한의 도로 총 연장은 2012년 기준 26,114㎞에 달한다. 하지만 도로 사정이 좋지 않아 운행속도가 쌍방운행이 가능한 곳에서도 시속 50㎞ 이하로 매우 느린 수준이다.

마지막으로 개성공단 폐쇄 때 나타난 현상이지만 북한 경제가 나아지더라도 결국 김정은의 핵과 미사일 개발능력만 키워 주는 것 아니냐는 논란은 끊임없이 일어날 것이다. 북방경제를 지지하는 많은 인사들은 부인하고 싶겠지만 북한은 수령을 국가의 뇌수(腦髓)로 생각하고 국가를 유기체로 간주한다. 그런 북의 국가관과 죽어도 핵을 포기할 수 없다는 의지로 볼 때 경제 회복은 곧 핵개발로 유기적으로 연결된다.

---

137) 물류신문, 2015. 2. 16

4부

보수에게 묻는다

정체성을 확립하라

　2016년 개봉한 일본 하라다 마사토(原田眞人) 감독의 영화 '일본 패망 하루 전(日本のいちばん長い日)'은 1945년 8월 15일 항복하기 전 며칠간의 천황과 일본 군부의 알려지지 않은 역사를 재현한 것으로 호평받은 작품이다. 물론 이 영화는 제국주의 향수를 불러일으켜 아베(安倍晋三) 정권이 노리는 '일본의 보통 국가화', 즉 '전쟁할 수 있는 일본'을 만들자는 우익의 정치적 의도가 깔려 있다.

　숨은 의도는 불순할지라도 주인공 육군 대신 아나미 고레치카(阿南惟幾, 야쿠쇼 코지 역)는 기억할 만하다. 8월 15일 새벽, 포츠담 선언 최종수락 직전 그는 육군상 관저에서 전통 사무라이 식으로 할복(割腹, かっぷく)을 했다. 영화에는 좀 더 많은 피를 흘리기 위해 할복 바로 전 일본주 사케를 담담히 마시는 장면, 할복의 고통스런 시간을 줄이기 위한 카이샤쿠(介錯, 뒤에서 목을 쳐주는 것)를 단호히 거부하는 장면이 나온다. 패전의 새벽, 극심한 고통을 겪다 아나미는 숨을 거두었는데 "한 번 죽음으로 대죄를 씻고… 신주(神州, 일본)는 멸망하지 않을 것을 확신한다."는 유서가 유명하다. 그

의 할복으로 항복을 방해하려 8월 14일 밤에 일어난 군사 쿠데타 미야기 사건(宮城事件)은 미수로 끝났다.

일본 제국주의에 찬사를 보낸다는 말이 아니다. 적어도 일본 보수우익들은 역사적 책무와 국체를 지키려는 사명감에 있어서 미시마 유키오(三島由紀夫)[138] 류의 비장감, 책임감 그리고 자신에 대한 엄격함이 있단 말이다. 따라서 일본인들은 보수우익 때문에 원자탄을 두 번씩이나 두들겨 맞는 처참한 패전을 맞았지만 전후복구도 보수에게 다시 책임을 맡긴 것이다. 제국 관료 출신 요시다 시게루(吉田茂), 기시 노부스케(岸信介), 사토 게이사쿠(佐藤栄作) 수상들의 집권 1960, 70년대에 일본은 초고속 경제성장을 이루었다.

영화 〈일본 패망 하루 전(日本のいちばん長い日)〉은 일본 보수우익이 어떻게 패전 후에도 국민의 신뢰를 이어 갔는지를 영상으로 보여 준다. 보수는 책임을 져야 한다. 일본인에게 책임은 할복을 의미한다. 한국 보수가 꼭 봐야 하는 영화다. ⓒ영화 〈일본 패망 하루 전〉

1945년 일본 보수가 배를 가르는 고통으로 패전의 무거운 책임을 졌

---

138) 일본의 극우 소설가, 일본 자위대의 각성과 궐기를 외치며 1970년 할복자살하였다.

다면 2017년 '최순실 국정농단'과 대통령 탄핵을 대하는 한국 보수의 모습은 민망함을 피할 수 없다. 서너 명 당원권 정지로 "청산 끝!"을 외치는 새누리당(자유한국당), 당명·로고를 '자유한국당'으로 바꾸면 3년 후 총선에선 민심도 다시 돌아오리란 안이함… 탄핵이란 엄중한 현실에 책임지겠다는 사람은 보이지 않고 각자도생의 민망한 모습만 보여 주고 있다. 사태가 여기까지 올 때까지 그들에게서 의원직 사퇴나 정치 은퇴와 같은 무거운 처신을 본 적이 없다. 일본 보수가 패전의 새벽 보여 준 비장함도 기대하긴 난망(難望)이다.

지금 돌아보면 박근혜 대통령은 지도자 역할 이전에 삶에 그늘진 구석이 있었다. 이런 사람을 어떻게든 정치 마당에 끌어다 놓고 '박정희 향수' 속에서 호가호위하면서 살아온 것이 지금 보수 진영이다. '종북몰이' 같은 단세포적 정치공학을 버리고 기본으로 돌아가길 바란다. 보수가 제대로 오른쪽 날개 역할을 하기 위해 군살 빼는 다이어트가 필요하다. 그 기간이 얼마나 걸릴지는 기약하기 어렵다.

할복한 아나미 고레치카(阿南惟幾)의 차남은 태평양전쟁 중 소위로 복무하다 아버지보다 먼저 전사했다. 국가안보? 그렇게 소중하다면 군 면제자가 왜 그렇게도 보수 진영에는 많은가?

2017년 7월 6일 문재인 대통령이 독일에서 마음먹고 발표한 '신(新)한반도 평화비전'에 대해 북한은 진지한 답이 없다. 대화채널 가동과 인적·물적 교류 사업을 통해 화해 분위기 조성은 물론 북한 비핵화 논의 등 협상의 프레임을 만들어 가려던 정부의 구상도 차질이 빚어졌다. 전반적으로 문재인 대통령 취임 후 소위 '코리아 패싱'이란 말이 돌 정도로 한국의 존재감은 사라지고 있다.

문 대통령은 2017년 8월 23일 광화문 정부종합청사에서 진행된 외교·통일부 업무보고에서 "엄동설한에도 봄은 반드시 온다. 봄이 왔을 때 씨를 잘 뿌릴 수 있도록 착실히 준비하자."며 "북한 핵문제가 해결의 희망을 보이고 한반도 상황이 안정적으로 관리되는 것은 남북관계가 좋을 때였다는 경험을 되돌아볼 필요가 있다."고 말했다.[139] 문 대통령은 북한 핵과 미사일을 지목하면서 "협력보다 갈등이 부각되는 것이 지금의 엄중한 외교의 현실"이라며 "직접 당사자인 우리가 주도적으로 문제를 해결하고 대처하는 자세가 필요하다."고 말했다. '한반도 운전자론'의 유효성을 재강조한 것이다. 문 대통령은 통일부 역점 사업으로 "한반도 신경제 구상이 실현될 수 있도록 하는 것"이라고 분명하게 제시했다. 한반도 신경제 구상은 남북대화 및 중국·일본·러시아와의 협력을 통해 환동해경제권, 환황해경제권을 조성하고 물류와 산업을 발전시킨다는 비전이다.

대륙에서 명(明)이 청(淸)에 망해도 명나라 신종을 제사지내기 위해 만동묘(萬東廟)를 짓고 세상 누구도 인정하지 않는 소중화(小中華) 허상 앞에 새로운 동북아 국제질서에 귀를 막았던 조선 시대 이데올로기 서인 노론같이 오늘날 우리는 김일성, 김정일과 다른 김정은 독재를 이해하지 못하고 엄중한 동북아 질서에 현실적인 답을 내놓지 못하고 있지는 않는가?

이념중심 소위 진보좌파 지식인의 판단력을 흐리게 하는 심리적 심층구조를 분석하면 크게 세 가지 면에서 북한에 부채(負債) 의식이 있는 것 같다. 첫째, 항일투쟁 정통성은 북(北)에 있는데 친일 부역의 남녘땅에 살고 있다는 부채, 둘째, 한반도에서 제국주의를 몰아내야 하는데 양키 군대

---

139) 국민일보, 2017. 8. 24

한국인 문화 유전자에는 종교성 짙은 이념중심의 사고방식이 뿌리 박혀 있다. 사진은
명나라가 망한 뒤에도 명 신종을 제사지내기 위해 세운 만동묘(萬東廟)

가 있는 남한 땅에 살고 있다는 부채, 셋째, 역사는 사회주의로 진보해야
하는데 타락한 자본주의 혜택을 탐닉하고 쁘띠 부르주아의 쾌락만 쫓고
있다는 부채다.

　김정은이 핵과 미사일로 위협해도 정부는 메아리 없는 평화만 외친다.
북한이 핵과 미사일로 20년 동안 모욕을 줘도 북한을 내재적으로 바라
봐야 한다고 자위한다. 하지만 자기 국민들이 핵위협에 불안해하는 자기
내재적 갈등은 외면한다. 불안해하는 것조차 소위 '적폐'라고 한다. 한
반도 역사에 존재했던 고조선(古朝鮮), 이씨 조선, 지금은 북한은 김씨 조선
이다. 북한은 사회주의도 공산주의도 아닌 김일성 유훈이 통치하는 김씨
왕국이다. 고난의 행군에서 60만(300만이라는 설도 있다)을 굶겨 죽이고도 건재
한 패륜의 땅이다. 세습으로 권력이 승계되니 공화국도 아니고 합의와 여
론이 아닌 유훈으로 통치되니 민주주의 국가가 아니다. 이씨 조선에 이어

북한은 김씨 조선이다. 북쪽은 역사퇴행 세력이다.

2017년 6월 24일 자유한국당이 천안에서 이틀에 걸쳐 국회의원·당협위원장 연석회의를 열었다. 2018년 지방선거가 1년도 남지 않은 시점이다. 자유한국당 소속 지방 단체장과 의원들은 그야말로 좌불안석이다. 2016년 이후 당 개혁은 이뤄진 게 없고 지지율은 바닥을 기고 있기 때문이다. 주민과 접촉이 많고 민심 동향에 민감한 그들이기에 불안함은 더 키질 수밖에 없다. 이미 서울, 수도권은 물 건너 간 것 같고 충청도도 위험하다. 그저 안전한 곳은 대구·경북(TK)이고 홍준표 대표가 지사를 지낸 경남에 가느단 희망을 가질 수밖에 없다. 이대로 가면 대구·경북 제외한 전국에서 자유한국당 지자체장이 사라질 것이라는 전망도 있다.

세계 역사상 자당(自黨) 출신 대통령이 임기 중 탄핵당했는데 이렇게 천하태평인 정당은 본 적이 없다. 2016년 4월 총선 '옥새를 들고 날아다니던' 그 소동과 난리가 무색하다. 금배지들은 2020년까지 아직 3년 가까이 임기가 남아 있으니 초조함도 절박감도 없는 것일까? 어디까지 망해야 개혁의 신호탄이 울릴까? 관찰하는 사람까지 자못 궁금하다.

「자유한국당」, 「바른정당」의 뿌리를 살펴보면 「새누리당」, 「한나라당」, 「신한국당」, 「민주자유당」, 「민주정의당」, 「민주공화당」, 「자유당」, 해방정국의 「한민당」까지 계보를 읽을 수 있다. 그 뿌리는 일제강점기 엘리트, 일군(日軍) 혹은 만주군 출신이 주류를 이루다가 이후 사법, 행정 등 고시 출신이 주류를 이어 받는다. 다시 말해 대중 정당이 아니다. 따라서 문화 유전자(Meme)가 토론보다 지시와 순응에 자율보다 윗선의 심중을 헤아리는데 더 익숙하다. 조금 더 특징을 생각하면 첫째, 치열한 당내 토론, 논쟁이 없다. 둘째, 이념 노선보다 선거 중심, 대권 보스 중심이다. 셋째, 상명하복 문화는 공무원 특히 검경 출신이 많기 때문이다. 넷째 자유민주주주의라 하면서 분위기가 자유롭지도 의사결정이 민주적 절차를 따르지 않는다. 다섯째 선거 때마다 당명을 바꾼다. 그것도 이젠 한계를 보이고 있다. 여섯째, 자기 정치철학을 구현하기보다 상대를 비난해서 존재감을 드러낸다.

정상적인 조직이라면 지금은 백화제방 백가쟁명(百花齊放 百家爭鳴)식 열띤 토론이 있어야 한다. 하지만 보수정당들은 절간같이 조용하다. 오늘의 보수정당들이 자유민주주의를 표방하는 정당인지부터 열띤 토론이 있어야 한다. 더 이상 양두구육(羊頭狗肉)식 술책은 국민들에게 먹히지 않는다.

국가 수호를 위한 비전을 제시하라!

영화 〈인디아나 존스〉 한 장면이 기억난다. 아랍인 검객이 뭔가 보여 줄 것 같이 현란하게 검을 휘두르지만 인디아나 존스는 권총 한 방으로 그를 제압한다. 어찌 보면 슬픈 이 장면은 지금 남북한 군사적 비대칭 상황을 보여 주는 것 같다.

2017년 9월 3일 북한이 또 핵실험을 했다. 2006년 10월 9일, 2009년 5월 25일, 2013년 2월 12일, 2016년 1월 6일, 2016년 9월 9일, 2017년 9월 3일 풍계리 일대에서 6번째 핵실험을 했다.

북한 핵개발 역사는 1950년대로 올라간다. 김일성은 1956년 소련과 핵기술 교육에 관한 협정을 맺었고 이를 실천하기 위해 1965년 영변에 연구용 원자로 IRT-2000을 설치했다.

본격적인 북한 핵문제는 1990년대 초로 거슬러 올라간다. 소련과 동구권 공산체제가 무너지고 소련이 한국과 수교하니 북한은 불안해지고 남북한 기본합의서에 서명했고 한반도 비핵화에도 협조했다. 유엔에 남북한이 동시에 가입했다. 1992년 1월 21일 김일성은 김용순을 뉴욕에 보내 '북-미 수교만 해 주면 주한미군 철수 요구하지 않겠다'는 협상카드를 내민다.[140] 당시 김일성은 유엔 가입으로 남북한을 국제법적으로 인정받음과 동시에 미국과 수교로 정치, 군사적으로 안전을 약속받고 싶었다. 그 당시 미국 대통령 아버지 부시는 북한의 이 제안을 거절했다. 미국은 1992년부터 대북 핵 특별사찰을 요구했고. 이에 대응하여 북한은 1993년 NPT(핵확산금지조약)를 탈퇴한다. 부시 대통령 뒤를 이은 클린턴 대통령은 협상을 통해 북한 핵문제를 임기 내 조속히 해결하려 했다. 미국은 북-미 비밀접촉을 개시했다. 이런 과정에서 나온 것이 1994년 10월의 '북-미 간 제네바 기본합의'다. 그 내용은 '북한은 영변 원전 가동을 중지한다. 미국은 중지 3개월 내에 북-미 수교 협상을 개시한다. 북한에 영변 원전 발전량의 400배에 해당하는 전기를 제공한다.'

하지만 시간이 지나며 클린턴 행정부는 의회 권력을 잃게 되고 '3개월 내 북-미 수교 협상 개시'라는 북한과의 약속을 이행할 수 없게 된다. 1997년부터 북한에 제공할 전기를 생산할 KEDO(한반도에너지개발기구)의 경수로 공사가 시작됐다. 이 공사는 2002년까지는 진행됐다. 중요한 사실은 이 과정에서도 물밑에서 북한은 핵개발에 손을 놓은 것은 아니다. 아들 조지 W 부시 대통령은 북한이 농축 우라늄 핵폭탄을 개발한다는 새로운 의혹을 제기했다. 이에 대응해서 북한은 KEDO의 원전 공사를 급작스럽게 중단시켰다. 2005년 '북한은 모든 핵무기를 파기하고 NPT로 복귀하는 대신 한반도 평화협정과 북한에 대한 핵무기 공격을 하지 않는다는 약속을 한다'는 9·19 공동성명이 나온다.

---

140) 신동아, 2017. 8. 19

그러나 미국은 '방코 델타 아시아(BDA)' 은행의 북한 비자금을 동결하면서 대북 제재를 시작하고 그로부터 1년 후 북한은 핵실험을 했다. 이 시점이 북한 핵문제가 질적으로 변화된 시기다. 오바마 정부 힐러리 클린턴 국무장관은 2008년 2월 29일 북한 비핵화와 수교문제를 '패키지 딜'로 처리할 수 있다고 제안한다. 오바마 대통령은 2010년부터 북한 핵문제에 대해 거의 아무 일도 하지 않는 '전략적 인내'로 돌아서 버린다. '전략적 인내'는 북한이 뭘 하던 무시하겠다는 것이다. 제일 근거가 빈약했던 전략은 박근혜 정부의 소위 '통일 대박론'이다. 이 전략의 근저에는 북한이 붕괴한다는 믿음이 있었던 것 같다. 더 이상한 점은 박근혜 정부가 '통일 대박론'을 바탕으로 세부 전략을 추진하지 않았다는 것이다. 그동안에도 북한은 핵과 미사일 실험을 중단한 적이 없다.

북한 핵·미사일 개발 역사를 되돌아보면 북한은 핵개발을 포기한 적도 없고 앞으로도 그럴 것이다. 이에 대응하는 미국과 한국은 전략의 일관성이 없었고 방향마저 정권에 따라 갈팡질팡했다는 것은 부인할 수 없다. 하지만 모든 부정적인 결과는 한국이 떠안아야 한다. 그것이 우리가 가질 수밖에 없는 숙명이고 풀어야 할 과제다.

군사 전문가들은 북한이 계속되는 핵실험을 통해 미사일이 장착할 정도로 탄두 소형화가 성공한 것으로 판단한다. 또한 잠수함 발사 탄도미사일(SLBM) 시험 발사 성공은 김정은이 세계 어디서나 언제든지 핵무기를 사용할 수 있다는 것을 의미한다. 또한 전문가들은 북한이 1,000발에 달하는 다양한 탄도미사일을 보유하고 있다고 생각한다.[141] 최소 일본 히로시마에 투하했던 급의 핵폭탄 앞에 '성주'건 '서울'이건 대한민국 전

---

141) 경상매일신문, 2016. 4. 28

체는 김정은의 핵 버튼 아래 운명이 걸린 처량한 신세가 되었다. 매년 북한보다 최대 30~40배나 국방비를 더 많이 퍼부으면서 〈인디아나 존스〉 권총 앞에서 처참히 죽어 가는 아랍 검객 같은 답답한 신세가 된 것이다.

NPT^(핵확산금지조약)가 공인한 핵보유국은 미국, 영국, 러시아, 중국, 프랑스지만 인도, 파키스탄은 사실상 핵보유국이고 이스라엘은 보유 선언은 하지 않지만 확실히 핵보유를 하고 있는 것으로 알려져 있다. 2차 대전 전범국, 일본은 언제든지 핵보유국이 될 수 있다. 세계에서 유일하게 핵 재처리를 통한 플루토늄 생산이 허용된 일본은 핵무기 약 6천 발을 만들 수 있는 플루토늄 약 48Kt을 보유하고 있다. 이러한 NPT의 상황을 본다면 핵확산 조약의 적용과 핵보유국 결정은 일정한 기준도 없고 이스라엘의 예를 본다면 결국 미국 마음대로라고 볼 수 있다. 대륙간탄도미사일(ICBM)과 잠수함에서 발사하는 SLBM은 북한이 남한을 공격할 때 미군의 개입을 막는 수단이다. 이 두 개의 무기로 미국의 핵우산과 핵억제 전략은 직동하기 힘들게 됐다.

프랑스 드골 대통령은 1950년대 소련의 핵위협에 대응하기 위해 독자적 핵무장을 추진했다. 이를 반대한 미국에 대해 드골은 "파리를 구하기 위해 뉴욕이 핵공격을 받을 수 있는 위험을 미국이 감수할 것인가."라고 반박했다. 이런 강력한 주장과 프랑스 국민들의 지지로 미국은 더 이상 프랑스를 말리지 못했다. 나아가 북대서양조약기구 나토의 핵무기 사용에 대한 공동 권한도 갖게 됐다.

핵무기 앞에 여·야가 보수·진보가 있을 수 없다. 누가 상황을 이 지경까지 만들었는지 따질 여유도 지금은 없다. 대한민국은 먼저 '한반도 비핵화 선언'이 이미 의미가 없게 됐음을 세계에 알리고 NPT에서 탈퇴하며 핵무장을 시작해야 한다.

힘의 균형을 바탕으로 한 평화통일을 위해서 우리의 핵무장은 필수적이다. 실제로 NPT 10조 1항에는 '각 당사국은… 비상사태가 자국의 지상이익을 위태롭게 하고 있음을 결정하는 경우에는 본 조약으로부터 탈퇴할 수 있는 권리를 가진다.'고 되어 있다. 철없는 김성은이 핵폭탄을 쥐고 흔드는 지금이 바로 한반도 전체, 아니 세계의 비상사태다. 물론 NPT 탈퇴로 경제제재를 당할 경우 수출 중심의 경제구조를 가진 우리에게 어려움도 예상되고 핵무기 원료가 되는 플루토늄, 우라늄 확보도 쉽지 않다. 따라서 핵무장 주장은 민간에서부터 여론조성과 청원운동이 일어나야 한다. 헌법 72조에 의거 대통령이 핵무장에 대한 정책을 국민투표에 붙일 수 있도록 국민투표 청원운동이 시작돼야 한다. 그래야 강대국들의 제재를 이겨 낼 명분도 줄 수 있다. 최소한 북한으로부터 무시당하지 않게 된다.

김정은이 8월 29일 중장거리탄도미사일(IRBM)을 발사했다. 2012년 김정은 집권 후 2012년 2발, 2014년 13발, 2015년 2발, 2016년 24발, 2017년에 8월까지 18발을 쐈댔다. 한국은 이 도발에 무기력하다. 한국은 북의 미사일 발사에 일상화됐다. 늘 똑같은 패턴, TV 화면에 나온다. 김정은이 미사일 발사하거나 핵실험 하면 청와대는 국가안전보장회의(NSC)를 소집한다. 여야 규탄성명을 낸다. 대통령은 미국 대통령이나 일본 수상과 전화한다. 청와대는 더 이상 인내할 수 없다 발표한다. 하지만 대화의 문은 항상 열려 있다고 암시한다. 그리고 한 사이클 끝난다. 또 미사일 발사하고 핵실험을 한다. 이런 악마의 순환(Cycle of the Devil)을 언제까지 지켜봐야 하는가?

역사 퇴행 세력 김정은과 북한 노동당이 노리는 것은 단 한 가지, 한반도를 손에 넣는 것이다. 공산주의로 적화가 아니다. 북(北)은 이미 공산주의 국가가 아닌 완벽히 김씨 왕조 조선으로 퇴행한 집단이기 때문에 공화국인 대한민국과 격이 다르다. 그들은 왕조로 한반도를 퇴행 통일하려는 것이다. 핵위협을 통해 미국의 군사 정치적 영향을 차단하고 일차적으로 남북한 관계를 중국-홍콩, 중국-마카오 같은 군사, 외교, 정치권력은 北이 갖고 南은 조공경제(朝貢經濟)로 북을 모시는 소위 '느슨한 연방제'를 실시하다가 이후 南을 정치, 경제, 사회, 문화 모든 분야에서 완전히 장악하려는 것이다. 중국이 홍콩 행정원장을 사실상 임명하듯이 북한이 남한의 정치, 외교, 행정, 언론까지 좌지우지하겠다는 속셈이고 그들 생각에는 어느 정도 여건은 조성되어 있다고 볼 수 있다.

결국 남북(南北) 체제 경쟁도 끝났다. 김정은의 북한의 승리로 가고 있다. GDP 경제규모가 아무리 압도적으로 커도 한순간에 잿더미가 된다는 불안감에 군사, 정치적으로 남한은 김정은에 눈치 보며 끌려갈 수밖에 없는 무기력한 상황, 이 상황을 리드할 수 있는 '절대반지' 핵미사일을 김정은 호주머니에 있다. 이것은 엉성한 한국 정치체제의 패배다. 국방, 안보, 외교, 국민 정신력의 패배다. 이 사실부터 뼈저리게 느껴야 한다. 차가운 눈보라를 시발점으로 삼아야 한다.

자유민주주의의 철학은 의미 없는 전쟁을 반대하지만 공동체가 안전의 위협을 당할 때 적극적으로 이를 해결하려 노력하고 자발적으로 무기를 드는 시민군(市民軍)의 전통이 있다. '억지 춘향격' 평화 분위기를 만들고 동맹에 의지해 스스로 약자가 되는 진보좌파보다 현실적인 행동강령을 만들 수 있다. 지금까지 소위 보수 진영은 안보 팔아서 권력을 유지했다고 해도 과언이 아니다. 이들의 특징은 군사정보를 독점하고 시민들을 토론과 참여의 장에 들어오는 것을 막았다. 국민들을 시민이 아닌 피통치자로 생각한 것이다. 따라서 보수가 먼저 해야 할 일은 이념전쟁에서 우위를 점령해야 한다. 김징은 핵미사일 공포에서 시민들이 스스로 대항하는 운동을 시작해야 한다. 두 번째 한반도 공포의 치킨게임에서 군사적 균형을 최소한 잡기 위해 '핵 독자개발'을 국민투표로 붙일 청원운동을 전개해야 한다. 대한민국 충성서약 운동도 동시에 벌여야 한다. 지금 한국이란 자동차의 운전석에는 80~90년대 '반전(反戰) 반핵(反核) 양키 고홈'을 외친 운동권 출신들이 앉아 있다. 어디로 차를 몰고 갈지 불안하고 암담하다. 보수 진영은 '문재인 실수 언제 하나'만 기다리지 말고 적극적이고 자발적인 국체 수호와 애국운동에 나서야 한다.

혁신성장의 전략을 수립하라

　지금 한국을 먹여 살리는 분야는 반도체, 스마트폰, 디스플레이, 가전, 자동차, 조선, 석유화학, 건설 등이다. 전부 박정희 대통령 시대 1970년대 계획경제로 잡아 놓은 틀이다. 지금 집권한 문재인 정권의 주요 세력이 큰 밥솥을 만드는데 공헌한 적은 있는지는 기억하기 어렵다. 연(年) 국민소득 100달러 이하 농업국기에서 세계 11위 경제대국으로 압축 성장한 결과는 '소득주도 성장' 같은 신기루를 쫓는 강단의 교수들이나 반대·저항이 일상화된 좌파 정치가 이룩한 것은 아니다.

　반도체의 예를 들면 전적으로 삼성 이병철 선대회장 작품이다. 1970년 대 말 대한민국 공무원, 언론, 정치인 대부분 법학 같은 문과 출신이라 기술 자체를 몰랐으니 다행이다. 만일 그들이 조금이라도 반도체라는 것을 알았다면 벌 떼같이 들고일어나 '한국의 분수와 현실을 모른다고' 반대했을 것이다. 조금 지나면 환경오염을 문제삼아 공장 설립을 반대했을 것이다. '사람 사는 세상'을 위해 소득 양극화를 해결하기 위해 지나치게 위험한 반도체 투자는 포기하자고 하지나 않았을까?

  사물인터넷과 스마트 컴퓨팅 시대에 반도체의 사용량은 상상할 수 없을 정도로 늘어날 것이다. 2016년 기준으로 수출액이 42.4%나 증가했다.[142] 반도체 착시현상이란 말이 생길 정도로 반도체는 한국 수출을 이끌고 있다. 이병철 회장을 숭배하자는 것이 아니다. 슘페터가 주장한 '기업가 정신', 위험을 무릅쓰고 새로운 시대와 가치를 상상하는 그 정신이 한국인의 뇌수에 박혀 있는 완고한 유교적 사회주의, 주자 성리학의 고정관념, 그 레드라인을 넘어선 것이다. 지금은 한국인들만큼 자신이 이룩한 기적에 침을 뱉는 민족도 없다. 식민지를 경험한 지식인들의 타고난 숙명인가. '자기 땅에서 유배당했던' 식민지 백성들의 팔자인가?

  한국이 지금 닥친 문제는 한국 경제란 밥솥이 시간 가면서 깨지고 금가고 있다는 것이고 문재인 정부 집권층은 이 문제를 심각하게 생각하지 않는 것이다. 성장은 생명의 기본이고 살아 있는 증거다. 생산설비 어느 부분은 늘 노화되고 감가(減價)가 일어나기 때문에 최소 현상을 유지하기 위해서도 성장은 필요하다. 하지만 지금 집권층은 이 성장에 무감각하다. 그냥 소득 좀 줄더라도 드라마 〈응답하라 1988〉식으로 서로 부둥켜안고 체온으로 따뜻하게 사는, 주자 성리학적 휴머니즘이 더 중요하다 생각한다.

  보수 재건의 첫 번째 어젠다는 정치도 이념도 아니다. 우선 경제혁신이다. 박정희 전 대통령은 의회 정치와 민주주의로 기억되고 있지 않다. 경제

---

142) KBS, 2017. 6. 21

로 기억된다. 국가 경제 혁신으로 기억된다. 지금까지 '보수팔이' 정치인들은 박정희 대통령이 만든 큰 밥솥에서 밥만 떠먹을 줄 알았지 밥솥 크게 만들어 보거나 첨단 인공지능 밥솥으로 바꾸어 보거나 하는 발상의 전환이 없었다.

보수가 먼저 해야 할 일은 경제 재건을 위한 토론의 장을 온·오프라인 통해 마련해야 한다. 70년 이상 유지해 온 지겨운 국가주도 준(準) 사회주의 틀에서 시장경제 체제로 어떻게 전환할 것인지 진지하게 토론해야 한다. 대중의 관심을 집중시키기 위해 갑중의 갑 지갑(支甲)인 공무원, 정치인들의 구조적이고 일상적인 갑질 고발부터 시작해야 한다. 이 과정에서 팟캐스트와 같은 뉴미디어도 한몫할 것이다.

2017년 7월 11일 마음 답답해지는 뉴스를 접하게 됐다. 국내 '자율주행차'가 시험단계에 들어가자 정부와 국회는 기다렸다는 듯 규제를 만들어 내기 시작했다. 국토교통부는 운행 데이터 기록·공유를 법으로 강제하고 국토부 장관이 임의로 '자율주행자동차'에 대한 시정조치 및 시험운행 일시정지를 명령할 수 있는 법률 개정안을 준비했다.[143] 국회 국토교통위원회 소속 더불어민주당 모 의원은 '자율주행자동차' 임시운행 및 교통사고 정보를 국토부 장관에게 의무적으로 보고하도록 하는 '자동차관리법 개정안'을 대표 발의했다.[144] 이 규정을 어길 경우 1,000만 원 이하 과태료를 부과 방안도 포함됐다. 같은 당 다른 의원 역시 국토교통부장관이 필요한 경우, '자율주행자동차' 관리업무에 대한 보고·검사권을 행사할 수 있는 법안을 발의했다.

물론 '사람이 먼저'이고 단 한 번 '자율주행자동차' 사고로부터도 인

143) 디지털타임즈, 2017. 7. 19
144) 파이낸셜뉴스, 2017. 7. 11

명 보호가 필요하기 때문이라 할 수도 있다. 하지만 쉽게 할 수 있는 규제보다 지원과 진흥 정책은 왜 생각하지 않는가?

2017년 5월 말 일본 아베(安倍晋三) 정부는 4차 산업혁명 시대에 경쟁력을 높이기 위해 기업이 제기한 요구를 받아들여 기술개발 관련 규제를 일시 동결하는 방안을 시행하기로 했다.[145] 아베 정부는 '건강의료', '이동혁신' 등 다섯 가지 전략 분야에서 성장전략을 발표했다. 첨단기술에 의한 새로운 서비스를 개발하는 기업에는 규제를 일시 동결하고 신속한 시험을 가능하게 하는 제도도 도입하기로 했다. 전국 10곳 이상 도로에 무인 주행 버스의 자동 운전 실험이 가능하게 하고 IT 기반 원격진료도 연말까지 완료하기로 했다. 일본에서 '자율주행자동차'는 규제혁신의 '샌드박스' 제도를 통해 개발을 가속화하고 2022년까지 상업화할 예정이다.

한국에서 갖가지 규제에 시달리는 '드론'도 일본에서 2018년에 산간에 짐을 배송하고 2020년에는 도시 배송을 본격화할 만큼 기술개발을 추진한다. 일본 정부의 혁신과 한국의 규제를 비교하면 우리 정치인, 공무원의 안목과 지력(知力)을 엿볼 수 있다. '자율주행자동차'는 4차 산업혁명의 주요 아이템이고 규제 이전에 지원·진흥도 모자란 판이다.

한국을 먹여 살리는 산업 즉 반도체, 가전, 자동차, 조선, 철강, 유화에서 조선 분야는 이미 치명타를 받아 회생이 쉽지 않고 가전, 철강은 미국 대통령 트럼프가 자유무역협정(FTA) 재협상에서 타깃(Target)으로 삼고 있다. 자동차는 문재인 대통령 임기 5년간 가장 다이내믹한 변화를 겪을 것으로 예상된다. 2000년대 초 세계적 필름 기업 '아그파'와 '코닥'이 디지

---

145) 日本經濟新聞, 2017. 5. 31

털 카메라 등장이란 기술혁신 과정에서 순식간에 사라졌다. 이 같은 변화가 쓰나미같이 몰려들 분야가 '자동차'다. 수소차, 전기차, 자율주행차, 스마트 전장 등 혁신 분야에서 현대·기아차는 일본, 심지어 중국에도 밀리고 있다. 신기술의 등장과 함께 분규는 세계적 수준이나 생산성은 바닥인 우리 노동계 현실을 볼 때 한국 완성차 산업은 과연 살아남을 수 있을까? 의구심이 든다. 해외에 매각된 후 어두운 터널로부터 탈출하는 데 10년 이상의 시간이 걸린 '쌍용차'의 사례가 떠오른다. 쌍용차 사태로 25명이 자살과 질병으로 세상을 떠났다.

기업을 경시하는 문재인 정부 중심 세력의 성향이 잘 나타나는 것이 '수소자동차'다. '수소차'는 당연히 수소 충전소가 필요하다. 문재인 정부는 수소차 지원을 '재벌 특혜'로 바라보는 것 같다. 차량은 현대차, 에너지 인프라에는 SK가스와 효성 등 대기업들이 참여하고 있기 때문일 것이다. 국토부가 2025년까지 전국 도로망에 수소충전소 200개를 구축하려던 '수소복합충전소(복합휴게소)' 사업은 결국 2017년 말 결국 무산됐다.[146]

산업과 상업을 천시한 조선 500년의 극심한 문치주의가 문민을 표방한 민주정부로 들어오면서 또다시 고개를 처들고 있다. 교사, 법조인, 공무원 등 젊은이들이 선호하는 직업군을 보면 500년 기술천시 유전자(DNA)가 부활하는 것 아닌지 우려가 든다. 구한말 한반도를 침탈한 일본군은 1분에 5~6발을 사격할 수 있는 소총으로, 조선 의병은 1분에 한 발 쏘기 어려운 화승총으로 싸웠다. 전투 결과는 의로운 명분과 고매한 인문철학에도 불구하고 학살에 가까운 의병의 참패였다. 시대를 결정하는

146) 중앙일보, 2018. 1. 12

것은 철학도 명분도 아닌 기술 격차다. 이미 생산현장은 '4차 산업혁명'으로 절박하다. 문재인 정부는 산업계의 '자율주행'을 도와주지 않으려면 못 본 척이라도 하면 좋겠다.

진실한 소통을 시작하라

2017년 9월 정기국회를 앞두고 '자유한국당'과 '더불어민주당'이 각각 의원 연찬회를 했다. 그 내용은 관심 없지만 TV에 비치는 양당 이미지가 사뭇 다르다. 민주당 의원들은 전원 푸른색 티셔츠를 입어 산뜻한 느낌을 주는 반면 자유한국당은 여전히 칙칙하다. '노인정당', '아재정당'의 느낌이 영상을 통해 느껴진다. 활자의 시대, 음향 시대를 넘어 영상의 시대다. 소통을 무시하지 않고 저렇게 하기는 어렵다.

2017년 8월 4주차 민주당 52.9% 자유한국당 14.8% 바른정당 6.8%의 지지율을 보이고 있다. 문재인 대통령은 '살충제 계란파동'을 거치면서도 74.4% 지지율을 보이고 있다. 이명박, 박근혜 정권 10년 거치며 팟캐스트 뉴미디어가 만들어 낸 스타들이 지지율 상승의 공신들이다. KBS, MBC 지상파 올드 미디어가 경영층 교체를 통해 정권 입맛대로 움직였다면 뉴미디어를 통해 진보좌파는 꾸준히 영향력을 키워 왔다. 사실은 정봉주 전의원 등 소수를 제외하곤 교도소에 갔다 오는 것 몸을 던지는 투쟁 경력과는 거리가 먼 사람들이다.

보수정당의 유튜브 영상 같은 뉴미디어 콘텐츠를 보면서 그 특징을 필자는 'No DIY'라고 말하고 싶다.

첫째 설명(Description)이 없다. 소위 보수정당 콘텐츠 특징 중 하나는 주장한 바에 대한 배경 설명의 친절함이 없다. 보수는 문재인 대통령과 진보좌파를 비난하지만 왜 그 정도로 비난받아야 하는지 디테일을 설명하지 않는다. 1편 보고 2편을 시간 순서대로 보는 옛날 콘텐츠와 달리 뉴미디어는 언제든 접속 가능하고 되감기, 빨리 보기, 어떤 시섬에서도 보기가 편하기 때문에 어디부터 볼지 모른다. 따라서 쉽게 설명이 가능하도록 제작되어야 한다. 또 대부분 내용이 너무 길다. 영상시대에 시청자가 15분 이상 인내하고 보는 콘텐츠는 없다. 대부분 보수 콘텐츠는 노인네 같이 한말 하고 또 반복한다. 대부분 반복 메시지 걷어내면 20분 이내로 줄일 수 있다.

둘째 재미(Interesting)가 없다. 보수 콘텐츠들에 나오는 앵커, 게스트들 늘 긴장하고 있고 눈에 핏발이 서 있다. 몇몇은 시청자의 댓글이 맘에 들지 않으면 고소까지 한다니 무서워서 바로 돌리게 된다. 뉴미디어는 하루에 1,500개의 멀티채널이 돌아가는 세상이다. 꼭 태극기 들고 쌍욕, 막말하는 방송을 볼 이유도 없다. 일상의 대화도 자료영상도 없다. 앵커는 50대 이상이다. 계속 지켜 볼 인내심을 가질 이유는 없다.

셋째 젊음(Young)이 없다. 대부분 진행자들은 중년과 노인들이다. 약간 젊다 해도 말하는 내용이 올드(Old)하다. 뉴미디어나 모바일 콘텐츠를 통해 커피숍에 앉아서 나누는 소소한 대화를 원하는 20·30에게 '무릎 꿇고 앉아서 나의 가르침을 받으란' 식(式)의 일방적인 내용은 먹히지 않는다. 그나저나 저렇게 늙은 분들이 진행하던 방송은 10년 후엔 누가 진행하나?

사퇴 압박에도 불구하고 탁현민 청와대 선임 의전행정관이 기획했다는 '문재인 정부 100일 국민보고대회' 행사는 공중파 3사와 보도채널 2사 등 5개사가 동원돼 생중계됐다. 문 대통령은 2011년 자서전 『운명』의 북 콘서트 이후 탁 행정관과 인연을 이어 왔다.[147] 탁 행정관 저서의 비뚤어진 성(性)의식 논란으로 야당 및 여성계의 사퇴 요구가 빗발쳤다. 탁 행정관은 "주어진 역할을 제대로 수행하지 못할 때가 물러날 때"라면서도 "조만간 청와대 생활을 정리할 것"이라고 밝혔다. 정현백 여성부 장관이 "(탁 행정관) 사퇴 의견을 전달했으나 결과에 무력했다."고 토로했다. 임종석 대통령 비서실장은 "정 장관은 잘 전달해 줬고, 우린(대통령의 인사권을 존중해) 종합적으로 판단했다."고 말했다.

결국 장관 위에 행정관 있단 말이다. 문득 우병우 전 민정수석이 생각난다. '제2 우병우'란 비난이 쏟아져도 여성계 압력이 있어도 문재인 대통령은 탁현민만큼 놓지 않을 것 같다. 그러면 그에게 힘이 실린다. 가까운 전임 정권을 봐도 그 힘은 건전하게 쓰이지 않는다. 문 대통령이 위험성을 일면서 그를 쓰는 이유는 새로운 소통방식, 뉴미디어 커뮤니케이션이 대중에게 먹힌다는 걸 알기 때문이다. 이 방법이 이렇게 중요하다면 '문재인 실수 언제 하나'만 기다리지 말고 보수도 한번 그게 뭔지 공부할 필요가 있다. 지지율 20% 벽을 뚫고 싶다면 소통방식부터 바꿔야 한다. 빨간 넥타이만 맨다고 되진 않는다.

뉴미디어는 그 나름의 특성이 있다. 대표적인 것이 분산 제작이다. 방송물을 만드는 일은 옛날보다 굉장히 쉬워졌기 때문에 꼭 한 장소(스튜디오)에 모여 방송을 진행할 필요가 없다. 스마트폰 하나면 어느 곳이건 어느 때건 방송을 할 수 있다. 더 나아가 전 세계와 통신할 수 있다. 광대역 인

---

147) 한국일보, 2017. 8. 25

터넷이 이것을 가능하게 한다. 이 기능을 통해 다양한 국민들의 의견, 바닥민심을 여과 없이 방송에 담을 수도 있다. 페이스북, 트위터, 카카오톡을 동시에 연계하는 소위 입소문 바이럴 루프(Viral Loop)를 통해 같은 메시지도 영향력과 확장력을 높일 수 있다. 같은 메시지를 영상으로 소셜 네트워크 서비스로 동시에 전달할 수 있다. 그 영향력과 강력함은 훨씬 더 커지게 된다. 보수정당에서 만드는 콘텐츠의 메시지에 문제가 많다.

한국 보수의 문제점은 자기 생각은 없고 남만 비판한다는 건데, 철학 없는 반공(反共)주의가 대표적이다. 지금 보수 콘텐츠가 쏟아내는 대부분의 메시지가 그렇다. 반문(反文) 일색이다. 문재인 대통령이 하는 일에 대해 조목조목 비판하는 일이다. 그렇게 반대한다면 과연 자유보수정당이 지향하는 대안은 무엇인가? 안보와 경제에 대안이 있는가? 바둑의 격언에 '손 따라 두면 진다'는 말이 있다. 철학 없이 그때그때 이슈에 반대만 한다면 자연스럽게 또 다른 패배만 낳게 될 것이다.

보수정당 같은 경우 이미 확보한 시청자 층이 존재한다. 다른 방송들 같이 구독률, 시청률에 목 매달 이유가 없다는 뜻이다. 다만 지지자들과 지도부의 현실 인식이 문제가 있는 것이다. 뉴미디어에 대한 배려와 전략이 없다는 것은 소통없이 정당을 운영하겠다는 것과 다르지 않다. 이를 위해 다양한 포맷의 방송물이 제작되어야 하고, 정치·시사 이외에 생활밀착형 코너도 새로 만들어야 한다. 보수에 등을 돌린 청년층의 여론을 돌릴 수 있는 전략이 필요하다. 궁극적으로 한국 보수정당의 여건에는 어렵겠지만 온-오프(On-Off)라인 융합정당을 지향해야 한다. 유럽을 비롯한 정치 선진국들은 온라인을 통한 여론 조성이 시대적 대세임을 알기에 정당 구조를 오프라인에서 온-오프라인 융합형 체제로 바꾸고 있다. 이것이 오프라인 조직 위주의 정당구조 특히 보수정당 구조에서 쉬운 일 아니다. 특히 일사불란한 의사결정 시스템, 상명하복의 체제를 지향해 온 '자유한국당' 조직문화에서 쉬운 일은 아닐 것이다. 또한 보수정당은 새로운 매체와 소통방식은 '좌파의 소굴'이라는 편견을 가지고 있다. 20·30세대가 보수정당을 외면하는 이유 중에 가장 큰 것이다.

커뮤니케이션 방법과 여론 조성 과정에 혁신은 이미 일어나고 있다. 금융권에서는 영업장 없이 인터넷으로 운영되는 은행들이 속속 나타나고 기존 금융권이 오히려 이런 영업방식을 따라하는 현상이 일반화되고 있다. 정치 커뮤니케이션도 이런 방식으로 흘러갈 것이다. '아재들의 정당', '영남패권 정당'의 이미지를 벗어나기 위해 새로운 소통방식을 찾아야 한다.

한국은 인터넷, 정보통신기술(ICT)의 강국이다. 지하철, 버스를 타 보면 누구나 스마트폰을 들여다보고 있다. 연령대를 보면 올드 미디어 종이신문, 텔레비전을 보고 정보 얻는 비율은 연령대가 젊을수록 급하게 낮아진다. 살면서 꼭 보고 싶은 매체 선호도가 10대는 TV 14.7%, 뉴미디어 70%, 60대는 TV 92.8%, 뉴미디어 3.9%이다. 상대적으로 보수적 정치권,

새로운 것을 싫어하는 '아재' 이미지 보수정당에서 이러한 변화에 대응은 매우 답답하다. 눈이 돌아갈 정도 IT 기술 변화 앞에 20년 전 조중동(朝鮮·中央·東亞) 영향력만 고정관념으로 가지고 있는

지하철을 타면 대부분 스마트폰만 바라보는 한국인들. 스마트 미디어를 무시하는 어떤 정당도 미래에는 살아남기 어렵다. ⓒ헤럴드경제

보수 정치는 적어도 청년층 지지는 받기 어렵다.

2016년 겨울 탄핵정국, 2017년 5월 대통령선거 여론몰이는 역시 일인방송, 팟캐스트였다. 2011년 '나는 꼼수다' 팟캐스트 방송에 MB의 BBK사건을 파헤쳤던 정봉주 전 의원, 김어준 딴지일보 총수, 주진우 '시사인' 기자, 김용민 시사평론가가 가담했고, 정봉주 전 의원은 결국 허위사실 유포로 수감되게 된다. 그로부터 5년이 흐른 뒤 다시 이들은 합체를 풀고 정봉주의 '전국구', SBS라디오 '품격시대', '정치쑈', 김어준 TBS '뉴스공장', 김용민 '김용민의 브리핑'으로 분산해서 방송한다. 이들이 매일 쏟아내는 뉴스, 논평, 대담의 영향력은 특히 30대 전후 세대에 막강하다. 한국 청년층에게 마치 피하주사(皮下注射)같이 즉각적인 효과를 일으킨다.

보수정당들은 뉴미디어에 대한 대응(Catch Up)이 늦고 신(新)기술 활용에 무관심하다. 팟캐스트 등 뉴미디어에 출연하는 국회의원도 거의 없고, 소셜 네트워크 서비스(SNS) 활동도 여당에 비해 저조하여 소통을 거부하는 '아재' 이미지를 벗어나고 있지 못한다. 중장기 메시지 전략도 약하다. 어떤 메시지는 전술적으로 짧은 시간 안에 어떤 것은 지속적으로 길게 가치를 공유해야 하는데 모든 메시지들이 급하게 전달된다. 시청자를 분할(Segmentation)하고 타게팅(Targeting)하고 포지셔닝(Positioning)하는 전략도 부족하다. 즉 대학생과 노인층에게 같은 메시지를 전달한다. 결국 노인층만 남고 청년층은 떠난다.

5부

생각의 매듭

생각의 매듭

박근혜 전 대통령 탄핵 사건이 본격적으로 시작된 2016년 10월 24일, JTBC 태블릿 PC 보도가 있은 지 벌써 1년이 훌쩍 넘었다. 이 책을 쓰기 시작한 때가 2017년 6월말 초하(初夏)였으니 계절도 두 번 변했다.

18대 대선 기간 중 "박근혜가 이기면 보수가 망하고 문재인이 이기면 니라가 망한다."는 말이 있었다.[148] 그 예언대로 박근혜 전 대통령은 지지 배경인 대한민국 보수를 철저히 망가뜨리고 자리를 떠났다. 이제 그다음 예언이 걱정된다.

세상을 어느 정도 아는 사람들은 문재인 대통령에게 거부감이 없다. 그는 점잖고 상대를 존중하는 사람이다. 운동권 출신들이 갖는 그로테스크한 우월감, 배려심(配慮心) 없는 소위 '싸가지 없는 태도'는 없다. 혹독한 군사독재도 겪어 보지 않은 80년대 말 이후(대학) 학번 출신들이나 전두환 독재 시절 학생운동과 담쌓고 지내다 출세를 위해 '진보 코스프레' 하는 인사들이 보이는 '속보이는 래디컬'도 찾아볼 수 없다.

---

148) 정규재, '홍준표가 朴 버리면 나는 洪을 버릴 테다,' 정규재TV 칼럼, 2017. 8. 21

하지만 10년 전보다 문재인 대통령을 둘러싼 핵심 그룹은 더 영리해졌다. 듣기도 지겨운 NL, PD 히어로들도 이제 나이 50줄로 접어들었다. '갑종 근로소득세' 내는 소시민 생활보다 정치권 언저리를 보좌관, 비서, 언론인으로 돌아다닌 그들도 세월 가다 보니 제법 선거 전문가도 되었다. 뉴미디어, 소셜 네트워크 서비스로 20·30 후배들 마음도 다잡을 줄 안다.

그들은 노무현 집권 때 지지 세력을 소외시킨 전략적 오류를 반성하며 웬만한 과오에는 미안하다 말도 없다. 적(敵)을 적폐로 규정하고 죽음에 까지 몰아넣고(정치호 변호사[149], 변창훈 검사[150]) 자기 세력은 누구라도 철저히 지키는(홍종학 장관) 모습을 보면 그들의 전략·전술은 10년 전보다 더 비양심적이고 지저분하게 된 것 같다.

정치호 변호사, 변창훈 검사를 죽음으로 몰아간 문재인 정부의 적폐청산은 정윤회 문건 사건에서 최경락 경위를 자살로 몰고 간 박근혜 정권과 구조가 비슷하다. 달라진 것 없다. 권력자만 바뀌었을 뿐이다. 사진은 변창훈 검사 빈소를 찾은 문무일 검찰총장 ⓒ국민일보

김정은의 바보 같은 핵미사일 시위가 아니라면 좌파 이너서클은 쌍중단(雙中斷, 한미 군사훈련과 북한 핵실험을 동시에 중단)·쌍궤병행(雙軌竝行, 비핵화 프로세스와 평화협정 체결), 전면적 평화운동, SOFA(한미 행정협정) 개정과 반미운동, 군축운동, 사드 철수, 좌익정당 재창당, 국가보안법 개정·폐지, 조미(朝美)평화협정, 미군 철수를 앞으로 남은 5년 동안 차근차근, 뚜벅뚜벅 열어갈 가능성도 있다. 그런 면에서 차라리 지금의 한반도 긴장상황을 조성하는

149) 연합뉴스, 2017. 12. 28
150) 중앙일보, 2017. 11. 16

김정은이 고마울 때도 있다.

2018년 지방선거를 시작으로 하는 선거 일정은 단순한 선거가 아닌 대한민국이 '자유민주주의' 국가로 계속 남아 있는가 아니면 '21세기 사회주의' 블랙홀로 빠질 것인지 '이념전쟁'이 될 가능성 크다. 집권 세력의 체계적 전략에 비해 보수 '자유한국당', '바른정당(2018년 2월 13일 국민의 당과 합당하여 바른미래당 출범)'의 모습은 안이하고 나이브하다. 엉성하다. 당분간 어떤 선거에서도 승리할 가능성 없으면서 내부 갈등으로 날을 세우고 있다. 자기들이 뽑은 대통령이 탄핵되었는데 누구도 진정성 있는 참회를 하는 것을 듣지도 보지도 못했다.

공산화된 유라시아 끝자락 한반도에서 끝까지 지켜온 '자유민주주의'의 불씨를 보존하기 위해서 다음의 이슈들로 생각을 마무리해 본다.

첫째, '보수', '진보' 개념의 재정립이 필요하다.

우리는 특정한 사람이나 정당에게 별 고민 없이 보수니, 진보니 하는 말을 쉽게 한다. 특히 한국의 역사 현실을 고려하지 않고 수입된 개념들은 용어에서도 혼란을 일으킨다. 교과서의 정의는 보수(保守)는 '기존 가치를 지키고 점진적인 변화를 추구한다'고 한다. 진보는 변화 추구 속도가 좀 더 빠른 것이라 한다. 해방 이후 '한민당', '자유당', '민주공화당', '민주정의당', '민주자유당', '신한국당', '한나라당', '새누리당', '자유한국당'으로 이어지는 정당 계보를 흔히 우리는 보수 정치라고 한다.

하나 짚고 넘어가야 할 점은 그 변화가 어떤 쪽을 지향(指向)하는지 방향성이 중요하다는 것이다. 지금까지 '진보'라 불리던 정치 결사체가 추구하는 방향은 상식적으로 '자본보다 노동권(力)의 중시', '복지 특히 무상복지 확대', '반전 반핵', '빈부격차 해소', '과도한 경제 집중화 방지',

'인종차별, 남녀차별 각종 차별에 대한 평등권 신장'이었다.

한번 진보가 영원한 진보는 아니다. 어느 집단에 보수, 진보의 라벨을 붙이는 가치는 만고불변, 고정된 개념과 성향이 아니고 상대적이다. 한 정치집단이 진보라고 한때 불렸어도 추구하는 방향을 우일신(又日新)하지 못한다면 다시 보수도 될 수 있는 것이다.

이미 실패한 철 지난 사회주의 실험을 30년 지난 지금 다시 한다면 브라질과 베네수엘라에서 실패한 '21세기 사회주의'를 지금 한다면 과연 진보라 할 수 있을까? 왕조로 회귀한 북조선을 동경한다면 이 시대의 진정한 진보라 할 수 있을까? 그렇다면 지금 문재인 정부를 진보라 할 수 있을까? 1965년 5대 대통령 선거에서 윤보선, 박정희 후보 중 누가 진보이고 누가 보수인가? 1차 농업사회를 2차 제조업 중화학 공업 국가로 혁명적으로 변화시킨 것이 오히려 진보가 아닐까?

2018년 우리는 또 다른 세계사적 전환기를 맞고 있다. 4차 산업혁명의 시대, 이 역사적 쓰나미는 국가권력의 헤게모니를 '좌'니 '우'니 나누고 (2차산업) 생산수단의 지배권을 확보하는 구태의연한 패러다임에서 규제혁신, 생명자본을 바탕으로 신산업, 신인류를 지향하는 사고혁명을 요구한다.

남이 짜놓은 프레임에서 스스로를 보수라 부르면서 '보수니까 혁신에 나태한' '자유한국당', '바른정당'의 모습이 답답하다. 보수니까 멀어져 간 청년층 지지를 아쉬워하지 않는 안이함에도 더 이상 놀라지 않는다.

둘째, 이 시점에서 박정희를 다시 보아야 한다.

2017년은 박정희 전 대통령이 탄생 100년 되는 해다.

박정희 전 대통령에 대한 평가는 세대, 지역, 정치 세력마다 편차가 크다. 여기서 그 주장들을 나열하거나 박정희 전 대통령을 미화 혹은 혹평하자는 것 아니다. 소위 보수 진영은 박정희 딸이 박정희 전 대통령의 정신과 정치를 상속할 것으로 생각했다. 불행히도 그 생각은 착각이었던 것 같다. 이제 사람 중심이 아닌 정신과 이념을 생각할 때다.

박정희 전 대통령은 1917년 일제 식민지 치하에서 태어났다. 일본 제국주의의 입장에서 본다면 그야말로 '저팬 키드(Japan Kid)'였다. 그의 청년기 키워드는 '시대에 대한 반항'이었다. 비판하는 측에서는 그가 혈서를 쓰고 봉천군관학교(奉天軍官學校, 만주군 사관학교)에 입학하려 해서 그를 골수 친일파라고 본다. 필자는 그렇게 단순하게 보고 싶지 않다. 당시 일본은 산업화가 완성돼서 항공모함과 초정밀 엔진을 장착한 폭격기까지 만들 수준이었다. 하지만 반도는 피폐된 농촌

과 황폐한 산업시설로 매해 보릿고개를 걱정하는 극빈에서 벗어나질 못했다. 미화하고 싶지 않지만 당시 그와 관련된 문건을 읽다 보면 1940년대 박정희, 다카기 마사오(高木正雄)는 출세 욕구 이전에 반도 청년으로 태어난 열등감과 좌절감을 어떻게 해서라도 극복하려 했다는 느낌이 든다. 그의 오기와 이유 없는 반항도 느껴진다. 1940년대 일제강점기에서 태어난 그에게 일본식 교육을 넘어 항일투사가 되었기를 바라는 것은 난센스다. 지금 잣대로 그때를 측량해서는 안 된다. 그건 지식인 아니 상식인의 자세가 아니다. 당시 만주

박정희 전 대통령은 1949년 2월 8일 국방경비법 제18조, 33조 위반으로 사형 구형에, 무기징역을 언도받았다. 최남근 중령, 오일균 소령, 조모 대위 등은 사형 구형에, 사형 언도를 받고 모두 형장의 이슬로 사라졌다. 이들 세 사람은 모두 박정희 전 대통령의 만주군관학교 또는 일본 육사 선후배 사이였다. 사진은 육사 제1중대장 시절의 박정희 대위 ⓒ오마이뉴스

는 새로운 세상을 찾는 젊은이들의 탈출구였다. 엘도라도였다.

해방 이후 그는 엉뚱하게 공산주의자로 변모한다. 그가 존경했던 장형 박상희(김종필 씨의 장인)는 이미 일제 치하에서 사회주의 운동을 꾸준히 했다. 러시아혁명의 진행 과정을 보면서 당시 조선 지식인들은 뭔지 정확히는 몰라도 사회주의(공산주의)는 새로운 세상을 열어 주는 마스터 키와 같다고 생각하던 시절이었다. 사회주의 운동과 독립운동이 같은 뜻으로 생각되던 때였다. 해방 후 청년 박정희는 '남로당 군사총책'이 되었다.[151] 그의 장형의 영향이 컸다. 아니 그보다 해방공간 한국정치·사회의 혼돈과 답답한 현실이 청년 박정희의 반항을 촉발시킨 것으로 생각된다.

1961년 5월 16일 우여곡절 끝에 쿠데타를 성공시킨 후, 박정희 전 대통령은 산업혁명을 통해 전근대적이고 정태적인 농업사회를 근대적이고 역동적인 상공업 사회로 변모시켰다. 경부고속도로, 포항제철도 건설했다. 일본으로부터 받은 대일 청구권 자금 3억 엔과 독일 등 선진국으로부터 받은 차관을 쏟아부었다. 당시 산업 수요라는 측면에서 한국에서 고속도로도 종합제철소도 전혀 필요 없었다. 개통 초기 경부고속도로의 사용은 하루 1만대도 되지 않았다.[152] 지금같이 '사람이 먼저'라는 슬로건으로 대일 청구권 자금을 무상복지에 사용하고 저소득층에 현금을 나누어 줬으면 어떻게 됐을까? 지금 보면 무리수인 경부고속도로나 종합제철소 건설을 하지 않고 수지계산에 맞춰 1960년대 한국 경제가 감당할 정도만 투자했으면 어떻게 됐을까? 아마 한국 경제력은 지금 국민소득 1만 불 아니 5천 불도 되지 않는 수준일 것이다.

불행히도 박정희 시대 이후 한국 경제에 진정한 의미의 혁신은 일어나지

---

151) 오마이뉴스, 2016. 11. 1
152) 연합뉴스, 2010. 6. 27

않았다. 박정희 전 대통령이 만든 경제의 틀(제철, 자동차, 전자, 화학, 기계)로 지금까지 먹고 살아왔다 해도 과장이 아니다. 이제 그 큰 밥솥이 여기저기서 새고 깨지고 있다. 2017년 반도체 수출에 지나치게 의존하는 한국 경제의 앞날이 밝지는 않다. KDI(한국개발연구원)은 2017년 12월 '한국은 반도체 등 일부 산업에 의존하는 모습을 지속할 가능성이 높고 중기적 관점에서도 경제의 성장률을 낙관적으로 전망하기 어렵게 만드는 요인'이라고 발표한 바 있다.

박정희 시대는 문벌, 양반, 명망가 중심 전통사회에서 상공인 중심의 역동적인 사회로 변화하고 급격한 신분변화가 일어난 시기였다. 국민(초등)학교 출신 정주영이 재벌 회장이 되고 (문과가 아닌) 이공계 출신 박태준이 포항제철의 회장이 됐다.[153]

하지만 2017년 지금 한국 사회는 다시 조선 시대 '극심한 문치주의'로 돌아가고 있는 듯하다. 조선 문치주의 특징 중 하나는 '학파(學派)가 자연스럽게 정파(政派)가 된다'는 것이다.

서울대 변형윤 교수는 박정희 대통령의 경부고속도로 건설을 반대하며 "소수의 부자들이 젊은 처첩들을 옆자리에 태우고 전국을 놀러 다니는 유람로가 되지 않겠는가."라고 비난했다.[154] 포항제철(현 포스코) 건설과 수출주도 공업화에도 변(명예) 교수는 부정적이었다. 그의 애제자 홍장표 부경대 교수가 현재 문재인 정부의 청와대 경제수석이다.[155] 그는 2012년 학현(변형윤 명예교수의 호) 학술상을 수상한 바 있다.[156] 홍 경제수석이 들고 나온 정책이 '소득주도 성장'이다.

---

153) 박태준 포철회장은 일본 와세다大 기계공학과를 중퇴, 육사 6기로 졸업했다.
154) 동아일보, 2015. 2. 9
155) 월간현대경영, 2017. 7. 17
156) 매일경제, 2012. 2. 20

문재인 정부는 '소득주도 성장'과 '혁신 성장' 두 마리의 토끼를 잡겠다고 주장한다. 김동연 경제부총리, 문재인 대통령 모두 공식석상에서 두 정책은 소위 'J노믹스' 양날개라 주장한다. 하지만 분석해 본다면 이 두 정책은 철학부터 완전히 상극(相克)이다.

소득주도 성장은 단순화한다면 양극화된 사회구조에서 약자인 노동자(또는) 자영업자의 소득을 인위적으로 상승시켜 소비를 증대시키고 시장을 자극하며 마지막에는 공급까지 활성화하겠다는 정책이다. 인위적 정책 집행과정인 만큼 기업 활동은 상당히 규제에 묶일 수밖에 없다.

반면 혁신 성장은 '4차 산업혁명'을 위해서는 기술융합을 위해 규제개혁을 추진해야 한다. '4차 산업혁명'은 지금까지 생산 요소투입을 확대하여 '규모의 경제'를 통해 거둔 성장과는 본질적으로 성격이 다르다. 지식 중심 그리고 기술 중심 경제가 활성화되면서 지금까지 상상할 수 없는 제품과 서비스가 등장하기 때문에 2차 산업 중심의 규제도 이 추세에 맞춰 유연하게 변해야 한다.

지식도 어느 정도 임계량, 크리티컬 매스(Critical Mass)가 확보돼야 창조적 아이디어가 나올 수 있다. 국내 경쟁력 있는 기술특허와 지식정보를 보유하고 있는 곳은 어쩔 수 없이 대기업이다. 예를 들어 빅데이터(Big Data)와 사물인터넷(IoT)을 이용한 개인 맞춤형 광고 콘텐츠를 제작한다고 생각하면 개인, 지형 그리고 공공 정보를 많이 확보한 기업, 삼성, KT, LG U+, SK 텔레콤과 대형 게임 개발사 등이 유리하다. 하지만 문재인 정부는 이 대기업들도 박근혜 정부에 부역해서 규제로 묶여야 하는 '적폐 세력'으로 보고 있는 듯하다. 그리고 청와대 장하성 정책실장, 공정위 김상조 위원장, 중소벤처기업부 홍종학 교수 등 수년간 기업 활동을 감시, 규제하는 전문가들이 권력 전면에 포진하는 한 한국 경제의 혁신성장은 원천적으로 불가능하다. 문득 2017년 11월 4일 김상조 공정거래위원장이 회의에 지각한 뒤 "재벌들 혼내 주고 오느라 늦었다."고 발언한 언론 보도가 생각이 난다.[157]

반면 일본에서는 고졸의 경우 2012년부터 6년 연속 100% 취업률을 달성했고 대졸 취업률도 2012년 93.6%에서 올해 97.6%로 꾸준히 높아졌다.[158] 2016년 대졸 취업자(41만 8,000명) 중 95.5%(39만 9,000명)가 '정규직'이었다. 일본이 '일자리 천국'이 된 데는 대규모 금융 완화, 재정 투입과 함께 법인세 인하, 노동시장 개혁, 규제개혁특구 확대 등 규제완화에 나선 것이 주효했다. 실적이 좋아진 기업들이 일자리를 늘리고 토요타, 혼다, 닛산, 샤프, 캐논 등 해외로 나갔던 제조업들이 돌아오면서 일자리는 더욱 안정적으로 증가했다. 아베 총리는 4차 산업혁명을 준비하기 위해 수상 취임 초부터 '국가전략특구'를 운영해 온 결과다. 미국, 중국 등 전 세계가 4차 산업혁명을 대비하기 위해 '규제개혁'을 하고 있지만 한국만 역주행하고 있다. 청와대는 일본 아베노믹스 국가특구와 경쟁하기 위한 '규제프리존 특별법'도 반대한다.[159] 21세기에 흥선대원군 쇄국징책이 생각난다.

문재인 정부 김동연 부총리는 '유니콘기업'(기업가치가 10억 달러를 넘는 스타트업) 수가 미국 108개, 중국 58개인 데 비해 한국은 '쿠팡', '엘로이 모바일' 등 두 개에 불과하다며 '새로운 먹거리'를 위해 혁신창업 생태계 조성, 서비스 산업·신산업 육성 등이 필요하다고 지적했다.[160] "한국의 GDP 규모는 세계 11위지만 규제 순위는 95위로 '안돼 공화국'이라고 한다."

157) 조선일보, 2017. 11. 4
158) 문화일보, 2017. 8. 31
159) 아시아경제, 2017. 11. 30
160) 경향신문, 2017. 11. 28

고 말하기도 했다.

　박정희 시대에는 과감한 투자 소위 빅푸쉬(Big Push)를 통해 기간산업을 진흥했다. 이제 규제개혁의 빅프리(Big Free) 정책을 취해야 한다. 이웃 일본의 아베노믹스(국가전략특구)를 가볍게 보면 안 된다. 필요하다면 일본같이 일정지역에라도 샌드박스(Sand Box)와 같은 규제완화 정책을 과감히 실현해야 한다.

　셋째, '21세기 사회주의'가 한국에서 부활하는 현상을 경계해야 한다.

　브라질과 베네수엘라 모두 2000년대 초 사회주의를 내세우는 대통령이 취임했다. 이런 현상을 전문가들은 '21세기 사회주의'라고 한다.

　브라질의 룰라 대통령은 취임 초 2003년 지지율은 83.6%였다 베네수엘라의 차베스는 56% 지지율로 대통령에 당선되고 그의 주도로 개헌이 되자 70% 이상의 국민 지지를 받았다(문재인 대통령의 지지율 2017년 12월 1일 74%).[161]

　사회주의는 항상 초기 성과가 좋아 보인다. 남미 경제는 2003년부터 몇 년간은 성장세가 계속됐다. 중국을 비롯한 세계 경제의 호황에 따른 국제 원자재 가격 상승은 브라질, 베네수엘라를 포함한 남미 전체에 호재였다. 경제성장과 고용창출, 최저임금 인상, 소득 재분배 확대, 저소득층 지원 등을 통해 빈곤층을 대거 중산층에 편입시키면서 빈부 격차 문제를 일정 부분 해소했다.

　브라질에서 '룰라 효과'는 초기에 성공하는 듯했다. 하지만 그것으로 끝이었다. 그는 정부 지출과 부채를 증가시켰다. 그는 이를 자극제(Stimulus)라 포장했다. 2008년부터 2015년까지 브라질 정부의 지출은 세수에 비해 거의 4배가 늘었다. 2018년 예산에서 문재인 정부는 정부 지출을

---

161) 뉴시스, 2017. 12. 9

작년대비 7.1% 증가시켰다.[162] KDI가 예상하는 2018년 경제성장율 2.9%에 2.45배 높은 수치다.

룰라 대통령은 최저임금을 올렸고 무상복지를 확대했다. 그는 이를 '사회정의(Social Justice)'라고 선전했다. 문재인 정부의 2018년 최저임금을 7,530원으로 무려 16.4%나 인상했다. 문재인 대통령은 임기 말까지 최저임금을 10,000원까지 인상하겠다고 공약에서 밝힌 바 있다. 문재인 대통령은 전년도에 비해 복지예산을 12.9% 증액했고 그중 현금을 나누어 주는 식의 예산도 증액되었다. 복지예산이 146조 2,000억 원으로 전체 지출(429조 원)의 34%를 차지한다. 복지지출이 전체의 3분의 1을 넘어선 건 2018년이 처음이다. 재정적자를 감수하더라도 문재인 대통령 임기 동안 복지예산을 연평균 9.8%씩 늘려 나갈 계획이다. 217년 670조 원 규모인 국가채무를 2018년 709조 원, 2019년 749조 원, 2020년 793조 원, 2021년 835조 원으로 늘 것으로 전망 된다.[163]

브라질 룰라 대통령은 공무원 수를 늘리고 봉급도 인상했다. 그는 이를 '미래에 대한 투자(Investing in the Future)'리고 포장했다. 문재인 정부에서는 2018년 당초 1만 2,000명 공무원을 늘리기로 했다가 여야 합의로 9,475명으로 축소하였다. 대선 당시 문재인 후보는 81만 개 공공일자리, 공무원 17만 4,000명 증원을 5년 임기 안에 만들겠다고 공약했다.

10년이 지난 2015년 결과적으로 브라질은 한 해에만 경제규모가 3.8%나 축소했다. 지난 25년 만에 최악의 상황이었다.[164]

룰라의 경우 미디어를 통한 이미지 메이킹 전략을 잘 활용하였다. 사회주의자라는 그의 정체는 국민들에게 거부감이 있어서 '국가의 통합자'

---

162) 이코노믹리뷰, 2017. 12. 6
163) 조선일보, 2017. 8. 30
164) 뉴스 토마토, 2016. 2. 14

라는 이름으로 가장하였다. 그는 스스로 별명을 '사랑과 평화의 작은 룰라(Lulinha paz e amor)'라고 선전했다. 룰라와 그를 추종하는 '노동자당(PT)'은 미디어를 영리하게 이용하는데 성공했다. 2009년 브라질 대통령실 관계자는 "룰라 대통령이 새로운 미디어 수단을 이용해 국정활동을 국민들에게 알릴 것"이라고 하면서 블로그를 통해 특유의 직설적이고 편안한 화법의 대화가 시작될 것이라고 발표했다.

문재인 대통령은 박근혜 진 대통령의 불통 이미지를 희석시키기 위해 미디어와 정치 마케팅을 적극 활용한다. 이 과정 전반을 기획하는 탁현민 선임 행정관을 '성차별 논란'에도 불구하고 문재인 대통령이 그렇게도 감싸는 이유가 바로 새로운 방식의 소통을 간절히 원하고 있기 때문이다. 이 점은 적어도 보수 진영에서도 높이 평가해야 한다. 하지만 보여 주기로는 기본이 무너지는 사태를 역전시킬 수 없다.

1980년 상파울루에서 룰라가 창당한 '노동자당(PT, Partido dos Trabalhadores)'은 이념이 다른 정당과 타협도 할 수 있는 유연한 전략으로 집권했다. 노동자당은 지방정부를 운영하면서 중도파·우파 정당과 손을 잡을 수밖에 없다는 걸 깨달았다. 브라질에서 좌파 지지층은 30% 안팎에 머물렀기 때문에 과반수를 위해서는 이념이 다른 정당과 연합이 불가피했다. 그렇다 보니 노동자당의 원래 정책과 구상은 협상을 거치면서 겉으로는 온건하게 변했다. 하지만 그 본질 즉 '21세기 사회주의'는 변한 것은 아니었다.

브라질 지식인들도 군부독재 시절, 체제에 순응했던 과거를 반성하며 직·간접으로 룰라를 지원했다. 대표적인 학자가 하버드대 로스쿨 법학 교수, 로베르토 웅거(Roberto Manabeira Unger)다. 2007년부터 2009년까지 룰라 정부에서 '전략기획 장관'을 지냈다. 문재인 대통령 주변에 서울대 로

스쿨의 조국 교수(민정수석), 고려대 장하성 교수(정책실장), 부경대 홍장표 교수(경제수석), 한성대 김상조 교수(공정거래위원장), 가천대 홍종학 교수(중소벤처기업부 장관) 등 지식인들이 포진한 것과 유사하다.

베네수엘라에서는 우고 차베스(Hugo Chavez)가 1999년 대통령으로 취임했다. 그는 대통령 선거전에서 "베네수엘라는 원래 부유한 나라지만 자본가들과 다국적 기업이 그 부를 강탈해서 가난해졌고 이것만 다시 가져오면 나라 전체가 행복한 사회주의 국가가 될 수 있다."고 주장했고 당선됐다. 그는 이 정책을 Esperanza Y Cambio(희망과 변화, Hope and Change)라고 불렀다. 취임 이후 그는 정치적 멘토인 쿠바 피델 카스트로(Fidel Castro)의 노선을 따랐다. 카스트로같이 그도 7시간 동안 연설하기도 했다. 국민을 선동하기 위해 차베스 대통령은 그가 노래하는 프로그램을 국영 TV에서 방영하게 했다. 차베스는 취임 이후 기업 국유화를 계속했다. 그는 정부가 민간보다 기업운영을 효과적으로 할 수 있고, 이익은 모든 국민이 공유할 것이라 선전했다. 먼저 가스와 석유회사들이 국유화됐다. 그의 '21세기 사회주의' 는 국제적 지원을 받았다. 먼저 개념 연예인들이 그의 정책을 찬양했다. 미국의 영화배우 숀펜(Sean Justin Penn), 벨라폰트(Harry Belafonte), 크리스핀 글로버(Crispin Hellion Glover) 등이 차베스를 찬양했다. 진보매체, 지식인들도 그를 높이 평가했는데 미국 가디언지(The Guardian), 인디펜던트지(The Independent), 노암 촘스키(Noam Chomsky) 등이 대표적이다. 노무현, 문재인 정부에서 많은 연예인들, 예술인들이 정권을 지지했던 것을 연상시킨다. 이들은 정권이 펼치는 정책 결과에 공동책임을 지기보다 진보 이미지를 본인 인기를 위해 이용했다는 점에서 질이 더 나쁘다고 볼 수 있다.

기업과 부자들로부터 돈을 빼앗아 가난하고 기회를 못 가진 사람들에게 나누어 준다는 정책은 늘 처음에 인기 있고 성공하는 정책으로 보인다. 하지만 더 이상 줄 것이 없을 때가 되면 급전직하(急轉直下)하게 된다. 베네수엘라는 지금 성인 75%가 평균 체중 8.6Kg(19파운드)가 줄어들 정도로 극심한 경제난을 겪고 있다.[165]

물론 경제규모, 사회구조, 산업형태로 볼 때 브라질, 베네수엘라와 한국을 수평 비교할 수 없다. 하지만 문재인 정부가 실행하고 계획하고 대가 없는 현금복지 확대, 반(反)기업정책, 인위적 시장 개입, '귀속노조' 편향적 노동정책은 탈출할 수 없는 블랙홀로 한국을 끌고 갈 것이다.

그럼 왜 21세기 사회주의가 매력이 있을까? 한 나라의 경제와 사회, 이를 철저히 망가뜨렸음에도 불구하고 베네수엘라, 브라질 일부 국민은 아직도 차베스와 룰라를 그리워한다. 룰라가 퇴임할 때 지지율은 87%, 차베스도 50% 이상을 유지했다. 현금 주는 복지로 적어도 50% 이상 국민들의 마음을 샀기 때문이다. 나라야 어찌되던 줄곧 받던 혜택에만 집착하는 집단이 생겼기 때문이다. 더 정확히 말하면 사실상 좌파 정부의 복지인질로 전락한 고정계층이 형성된 것이다. 이런 나라들의 선거 이슈는 국가안보, 경제발전의 비전이 아니고 어떤 계층, 어느 지방에 '복지 혜택'이 몇 퍼센트 늘어날까 줄어들까이다. 노인 인구가 급증하는 한국에서도 앞으로 있을 선거 때마다 복지 이슈가 남미화되지 않을까 우려가 든다.

넷째, 좌파가 벌일 '미군 합동군사훈련 중지', '남북 평화운동', 극좌파 정당 활성화, '사드 철수', '국가보안법 개정 후 철폐', '미군 철수' 운동에 대한 이해와 대응 논리를 가져야 한다.

---

165) 문화일보, 2017. 2. 22.

좌파의 대중선동은 처음에는 '헬조선'이란 자극적 단어로 한국 사회 비참함을 강조하고, 자연스럽게 '재벌 원죄론'으로 대기업 집단을 때리고 한국 주류 집단을 싸잡아 매도한다. 이를 통해 적폐 세력을 고정하고 구체화한다. 앞으로는 이 프로세스는 남북평화운동으로 이어지고 남북평화를 통해 북방경제로 청년 취업률을 높인다는 논리가 전개될 것이다. 이 주장은 이미 정권이 장악한 매스컴을 통해 일방적으로 국민들에게 전달될 것이고 '가랑비에 옷 젖는 줄' 모르게 천천히 한국 사회의 정신을 잠식해 들어갈 것이다.

선동의 궁극의 목표는 한반도에서 사회주의 완성이고 이미 사회주의를 완성한 북(北)이 주도하는 '연방제 통일'일 수 있다는 사실이 두렵다. 이 과정의 끝에는 한반도 남쪽이 결국 '홍콩(香港)' 같이 정치, 군사, 외교, 정치적으로 무력화된 지위로 전락될 것이다. 대한민국이 장군님 '현찰박스'가 되고 자유민주주의가 스탈린주의로 퇴행하는 꼴을 살아생전 볼 수 있다.

100년 전 1917년 러시아에서 2월 혁명에 의해 황제 차르가 타도되고 케렌스키 정부가 들어섰다. 케렌스키 정부가 2월 혁명의 동력이었던 민중의 개혁에 대한 희망을 억압하면서 모든 권력이 소비에트로 넘어가는 상황, 즉 이른바 '부르주아민주주의 혁명'(2월 혁명)에서 '사회주의혁명'(10월 혁명)으로 넘어가는 '성장·전화(成長·轉化)' 시나리오가 21세기 한국에서도 재현될 수 있다. 성장·전화라는 개념은 문재인 정부를 부르주아 혁명 중간 단계로 보고 부르주아 민주주의를 통해 조성된 환경을 이용하고 좌파 핵심 조직을 발전시켜 투쟁의 내용을 질적으로 변화시켜 또 다른 진정한 사회주의 '촛불혁명'도 나타날 수 있다는 것이다.

많은 사람들이 설마 이런 일들이 세계적 경제규모로 볼 때 11위의 대한민국에서 벌어질 것인가? 지나친 레드 콤플렉스 아닌가? 의구심을 가질 수 있다. 하지만 2016년 촛불시위, 대통령 탄핵 그리고 정권교체 그 과정 자체가 헌정 질서가 정상적인 선진국에서 일어날 일들은 아니었다. 자유민주 세력의 날개가 처참히 꺾인 상황에서 '좌편 날개로만 나는 새' 같이 대한민국이 어느 골짜기, 절벽에 부닥치는 또 다른 참사(볼세비키 촛불혁명)를 아무도 예측할 수 없다.

다섯째, 그럼 시작할 일은 무엇인가?

이제 이 책의 마무리를 지으려 한다.

이 책은 정치학 전문서적이 아니다. 2016년 격랑의 시대를 겪으며 한 지식인이 고민한 내용을 적어 놓은 비망록일 뿐이다. 필자는 상식적인 선에서 스스로 질문한 문제에 대해 답을 내려 보았다.

2014년 말 '정윤회 문건 유출 사건'에서부터 2017년 3월 10일 '박근혜 대통령 탄핵소추안'이 헌법재판소에서 인용된 때까지의 사건들을 정리하려 애를 썼다. 하지만 역사학의 체계적 훈련을 받지 못한 필자로는 역부족임도 느낀다.

보수의 개념과 자유주의에 대한 시각에 대해서 생각해 보았다. 미래사회 지향점을 어떻게 보느냐에 따라 '보수'와 '진보' 개념도 달라진다. 필자 생각에는 우리 사회는 낡은 프레임에서 '보수'와 '진보'를 양분하는 것은 아닌지 의문도 든다. 지금 진정 적폐로 생각해야 하는 것은 조선 시대로부터 내려오는 문벌주의, 문치주의다. 진보 사대부들의 지배가 상식화된 지금의 한국. 이 땅에서 근대적 의미의 자유주의는 해 본 적도 없다. 따라서 신(新)자유주의의 적폐를 청산하겠다는 말 자체가 어폐가 있다.

생산을 담당하는 상공인들의 계층을 중핵으로 정치 세력화된 경험이 없다. 조선 장인(匠人)들이 아전, 양반의 수탈에 못 이겨 공방과 시장을 버리고 유리걸식했듯이 오늘의 상공인, 창업가들은 정치인, 공무원, 사회주의 기득권 세력이 만들어 놓은 문치주의, 과도한 규제의 덫에 갇혀 숨을 쉬지 못하는 곳, 그곳이 대한민국이다.

마지막으로 이 글을 읽는 분들에게 제언하고 싶은 점은 다음과 같다.

첫째, '4차 산업혁명' 시대를 대비하기 위해 과감한 규제개혁이 시행되어야 한다. 이미 이 책에서 일본 '아베노믹스 국가전략특구'에 대해 언급한 바 있다. 한국은 국가주도, 관주도 '회색빛 성장'에서 '모험하는 자가 성공'하는 활력 넘치는 '푸른빛 성장'의 나라가 돼야 한다. 한국 사회는 지나치게 관 중심이고 조선 시대 문치주의로 회귀해 가고 있다. 사회주의 중국보다 정부규제가 많고 복잡하다.[166] 박근혜 정부에서 발의했다고 해서 '규제프리존 특별법'이 사장(死藏)되는 현상을 보면 문재인 정부의 수준도 알 수 있다.

공무원들은 규제를 먹고 산다. 규제는 각종 아름다운 언어와 피할 수 없는 명분으로 치장돼 있다. 공무원들은 규제만 잘 챙기면 퇴직 후 관변 단체나 협회에서 길게 70세 가까이 고액 연봉에 관용차까지 대접받으며 살 수 있다. 관(官)이 국민 생활 모든 영역에 개입하는 악순환을 끊지 않으면 미래로 나갈 수 없다. 규제개혁과 4차 산업혁명 혁신성장이 구체화되도록 여론을 조성해야 한다.

둘째, 안보에 있어 '대한민국 핵무장'을 공론화해야 한다. 많은 반론이 있을 수 있다. 핵확산금지조약(NPT) 탈퇴로 인한 국제재제, 한미동맹 악영

---

166) SBS CNBC, 2018. 1. 2

향 내지 와해 등 극단적 부작용도 생각해 볼 수 있다. 하지만 알렉산더 대왕이 '고르디우스의 매듭'을 푼 것 같이 단순 무식한 방법이 최선일 수 있다. 핵의 공포는 핵으로 대응해야 한다. 다른 방법이 없다.

지금 같은 정세로 간다면 대결의 벼랑 끝에서 미북(朝美)평화협정이 타개될 가능성이 크다. 1973년 월맹(베트콩)이 미국과 평화협정을 맺은 것과 같은 모양새다. 미국으로선 지겨운 한반도에서 손을 뗄 가능성도 크다. 그렇다면 핵을 가신 북한과 오랫동안 남이 가져다 준 평화만 탐닉해 온 한국을 정신력으로 비교해 볼 때 베트남이 붕괴한 순서로 대한민국도 지도에서 서서히 사라질 가능성이 있다. 평화를 유지하고 통일을 이룩하는 길에는 배에 기름 낀 경제력보다 전쟁도 불사하겠다는 늑대와 같은 모험과 결기가 지도자들에게 더 필요하다.

지금 문재인 정부의 안보관에 대해 걱정과 우려를 나타내는 사람들이 많다. 가치관이 정립되던 청년기에 '위수김동(위대한 수령 김일성 동지)'을 외치고 대한민국을 향해 화염병을 던지며 대한민국 헌법에 대해 충성의 의사가 명확하지 않은 인사들이 많은 정권이라면 국민의 생명과 재산을 보듬어 지켜 줄 수 있을까?

북한이 미국 전역을 공격할 수 있는 대륙간탄도미사일(ICBM) 화성 15호를 쏘아 올리고 '핵무력 완성'을 선언하자, 미국은 다급해졌다. 북한이 레드라인을 넘지 않게 막아야 한다는 선제타격 주장도 고개를 들고 있다. 2017년 12월 3일 허버트 맥매스터(Herbert McMaster) 미국 백악관 국가안보보좌관은 폭스뉴스에 출연해 한국과 일본의 핵무장 가능성을 공개적으로 거론했다. 물론 이 발언은 중국에 대한 불만이 크기 때문이다. 중국이 대북 제재를 내놓지만 결국은 북한에 시간을 벌어 주고 있다는 미국의 시각을 반영한 것이다. NPT(Nuclear non-Proliferation Treaty, 핵확산금지조약)

도 실상 미국의 뜻에 좌지우지되는 것이지 합의적 기준을 제시하고 있지 못하다. 공식 보유국 미국, 영국, 러시아, 프랑스, 중국 이외에 NPT에 가입하지 않은 파키스탄, 인도, 이스라엘도 실질적 핵보유국으로 인정받고 있다. 이 중 이스라엘의 경우는 우리가 모델로 삼아야 한다. 북한 핵과 ICBM이 완성됐다고 판단되는 지금, '한반도 비핵화' 선언은 이미 휴지통에 버려야 한다. 쌍중단(雙中斷) 쌍궤병행(雙軌竝行) 모두 북한의 핵보유국을 인정한 상태에서 한국만 무장을 내려놓으라는 주장으로 중국, 러시아, 북한의 장기 전략과 그 궤를 같이한다고 판단된다. 결국 원하던 원치 않던 북한의 통일전선전술에 말려드는 것이다. 좌파 세력은 북의 전략전술에 동조하며 경제회생과 청년실업 해소를 위해 북방 경제교류가 필수적이라는 괴변과 함께 미국(조미) 평화협정 체결과 한미 군사훈련 중단, 미군 철수를 주장할 것이다. 안보 불감증 상태인 대부분 국민들과 코앞의 이익이 전부인 소위 보수정당은 이런 거대하고 체계적인 전략에 도미노와 같이 무기력하게 무너질 것이다.

국가정보 능력과 방첩 기능이 소위 '적폐청산'이란 미명으로 약화돼 가는 상황에서 간첩과 매국노가 활개를 쳐도 막을 수는 있을지 우려할 수밖에 없다.

불안한 안보 환경을 뚫고 '자유민주주의'를 지키기 위해서 독자 핵개발에 대한 논의가 전개돼야 한다. 언젠가 미군이 철수

안보 불감증 상태인 대부분 국민들과 코앞의 이익이 전부인 소위 보수정당은 북한의 체계적인 전략에 도미노와 같이 무기력하게 무너질 것이다. 사진은 1975년 월남 패망의 순간.

한다는 가정 아래 우리를 둘러싼 열강 가운데서 주권을 지속하고 자존심과 활로를 지키는 길은 '핵무장'에서 찾을 수 있다. 조공으로 안전을 지키고 사대주의(事大主義)로 생존을 구걸하던 조선 500년, 그 과거로 회귀하기 전에 한국이 선택해야 할 탈출구이기도 하다.

책을 마무리하고 인쇄에 들어가기 직전, 북한 핵문제로 동북아 정세가 소용돌이치고 있다. 독자들께서 이 책에서 시금까지 거론한 안보 관련 내용이 시류와 맞지 않는다 생각하실 것 같아 마지막으로 첨언한다.

지난 평창 동계올림픽에서 소위 북한 국가수반 김영남과 김정은 동생 당중앙위원회 제1부부장 김여정이 2018년 2월 9일 개막식에 또한 폐막식에 천안함, 연평도 도발을 주도했던 김영철과 일행이 방남(訪南)했다. 2018년 3월 9일 정의용 안보실장과 서훈 국정원장은 북한을 방문한 결과를 논의하기 위해 워싱턴을 방문하고 있다. 언론에 따르면 문재인 대통령은 4월, 트럼프 미국 대통령은 5월에 김정은과 회담을 가질 것이라 한다.

지금 벌어지는 판을 좀 더 멀리서 보면 결국 핵과 미사일을 가진 김정은이 리드하고 있다고 볼 수 있다. 김정은은 절대 핵과 미사일을 버리지 않을 것이다. 북한은 지난 20년간 '영변 핵시설 폭파' 같은 핵폐기 쇼로 상대방을 현혹시킨 적이 많았다. 핵은 김정은의 심장이고 ICBM은 북한이 세상에 존재하는 이유다.

앞으로 김정은은 북한의 핵폐기는 '어음거래'로, 한미 군사훈련, 미군 철수는 '현찰거래'로 주도할 가능성이 크다. 이 책에서 밝혔다시피 취약한 한국(남한) 정치체제도 김정은이 소위 '통큰 결정들'을 내리는 데 한몫했으리라 생각된다.

특히 촛불 주역인 남한 20·30세대에 '평화', '교류', '동포애' 등 매혹적인 선전선동이 먹힌다면, 장기적으로 남북한 관계를 중국과 마카오, 홍콩 관계와 같이 설정하는 것도 어렵지 않을 것이다. 남한의 정치(선거), 언론, 교육, 문화에까지 김정은과 조선 노동당의 직·간접 영향력 행사가 가능하다면 또 이에 어느 정도 호응하는 집단이 존재하거나 (이미) 집권까지 하고 있다면 그리고 주기적으로 핵 조공을 경제협력이란 미명 아래 받는다면, 김정은으로선 이번 거래가 나쁘지 않을 것이다.

평화는 목표가 아니다. 치열한 무력 대결의 과정 중에 있는 휴지기(休止期)에 불과하다. 안전을 늘 남에게 기대왔고 이념전쟁의 실상도 모르는 대다수 한국 국민들이 이 상황을 역사상 발전적인 방향으로 이끌고 갈 수 있을지 매우 회의적이다.